ドラキュラやきん! 3

和ヶ原聡司
イラスト 有坂あこ
satoshi wagahara
ill. aco arisaka

FRONT CAFE
FF
比《ひ》企《き》末《み》晴《はる》
D.C.K
アイリス・
イェレイ
梁《リァン》詩《シー》澪《リン》

村《むら》岡《おか》さん
虎《とら》木《き》由《ゆ》良《ら》
村《むら》岡《おか》灯《あか》里《り》

「お、大岩正敏……!?」
「……………」

「あちゃー……こんなとこで……」
「ち、違うの！　これは……っ!!」

「……似合って、ない？」
「キモノ……」

『もしよければ、
感想をお聞かせ願えますか？」

FRONT M

デザイン ■ 木村デザイン・ラボ

ドラキュラやきん!

DRACULA YAKIN

3

和ヶ原聡司

イラスト有坂あこ

satoshi wagahara

ill. aco arisaka

第一章　吸血鬼は借りを返さずにはいられない

DRACULA YAKIN!

天気予報は、その日の予想最低気温はマイナス二度と言っていた。

虎木《とらき》由良《ゆら》の『寝室』であるブルーローズシャトー雑司《ぞうし》が谷《や》一〇四号室の風呂場《ふろば》の冷え込みも、吸血鬼の骨身に堪《こた》える寒さだった。

別に吸血鬼が寒さに強いなどということはないのだが、それでも虎木《とらき》の故郷は雪深い地域であったため、生来の肉体の能力として寒さには強い気でいた。

「風邪ひきそうだ」

ブルーローズシャトー雑司《ぞうし》が谷《や》はトイレと別の風呂《ふろ》があって広さもある代わりに脱衣所がなく、従って風呂場《ふろば》の中に電源が無い。

そのため電気を用いる防寒道具は持ち込めず、分厚い毛布と厚手の寝間着やどてら、そして湯たんぽが対策の限界で、虎木《とらき》は幼少期を思い出して奇妙な寂寥感《せきりょうかん》に襲われた。

「まさか六十年経《た》っても使う防寒道具が変わらんとは……」

エアマットを毛布でくるみ、更にその上に羽毛布団《うもうぶとん》と毛布をかけた寝床の中で、普通の人間と同じように目が覚めてもしばらくぐずぐずしていた虎木《とらき》だったが、風呂場《ふろば》のドアが外から叩《たた》かれ、声がかけられた。

「ユラ？　起きてる？　今日はちょっと早く出勤する時間でしょ？」

「……」

虎木《とらき》は一〇四号室に一人暮らしをしており、誰かと一緒に住んでいる覚えはない。

だが聞こえてくる声は、間違いなく隣に住んでいる一〇三号室のアイリス・イェレイであり、今日も彼女は虎木《とらき》に無断で作った合い鍵を使って部屋に入ってきているのだ。

「そろそろお前を不法侵入で訴えていいよな？」

「寝ぼけてるの？　朝食できてるわよ」

勝手に入ってきていることを咎《とが》めたら寝ぼけてるのときたものだ。

確かに寝て起きて、誰かが部屋を暖めてくれて、食事を作ってくれていることに文句を言うのは罰当《ばちあ》たりかもしれない。

だが一見かいがいしく虎木《とらき》の面倒を見ているように見えるアイリスのこの行動は、善意からきているわけではないし、善意で身の回りの世話をしてくれるような人は、家主に無断で合い鍵を作ったり、家主に無断で部屋に入ってきたりしない。

虎木《とらき》も無策なわけではなくマンションの管理会社に連絡して、自腹で鍵を付け替えるつもりではあるのだが、年末年始を挟んで管理会社の動きが悪く、未《いま》だに予定が立っていない。

「朝一で食うにはちょっと重くないか？」

世間一般ではちょっと早い夕食の時間だが、吸血鬼の虎木《とらき》には朝食の時間。

一日の始まりの一食目として、肉汁滴《したた》る鉄板ハンバーグはなかなかにヘヴィだった。

「いやまぁ、その、いただきます」

不法侵入だろうと、食材が虎木《とらき》の部屋の冷蔵庫から出てきたものであっても、作ってもらった食事にあまり文句をつけるものではない。

虎木《とらき》が食事をしている間、アイリスは虎木《とらき》の正面に座って虎木《とらき》の顔をじっと見ている。

だが、その顔は全く笑っていない。

「なぁ、見られてると食いにくいんだが」

「うん。味はどうかなって思って」

「……美味《うま》いよ」

これが恋人や夫婦の会話だったら何の問題もなかった。

だが虎木《とらき》は吸血鬼であり、アイリスは虎木《とらき》のような闇の生き物『ファントム』を狩る闇十字《やみじゅうじ》騎士団の修道騎士だった。

アイリスがヘヴィな肉料理を真顔で虎木《とらき》にふるまうのにも、当然理由があった。

「シーリンに隙を見せちゃだめよ」

「……分かってる」

「今この状況でバカなことをするわけないって油断を突いてくるかもしれないわ」

「分かってる。何度も聞いた」

「血の刻印は持ってるわよね。何かあったらすぐに助けを呼ぶのよ」

「お前は俺のお袋か！」

「フクロ？」

「ああもう！」

据わった目で耳にタコができるほど聞かされた警告を今日も聞かされる虎木《とらき》。

決して美味《おい》しくないわけではないハンバーグもこれでは全く味わえない。

虎木《とらき》は心の耳に蓋をしながら、今日の勤務を平常心で乗り切ることを誓うのだった。

※

虎木由良《とらきゆら》が吸血鬼から人間に戻るためには、彼を吸血鬼化した『親』である室井愛花《むろいあいか》を倒す必要がある。

だが古妖《エンシエント・ファントム》に数えられるストリゴイである愛花《あいか》と横浜に寄港した豪華客船で邂逅《かいこう》した虎木《とらき》は、激戦の末に愛花《あいか》を逃してしまう。

その後、日本国内に潜伏していた愛花《あいか》は、大陸の僵尸《キョンシー》が組織する秘密結社、梁戸幇《リアンシーバン》の手引きで国外脱出を図る。

梁戸幇《リアンシーバン》は愛花《あいか》の指示の下、東京でファントム対策に当たる闇十字《やみじゅうじ》騎士団や比企《ひき》家の目をそらすべく、年末の東京二十三区内で無辜《むこ》のファントムを巻き込む事件を多く起こした。

そしてもちろん、愛花《あいか》を狙っている虎木《とらき》の下にも、尸幇《シーバン》からの刺客は差し向けられる。

虎木《とらき》がアルバイト店員として勤めるフロントマート池袋東五丁目店に、梁 詩澪《リアンシーリン》という名の新人店員が現れた。

詩澪《シーリン》は梁尸幇《リアンシーバン》に属する人間が僵尸《キョンシー》の術を会得《えとく》したデミ僵尸《キョンシー》であり、本来であれば単純に虎《とら》木《き》の勤めるコンビニで騒ぎを起こし、闇十字《やみじゅうじ》と比企《ひき》家の目を引くことだけが任務だった。

だが詩澪《シーリン》は香りを用いた僵尸《キョンシー》の術で虎木《とらき》を誘惑し、血を吸わせることで自身も本物のファントムになろうとしていた。

詩澪《シーリン》の行動はもちろん、梁尸幇《リアンシーバン》のそれまでの日本での活動は愛花《あいか》の意図から外れたものが多かった。

愛花《あいか》もまた、自身だけが国外に逃げられれば良いものを、アイリスを誘拐して折角逸《そ》らした虎木《とらき》の目を寄せるという矛盾した行動を取る。

愛花《あいか》はアイリスの母親であるユーニス・イェレイと知己《ちき》であり、ユーニスの死にも関わりがあるかのような言葉を残し、虎木《とらき》とアイリスの前から姿を消す。

その後の調査で愛花《あいか》はまんまと国外に逃げおおせたと判断された。

梁尸幇《リアンシーバン》は詩澪《シーリン》を含め、幇主《ほうしゅ》の雪神《シユエシエン》を捕えることはできたものの、虎木《とらき》はまたも仇を逃し、アイリスもまた、家族に関わる謎を解明するために愛花《あいか》を追うことを心に決める。

詩澪《シーリン》は人間としての公式の身分が存在することと、アイリス救出のために協力したこと、詩《シー》澪《リン》本人にはまだ日本での前科は無かったことに鑑《かんが》み、保護観察のような状態となり、そのままフロントマート勤めも継続することとなった。

そんな年の瀬の騒動を越え、無事年越しも済ませた一月の半ばのことだった。

※

「おはようございます虎木《とらき》さん。血、飲みます？」

「飲まねぇよ。居酒屋感覚か」

午後七時。フロントマート池袋東五丁目店に出勤した虎木《とらき》を出迎えたのは、夕方から午前零時までの夜間シフトに入っている詩澪《シーリン》だった。

僵尸《キヨンシー》の力を持っているものの、本物の僵尸《キヨンシー》と違い日中は人間と同じように行動できる詩澪《シーリン》は、虎木《とらき》のように勤務時間が過剰に縛られることはない。

闇十字《やみじゆうじ》と比企《ひき》家の保護観察下に置かれている詩澪《シーリン》は、観察する側にスケジュールを管理されていた。

そのため虎木《とらき》のように毎回深夜シフトに入るわけではなく、時折夕方のシフトで入っていることもある。

そして詩濡《シーリン》は年末の騒動以来、虎木《とらき》に自分の血を飲ませようとあの手この手で誘惑するのだ。僵尸《キョンシー》の術に必要な道具はほとんど没収されたようだが、そのため逆に虎木《とらき》に対するアプローチが直接的なものになっている。

「シーリン！　お客さんがいつ来るか分からないタイミングでそういうことを言うのはどうかと思うわよ！」

その影響で、虎木《とらき》をパートナー・ファントムと呼んで憚《はばか》らず、闇十字《やみじゅうじ》の詩濡《シーリン》の観察役の一員でもあるアイリスさんのご機嫌がどんどん斜めになってゆくのである。

「アイリスさんも毎日毎日しつこいですね。私がそんな間抜けなことをすると思いますか？」

「一瞬の油断が命取りになるのはあなたが一番よく分かってるんじゃない？」

詩濡《シーリン》は僵尸《キョンシー》の香術《シアンシュー》で虎木《とらき》を誘惑しようとしたその瞬間、アイリスに踏み込まれて誘惑に失敗している。

アイリスとしてはそのときのことを蒸し返して牽制《けんせい》しようとするのだが、

「心配していただかなくて大丈夫ですよ。もう遠くから未晴《みはる》さんに感知されるようなことはしないしできないですから。正々堂々と虎木《とらき》さんを落としてみせます！」

「ユラをどこに落とすつもり!?　まさか妙な術で落とし穴でも作ってるんじゃないでしょうね！」

「え？　術？　穴？　……あ」

詩澪《シーリン》はもちろん、虎木《とらき》も一瞬アイリスが何を言い出したのか分からないという顔になり、詩《シー》澪《リン》はすぐにアイリスを小馬鹿にしたような笑みを浮かべて肩を竦《すく》めた。

「……ふっ」

「あっ！　今何かバカにしたわね⁉」

「いいえ～？　何も～？」

「はあああ……」

虎木《とらき》は最早《もはや》定番になった詩澪《シーリン》とアイリスの益体《やくたい》の無い言い争いから逃げるように、すごすごとスタッフルームへと避難した。

「こんなことがいつまで続くんだ」

一月も半ばなので、吸血鬼の肌によくないサンタ服を着なくてよくなったものの、この年末年始で急激に職場の居心地が悪くなった気がしていた。

梁戸幇《リアンシーバン》に絡《から》んだ事件の中で詩澪《シーリン》の境遇に同情したのは本当だし、彼女が人間として普通の道を歩めるようになればいいと考えたのも本当だ。

だがどういうわけか詩澪《シーリン》は、虎木《とらき》を入り口にして虎木《とらき》が脱したいと願う闇に入り込もうとしており、そのせいで顔を合わせるたびにアイリスと不毛な言い争いが絶えない。

確かに詩澪《シーリン》にはそう考えてしまうだけの過去があり、本人の人を食ったような態度や物言いも、不安の裏返しなのかと思うこともある。

尸幇《シーバン》の幇主《ほうしゅ》は日本で捕らえられたものの、本部は当然大陸にあるのだろうし、幇主《ほうしゅ》が倒れれば新たな幇主《ほうしゅ》が立つかもしれない。

そうなった場合、事実上尸幇《じょうシーバン》を裏切った詩澪《シーリン》には、制裁の手が伸びる可能性もある。

だがそれはそれとして詩澪《シーリン》の血を飲んでやるわけにも、吸血鬼に変えてしまうわけにもいかない。

詩澪《シーリン》も虎木《とらき》のそんな矜持《きょうじ》は理解しているはずなのだが、それでも諦めずに虎木《とらき》に血を飲ませようとするのには、いい加減辟易《へきえき》している。

「いつまで続くんだろうなぁ」

答えの出ない問いを無為に繰り返しながらタイムカードで勤怠を切り、普段通りの制服に腕を通し、鏡の前で身だしなみを整え、手を洗って店内に戻った虎木《とらき》を、

「虎木《とらき》さまぁ……」

「ひっ」

いつになく生気の無い比企未晴《ひきみはる》が立っていて、虎木《とらき》は思わずすくみ上がってしまった。

「みっ、未晴《みはる》!? どうした!?」

比企未晴《ひきみはる》は日本のファントムの頂点に立つ古妖《エンシエント・ファントム》ヤオビクニの子孫であり、人間社会にも隠然とした影響力を持つ名家の令嬢だ。

ヤオビクニの血を引く者として極めて強靭《きょうじん》な肉体と生命力を持ち、武芸にも通じ、十八と

いう年齢に見合わぬ政治力すら持っているのだが、その未晴《みはる》がしょぼくれているというだけでその後に続く展開に嫌な予感しか感じさせなかった。

「何か、らしくもなくしょぼくれてますね」

一度は比企《ひき》家に捕らえられたため、詩澪《シーリン》はあまり未晴《みはる》に良い感情は持っていない。

だがそんな彼女の目にも今の未晴《みはる》の様子は奇異に映るようで、戸惑った様子でちらちらと虎《とら》木《き》を横目で見る。

虎木《とらき》としても絶対に事情など聞きたくないのだが、この『らしくない』未晴《みはる》にすげなくすることは、人情の上でも社会生活の上でも良くない結果を招くことは明白だった。

未晴《みはる》は日頃から虎木《とらき》に対する恋心を喧伝《けんでん》しており、虎木《とらき》を婿に取ると公言して憚《はばか》らず、虎木《とらき》に近づく女性を一様に敵視する。

だが未晴《みはる》はアイリスや詩澪《シーリン》とは違い、比企《ひき》家の仕事と使命に虎木《とらき》を積極的に巻き込むことはなく、理由もなく虎木《とらき》の家や勤め先に押しかけてくることもこれまで無かった。

それだけに、何の前触れもなく未晴《みはる》がコンビニに現れるのは、不穏な事態を予感させるのだ。

「な……何があった？」

「ぐすっ」

「な、泣いてるのか？」

鼻を赤くしてすすする未晴《みはる》にさらに虎木《とらき》は同様するが、

「いえ、外との気温差で、少し……申し訳ありません」

「あ、そう、いや、いいんだが、本当どうした？」

どこにどんな地雷が隠れているか分からないため、極力優しく声をかける。

「虎木《とらき》様、お願いします。私を助けてくださいませんか？」

「ま、待て。深刻な話か？　俺これから仕事なんだが……」

「少しくらい私がカバーするから大丈夫ですよ、虎木《とらき》さん、聞いてあげてください」

「ミハルがこんなにしおらしいのは珍しいわ。本当に何か困ってるんじゃないの？　少し聞いてあげたら？」

詩澪《シーリン》とアイリスは深刻な顔をしながらも、真面目に考えているのか分からないような口調で調子の良いことを言っている。

虎木《とらき》は渋い顔をしながら、

「バイトといえど仕事は仕事だ。それに本当に未晴《みはる》が深刻な悩みを抱えてんなら、仕事の片手間に聞く方が悪いだろ」

半分本音。半分今は面倒な話を聞きたくないという思いでそう言うと、未晴《みはる》は感極まったようにどこからともなく取り出したハンカチで口を覆って嗚咽《おえつ》を漏らした。

「虎木《とらき》様はやはり、私のことを大切に思ってくださっているんですね……！」

予想通りすぎる未晴《みはる》の反応に、大した悩みではないのではないかという予感が虎木《とらき》とアイリ

ス と詩濡《シーリン》の間に駆け抜けた。

だが次の瞬間、そんな予感を一瞬で吹き飛ばす爆弾が、未晴《みはる》の口から飛び出したのだ。

「虎木《とらき》様……お願いです。どうか何も聞かずに……私の実家に来て両親に結婚の挨拶をしてください」

「何も聞かずにそんなことできるわけないじゃない何言ってるの」

「仕事のし過ぎでどこかに頭のネジ落っことしちゃったんじゃないですかバカ言ってないで帰ってください」

無茶ぶりをされた虎木《とらき》よりもアイリスと詩濡《シーリン》の方がよほど早く反応したが、未晴《みはる》は二人の声が聞こえないかのように虎木《とらき》に縋《すが》りついた。

「お願いします虎木《とらき》様……そうでないと私……望まぬ結婚をさせられてしまうんです！」

「……へぇ」

虎木《とらき》はといえば、未晴《みはる》の声が意味を成す言葉として認識できず、ぼんやりとした返事をすることしかできなかったのだった。

「実は京都の実家から、唐突に縁談が持ち込まれたんです」

イートインコーナーで、虎木《とらき》のおごりで淹《い》れられたコーヒーを前に、ぽつぽつと事情を語り始めた。

虎木《とらき》と詩澪《シーリン》はレジに立ちながら、アイリスは未晴《みはる》の隣に座って事情を聞いている。

「エンダンって、親が結婚相手を決めてきたってこと？」

「そういうことです」

「今時そんな話あるんですねー。流石《さすが》は名家ですねー」

詩澪《シーリン》の反応は淡泊だったが、虎木《とらき》もアイリスも内心では同じことを考えていた。

「あれか、そんなに嫌がるってことは、相手が全然知らない奴《やつ》とか、とんでもなく年齢が離れてるとかか？」

「いえ……相手も知らない仲というわけではなく……同年代の幼馴染《おさななじみ》で……小さい頃は、よく一緒に遊んでいました」

「なら別にいいじゃないですか。幼馴染《おさななじみ》なんて言うからには、仲が悪い相手じゃないんでしょう？」

「冗談じゃありません！　私は虎木《とらき》様以外の殿方と添い遂げるつもりはありません！」

気のない詩澪《シーリン》の適当な受け答えにすら未晴《みはる》は真剣に答えた。

それだけ本当に、未晴《みはる》が余裕を失っているということだ。

「ねぇ、今更だけど聞いていい？　どうしてそんなにユラに入れ込んでるの？」

「前世からの赤い糸です」

「ヤオビクニの子孫が現実と空想の区別つかなくなってるなんて笑えないいんだけど」

アイリスの問いには何となくいつも通りの雰囲気で応対する未晴《みはる》。

「だからって虎木《とらき》さんにはその気はないんでしょう？　じゃあ諦めてその人と結婚するしかないんじゃないですか？」

「ちょっとシーリン」

投げやりな態度の詩澪《シーリン》にアイリスは眉根を寄せるが、

「彼との結婚なんて、絶対にあり得ません！」

この日一番の強い言葉に、アイリスも詩澪《シーリン》も虎木《とらき》も驚いて未晴《みはる》を見た。

「そ、そこまで言うなんて、どんな男なんだ？　何がそんなに気に入らないんだよ。いや、そりゃ今時親の決めてきた相手なんてって思うのは分かるが……」

虎木《とらき》がおずおず聞くと、未晴《みはる》は真剣な顔で虎木《とらき》を見上げ、そして言った。

「顔です」

「は？」

「顔が気に入らないんです」

「ミハル……あなた……」

「顔って……」

「そんな、ストレートに……」

直球過ぎるコメントに、アイリスも虎木《とらき》も詩澪《シーリン》も呆気《あっけ》に取《と》られてしまった。

現実問題として異性が恋愛対象になるか、結婚相手として考えられるかの判断材料に、顔立ちは確かに重要な要素だ。

だがそれはそれとして、それが判断材料の最前線にあると明言してしまうのも、当世なかなか珍しいし、ある意味非常に残酷でもある。

「で、でも結婚って人柄の方が重要じゃないかしら」

「人柄なんて、それこそあの男に最も欠けているものです。彼には『自分』というものが根本的に欠けているのです。その上に顔が受け入れられません。もう結婚相手として絶対にありえないんです！」

「そ、そこまでなの」

「何でお前の実家もそんな奴《やつ》との縁談を組んだんだ」

「仕方ないのです。相手は比企《ひき》家に比肩《ひけん》する名家のご長男なんです」

「比企《ひき》家と並ぶ名家……ん？」

虎木《とらき》は未晴《みはる》の言い方に引っかかるものを感じて首をかしげる。

「もしかしてその相手もファントムなのか？」

虎木《とらき》の問いに未晴《みはる》は重く頷《うなず》き、アイリスと詩澪《シーリン》もはっとしたように未晴《みはる》を見た。

比企《ひき》家は日本のファントムを古くから牛耳って来た。

その比企《ひき》家が縁談を了承する相手なら、相手もファントムであることは十分考えられる。

「虎木《とらき》様、六科《むじな》家、という家をご存知ですか」

「んー、聞いたことあるような気もする、ってレベルだな」

「東日本のファントムには意外と知られていないのかもしれませんね。六科《むじな》家は比企《ひき》家ほどではないにせよ、日本のファントムに大きな影響を及ぼす家です。今は西日本のファントムとのつながりが深く、こちらではあまり活動されていませんが」

「ムジナファミリー……聞いたことが無いけど、どんなファントムなの？」

修道騎士であるアイリスも聞いたことがないらしい六科《むじな》家。

未晴《みはる》は小さく息を吐いて、その正体を告げた。

「六科《むじな》家は、のっぺらぼうのご一族なんです」

「のっ……」

沈黙が、フロントマート池袋東五丁目店を支配した。

店内ＢＧＭが空虚に響く中、数秒たって虎木《とらき》はようやく、

「そりゃあ……顔を気に入る気に入らない以前の問題だな」

そう絞り出したのだった。

※

のっぺらぼうは怪談などに頻出する、目と鼻と口を持たない人型の妖怪である。

古くから都市部に生息しているため、人間社会と関わるエピソードは非常に多い。

「写真とかあるんですか?」

それまで興味の無さそうだった詩澪《シーリン》が、のっぺらぼうと聞いた途端に興味を持ったようでレジから未晴《みはる》の方に身を乗り出す。

「そんなことを聞いてどうするんです」

「中国にものっぺらぼうはいるんです。梁戸幇《リアンシーバン》の仲間の僵尸《キョンシー》は会ったことあるらしいんですけど、私は見たことも会ったこともなくて、どんな外見なのか気になるんですよ」

「……」

未晴《みはる》はしばし詩澪《シーリン》を睨《にら》んでから、帯に挟んだスリムフォンを取り出し操作すると詩澪《シーリン》に差し出した。

渡された画面を見た詩澪《シーリン》は、驚いたように目を見開く。

「わあ! イケメンじゃないですか!」

そこには二枚目としか表現しようのない容姿端麗な青年が写っていた。

「ちょ、ちょっと見せてよ」

詩澪《シーリン》が意外そうな反応を見せて気になったのか、アイリスが手を伸ばして詩澪《シーリン》の手からスリムフォンを受け取る。

「確かに、言うほど悪い人には見えないわね」

アイリスも画面に映った男を見て、戸惑ったように未晴《みはる》の横顔をうかがった。

「へぇ。のっぺらぼうって言うからどんなもんかと思ったが、いい男じゃないか……っておいこの写真!!」

最後に画面を見た虎木《とらき》の食いつきが、最も激しかった。

「未晴《みはる》！　どういうことだこれ！　大岩正敏《おおいわまさとし》じゃないか！」

「「……誰？」」

興奮気味の虎木《とらき》の口から飛び出した名に、アイリスと詩澪《シーリン》が揃《そろ》って首をかしげる。

「え!?　お前ら知らないのか大岩正敏《おおいわまさとし》！　昭和を代表する映画俳優だぞ。確か三十年くらい前に亡《な》くなったけど」

「知らないわよ。自分が生まれる前に亡《な》くなった外国のムービースターなんて」

「マジかよ。俺達の世代で知らない人間いないぞ。一般常識だぞ。任侠《にんきょう》ものやらせたら右に出るもの無しだったんだぞ！　……んっ？」

だがそこで虎木《とらき》はふと我に返る。

これは、未晴《みはる》の縁談の相手の写真だったはずだ。

「お前大岩正敏《おおいわまさとし》と結婚させられるのか？　もしかして大岩正敏《おおいわまさとし》はファントムだったのか？」

「違います！　あと申し訳ありませんが、私も大岩何某《おおいわなにがし》という映画俳優については詳しく存じません！」

「嘘《うそ》だろ⁉」

未晴《みはる》は、昭和のスターに夢中になっている虎木《とらき》の手からスリムフォンを回収して、小さく肩を落とす。

「のっぺらぼう一族の最大の特徴は、俗っぽい言い方をすれば、広範なコピー能力です」

「コピー能力？」

首をかしげる詩澪《シーリン》に未晴《みはる》は解説を続ける。

「のっぺらぼうは人間に限らず、他種族の顔や体格、服装はもちろんのこと、持っている能力すら一瞬でその身に写し取ることができるのです。もちろん能力には個体差による限界はありますが、今回縁談が交わされた六科《むじな》家の長男であれば、コピーできない相手はほぼいないでしょう。多分私くらいなら。完全にコピーすることも可能です」

「ミハルの姿形になれるってこと？」

「姿形だけではありません。私の声、戦闘能力、ヤオビクニの特殊能力、全てです」

「えっ⁉」

　アイリスは驚いて声を上げ、次いで虎木《とらき》を見た。

「ええ。もし虎木《とらき》様を写し取れば、外見だけでなく吸血鬼の能力の全てを写し取ります。日中灰になってしまう特質も含めてね」

「そ、それって、とんでもない能力なんじゃない？」

　アイリスは深刻な顔になる。

　未晴《みはる》は簡単に言ったが、要するに世の中に存在する誰にでもなれるという能力がのっぺらぼうの肝《きも》だ。

　他人に成りすませばどんな悪事も可能だし、のっぺらぼうが悪事を働いた場合、現在の人間社会のシステムでは真実を暴《あば》くことはまず不可能だ。

　その脅威を理解したアイリスは息を飲むが、それを見て未晴《みはる》は呆《あき》れた顔だ。

「もちろん何でもかんでも自由になるわけではありませんよ。それにしても修道騎士ともあろうものが、不勉強ですね。のっぺらぼうは日本ではヤオビクニよりもメジャーなファントムですよ？」

「メジャーか？　まぁメジャーか」

　未晴《みはる》に聞くまでのっぺらぼうの名前など思い出すこともなかった虎木《とらき》は、一人で自己完結した。

「それで、一体どうしてユラを連れて行くなんて話になるのよ。縁談はミハルの家とそのムジナとかいう家の話なんでしょ」

不勉強を指摘されてムッとした様子のアイリスが眉根を寄せながらそう問うと、未晴《みはる》はわざとらしくぽんと手を打った。

「そうそう。話がそれてしまいました。虎木《とらき》様には、私の恋人兼婚約者として京都の比企《ひき》の本家にお越しいただきたいのです」

「誰が恋人よ」

「誰が婚約者ですか」

「何で俺よりお前ら二人が文句言うんだよ」

しゃあしゃあと言ってのける未晴《みはる》に対し、アイリスと詩澪《シーリン》の空気が一気に剣呑《けんのん》になるが、そんなことで動じる未晴《みはる》ではない。

「あなた方二人に口を挟む権利も資格もありません。黙っていてください」

色めき立つ二人を未晴《みはる》はぴしゃりと抑えた。

「はぁ⁉　何が権利よ！」

「未晴《みはる》さんこそ何の資格があって虎木《とらき》さんにそんなこと言ってるんですか」

「はんっ、それ、聞いてしまいます？」

アイリスと詩澪《シーリン》の抗議を鼻で笑うと、腕を組んで横目でアイリスを見た。

「メアリ一世号の乗船チケットですが、狼男《おおかみおとこ》の相良《さがら》の分まで合わせると、二〇〇万円ほどかっていますね」

「えっ」

その瞬間、アイリスの顔が引きつる。

「まぁ、実際は旅行したわけではありませんからチケット代は返ってきているのですが、色々無理を言って手を回させたので五〇万ほど損をしましたね。それと結局あの船で室井《むろい》愛花《あいか》と事を構えるために船内で購入した刀が八〇万円ほどでしたか」

「うぐっ」

虎木《とらき》も見えない刃《やいば》で貫かれたように胸を押さえる。

「それにアイリス・イエレイ。あなたが誘拐されたときに仕方なく動かしたヘリですが、別の業務についていたものを無理やり呼び寄せたので、その分の損失と燃料代が少なく見積もって三〇万円くらいかかっています」

「あー……そう言えばー……村岡《むらおか》さんに頼まれた仕事がー……」

そのヘリに自分も乗った詩澪《シーリン》が、潮が引くように未晴《みはる》から距離を取ろうとする。

「虎木《とらき》様にも色々ご事情がございましたでしょうし、協力することに決めたのは私の意思ですが……それはそれとして、ここのところ、虎木《とらき》様が室井《むろい》愛花《あいか》と事を構えるため私、一六〇万円ほど私財をなげうってまして」

ハイグレードな豪華客船の船室の滞在料金が普通のホテルとはわけが違うことは虎木《とらき》もよく

知っているし、日本刀が高価な品であることも理解している。

もちろんヘリコプターは、個人が利用する乗り物の中で際立《きわだ》って使用コストがかかることも承知していた。

だがそれが一六〇万円という具体的な金額になったとき、吸血鬼の虎木《とらき》は貧血を起こしそうになった。

「うふふ」

そんな虎木《とらき》の内心を分かっているかのように、未晴《みはる》は妖艶《ようえん》な笑みを浮かべる。

「もちろん結婚の挨拶に来いというお願いが無茶だということは承知しています。ですから、この金額をお返しいただけるのなら、このお話は無しにさせていただきます」

「そ、それは……その」

「わ、私が払うわよ！」

答えに窮した虎木《とらき》を庇《かば》うように、アイリスが身を乗り出す。

「へ、ヘリは私を助けるために出してもらったんだから、私が払うのが筋でしょ⁉　三〇万円くらい、私の貯金でもなんとかなるわ！」

「なるほど。道理ですね。でしたら残りは一三〇万円ですか」

「ひゃ……く……」

アイリスは言葉が細くなり、詩澪《シーリン》はいつの間にかレジの反対側まで移動しており、素知らぬ顔で宅配便の伝票をまとめていた。

「どうします、アイリス・イェレイ。パートナー・ファントムのために、それくらいの予算は出るのですか？」

「そ、それは、その、シスター・ナカウラに、聞いてみないと……」

「じゃあ難しそうですねぇ。虎木《とらき》様は、いかがです？」

「えっ、あー……そのー……」

「私としても愛する虎木《とらき》様のためにお金を惜しむようなことはしたくないのですが、比企《ひき》家の一員としてお金の扱いはやはり慎重でなければならないのです。そうなると、今後室井《むろい》愛花《あいか》を追うことに関して協力できることが少なくなってしまうかもしれません……」

「そ、そうだよな、そりゃあ、その」

「比企《ひき》家の中にも、私が虎木《とらき》様に熱を上げているのに苦言を呈する者も多いのです。私自身は余計なお世話だと思っているのですけど、ね？　私にも立場がありますから……」

未晴《みはる》は皆まで言わない。

言わないが、これは完全に脅迫だ。

要するにこれまでの借りをここで清算しないなら、今後何があっても知らないぞと言っているのだ。

「……実家は京都だっけか？」

「はい！」

満面の笑みの未晴《みはる》と、苦虫を噛《か》みつぶしたような顔のアイリスを見て、虎木《とらき》はがっくりと肩を落とした。

「行けばいいんだろ行けば」

虎木《とらき》は、折れた。

「虎木《とらき》様ならきっとそう言ってくださると思っていました！」

「ユラ!!」

アイリスは大きな声を上げたが、虎木《とらき》は渋い顔でアイリスを見た。

「前も言ったろ。何だかんだ、未晴《みはる》には借りがある」

「だからって……！」

「本当なら未晴《みはる》には俺に協力する義理も理由も無いんだ。それなのに色々無理を通して協力してきてくれたことに対して、俺はまだ何も返せていない」

「だ、だからって、ユラ、まさか本気でミハルと結婚する気!?」

「いやだからそれは……」

本当に結婚しにいくわけではない、と言おうとした虎木《とらき》を未晴《みはる》が遮った。

「そうだとして、あなたに何か関係ありますか？」

「かっ、関係は、ある！　あるわよ！　だって私とユラは……」

「パートナー・ファントムなどという搾取《さくしゅ》システムに無理やり取り込んだだけの関係ですよね？　あなた、何か一つでも虎木《とらき》様から受けたご恩を返したことあるんですか？」

「そ、それは……！」

「あのー、あんまりお店の中で騒がないでくださいねー。他のお客さんに迷惑ですからー」

「他のお客さんなんかいないじゃない！　シーリンも何か言いなさいよ！」

「そりゃあ色々言いたいことはありますけど、今の私の立場で未晴《みはる》さんに表立って逆らうのは得策じゃないですし」

「弁《わきま》えているのは良いことですよ。梁《リアン》詩澪《シーリン》」

詩澪《シーリン》は比企《ひき》家によって行動を制限されているものの、大陸の尸幇《シーバン》から守られているという状況でもあるため、未晴《みはる》に対して強く出られないのはそうなのだろう。

「で、アイリス・イェレイ、あなたは私と虎木《とらき》様の道行きを止める正当な理由が、パートナーファントム制度以外にあるのですか？」

「そ、それは、ええと、その」

「それともあなたが代わりに一六〇万、立て替えますか？　まぁこれはもうお金がどうこうという話ではないのですけど、ね」

「う……」

アイリスは返す言葉が見つからず、半端《はんぱ》に腰を浮かせたまま黙ってしまう。

詩濡《シーリン》を引っ込ませ、アイリスも抑え込んだ未晴《みはる》の勢いは最早《もはや》誰にも止められなかった。

「さ、そうと決まったら早速日取りを決めないといけませんね！　虎木《とらき》様、京都まで新幹線と飛行機とどちらがよろしいですか？　当然新幹線ならグリーン車、飛行機ならば羽田から伊丹《いたみ》までのビジネスクラスをご用意いたしますよ！」

「ああ、いやその、バイトのシフトとの兼ね合いがあるから、そうすぐってわけには……」

「虎木《とらき》様は和室と洋室のどちらがお好みですか？　比企《ひき》家の提携するホテルのロイヤルスイートルームと、老舗料亭のケータリングがある古民家民宿を一軒既に押さえてあります！　虎木《とらき》様さえよろしければ何日ご滞在いただいても大丈夫ですからね？　お手荷物は最低限で結構ですよ？　アメニティから着替えから、もちろん本家に挨拶するために必要な正装まで全て用意いたしますから！　洋装がよろしいですか？　和装がよろしいですか⁉　和装でしたら虎木《とらき》家の御家紋を入れさせますから仰《おつしや》ってくださいね⁉　往復の交通費と京都滞在の費用は全て私が持たせていただきますからご心配なさらないでください！」

立て板に水を流すが如《ごと》くの未晴《みはる》に完全に気圧《けお》され虎木《とらき》は言葉を失い、反論できないアイリスは顔を赤くしたまま口を引き結び、早々に前線から撤退した詩濡《シーリン》は、

「余裕で一六〇万円越えるでしょそれ」

未晴《みはる》に聞こえないように突っ込んだ。

「明日中には詳しい日程をご連絡しますね！　楽しみになさっていてくださいね！」

「あ、ああ……」

そして未晴《みはる》はそんな凍り付いた空気をものともせずに満面の笑みでそう告げたのだった。

※

「〜っ！　〜っ!!　〜〜〜っ!!」

アイリスはブルーローズシャトー雑司《ぞうし》が谷《や》一〇三号室のベッドに横たわりながら、枕に顔をうずめて声にならない声でうなりを上げていた。

自分でも何がこんなに気に入らないのか分からないが、とにかくこの夜起こった様々なことに対して納得がいかなかった。

未晴《みはる》のやり口がまず気に入らない。

それに対して簡単に屈する虎木《とらき》の態度も気に入らない。

だが一番気に入らないのは、あの場で何の力も無かった自分だった。

未晴《みはる》の言うこと、やることに対し、何ら有利なカードを切れず、反論もできなかった自分の状況だ。

日本に来てから日常生活は虎木《とらき》の力におんぶにだっこ。

それどころか本来の自分の職務である闇十字《やみじゅうじ》騎士団の聖務ですら虎木《とらき》の手を借りてばかり。

しかもファントムに誘拐された挙句、未晴《みはる》の力が無ければ生きて帰ることすらできなかった。

あの後、虎木《とらき》の約束を取り付けた未晴《みはる》は、勝ち誇ったような態度で帰って行った。

駐車場の無いコンビニなのに迷惑にも前の道には高級そうなセダン型の車が停《と》まっており、白手袋をつけた運転手のような初老の男性が未晴《みはる》を後部座席に乗せると、アイリス達に一礼して去っていった。

「もう……本当に……」

これまで比企《ひき》家比企《ひき》家と家名を挙げつつも基本的には我が身一つで虎木《とらき》やアイリスの前に出てきた未晴《みはる》が、初めて部下らしき人物を伴って現れたのも、それだけ未晴《みはる》の本気度が示されていたようにも思える。

アイリスは枕から顔を上げると、虎木《とらき》の部屋に比べてほんの少しだけ窓から多く入る朝の日光を恨めしげに睨《にら》みながら、新調したばかりの衣装箪笥《いしょうだんす》の引き出しの底に隠してある日本の銀行通帳を引っ張り出した。

「全然足りない」

三〇万円ならともかく、やはり一六〇万はどうにもならない。

「なんだっけ、ナイソデは、なんとか」

アイリスは小さく溜《た》め息《いき》を吐《つ》いた。

イングランドにいた頃の貯金を合わせても、日本円で五〇万円に到達するかどうかだ。

「別に……ヘリ以外は、私が出さなきゃいけない理由は、無いんだけど……大体メアリ一世号だって、ミハルが自分でついてきたんじゃない……」

アイリスは帰宅してから何度言ったか分からない愚痴を吐いて、ふと我に返る。

そもそも、何故《なぜ》これほどまでに気に入らないのだろう。

「……」

分かっている。

今の自分の生活はあらゆる部分で完全に虎木《とらき》に依存していて、虎木《とらき》も何だかんだ言いながら辛抱強くアイリスに付き合ってくれてしまっている。

そんなことだから、つい虎木《とらき》を自分が独占したい気持ちに囚《とら》われ……。

「そういうんじゃないから！」

簞笥《たんす》の前で跳ねるように立ち上がったアイリスは、通帳を乱暴に簞笥《たんす》の引き出しに放り込むと、自分の頰をぱしぱしと叩《たた》きながら外に出る準備を始める。

「家でじっとしてるから悪いのよ！　考えてみれば、これはユラやミハルだけの問題じゃないわ！　シスター・ナカウラに報告しないと！」

パートナー・ファントムが長距離移動をする際は、担当騎士が所属駐屯地にその旨《むね》を事前でも事後でもよいので届け出るルールがある。

今回は未晴《みはる》がわざわざ予告をしてくれているのだ。

闇十字《やみじゆうじ》は強力なファントムの長距離移動を良しとしない。

それにアイリスの上長に当たる闇十字《やみじゆうじ》騎士団東京駐屯地の騎士長である中浦節子《なかうらせつこ》は基本的に虎木《とらき》や未晴《みはる》を敵視しているため、彼らが東京から離れると知れば、何か妙案を出してくれるかもしれない。

アイリスは自分でもどうしてこんなに必死なのか分からないまま家を飛び出すと、つい一〇四号室の扉に目をやる。

朝日が昇りきったこの時間、虎木《とらき》は風呂場《ふろば》の闇で眠りについているのだろう。

それこそメアリ一世号のときに自分がやったことでもあるが、未晴《みはる》が強引に虎木《とらき》をさらうかもしれないと考え、一〇四号室の施錠《せじよう》まで確認してしまう。

「……大丈夫よね」

過去の自分のことを完全に棚に上げてほっと胸を撫《な》でおろしたアイリスは、もやもやする思いを抱えたまま、駐屯地のあるサンシャイン60へと向かったのだった。

「そうですか。比企未晴《ひきみはる》が虎木由良《とらきゆら》を」

アイリスの報告を聞いた中浦《なかうら》は、朝早くにアイリスが持ち込んだ面倒事の話を真剣に話を聞いてくれた。

持ちこんでおいて何だが、この上司はいつ駐屯地に来てもノリの効いた清潔な修道服で待機しているが、一体いつ自宅に帰っているのだろう。

「いいですかシスター・イェレイ。くれぐれも二人を追って京都に行こうなどと考えてはなりませんよ？」

だが返って来た答えは事実上、未晴《みはる》と虎木《とらき》の行動を容認するに等しいものだった。

「ど、どういうことですか⁉　パートナー・ファントムにそんな長距離移動をさせてもいいんですか⁉」

思わずアイリスはテーブルを叩《たた》いて身を乗り出すが、中浦《なかうら》は眉根を寄せたまま動じない。

「日本は事情が特殊なのです。日本のファントムの統治は、事実上比企《ひき》家が取り仕切っていることはあなたも知っていますね」

「ええ、それは……」

突然話が飛んでアイリスは目を瞬《またた》かせる。

「日本は古くから人間とファントムが手を携えて世の秩序を整えてきた稀有《けう》な国です。ほとんどの国では長い闘争の歴史の果てに、人間がファントムを抑え込みましたが、日本のファントムには、古くから人間と交渉するだけの知恵があったのです」

「はぁ」

「そのため比企《ひき》家や六科《むじな》家をはじめとした古いファントムの一族は、京都で古くから人間社会に順《まつろ》わない『妖怪』の巻き起こす怪異に、人間と手を携えて対抗してきたのです」

「それは知っていますけど、それがどうして追ってはいけないという話になるんです?」

「闇十字《やみじゅうじ》騎士団の駐屯地が、福岡より東、名古屋より西に無いのは知っていますね? 闇十《やみじゅう》字《じ》騎士団は第二次大戦後に日本に上陸しましたが、比企《ひき》家との協定によって関西地域での闇《やみ》十字《じゅうじ》騎士団の活動は大幅に制限されているのです。比企《ひき》家のお嬢さんが虎木由良《とらきゆら》を連れて行くというのなら、私にそれを止めることはできませんよ。虎木由良《とらきゆら》も行くと言っているなら尚《なお》更《さら》です」

「ど、どうしてですか!?」

「それも協定だからです。比企《ひき》家は日本のファントムを統率し、日本の治安を維持する役割を負っている。逆に言えば彼らは決して日本の治安を乱すようなことはしないのです」

「そんな……!」

「シスター・イェレイ。比企《ひき》家と六科《むじな》家は日本のファントム達の楔《くさび》となる重要な家です。彼らともめるのは、闇十字《やみじゅうじ》騎士団の活動に支障をきたします。特に……イェレイの騎士」

「……っ」

「その名は、比企未晴《ひきみはる》に知られているでしょう?」

イエレイの騎士。

アイリスの連なる、闇十字《やみじゅうじ》騎士団全体でも名の通った最強の家系の一つである。

「で、でも私は歴代のイェレイの騎士に並ぶほどの実力者では！」

「自分でそんなこと言ってご先祖に申し訳ないと思わないのですか‼」

真実を告白したにもかかわらず、中浦《なかうら》からは厳しい雷が落ちた。

「……とにかくですね。イェレイの騎士に連なるあなたが万一にでも協定を破ろうものなら、それだけで極めて重い政治的な問題が発生する危険性すらあるんです。良いですか」

中浦《なかうら》は薄暗い駐屯地の中で、器用に眼鏡を光らせてから、吸血鬼に白木の杭《くい》を打つが如《ごと》き勢いでアイリスに釘《くぎ》を刺した。

「虎木由良《とらきゆら》と比企未晴《ひきみはる》を追いかけようなどと、決して考えないこと。よろしいですね！」

中浦《なかうら》から釘《くぎ》を刺されてしまった時点で、アイリスの打つ手はなくなってしまったようなものだった。

あとはもう虎木《とらき》自身が翻意するくらいしか事態を止める方法は無いが、昨夜の状況からして虎木《とらき》が今更未晴《みはる》の申し出を断るとは考えづらい。

そして以前虎木《とらき》自身から『貸ししか無い』と言い切られてしまったアイリスが、これ以上虎《とら》木《き》の行動を我儘《わがまま》で制限することなどできはしない。

「シスター・イェレイ、重ねて言いますが、くれぐれも二人の後を尾《つ》けて京都入りなどと考えないように。何の折衝もなく修道騎士が京都入りしたら、それだけで大問題なんですからね？」

中浦《なかうら》が眼鏡の後ろから鋭い目つきでぎろりとアイリスを睨《にら》む。

藪蛇《やぶへび》どころの騒ぎではなく、いざ虎木《とらき》と未晴《みはる》が京都に行く段になったら追うなと命令されてしまった。

しかも中浦《なかうら》の口調から察するに、聖務の届け出を出さずに愛花《あいか》と戦ったときよりも処分が重くなる予感がする。

頼みの綱が断たれたアイリスは、悄然《しょうぜん》とした面持ちで駐屯地を後にした。

夜通し虎木《とらき》の店で詩澪《シーリン》を見張っていた疲れと、どんよりした天気と身を切る寒さの風がアイリスの気持ちを落としていく。

「あ……」

気が付けばアイリスはフロントマート池袋東五丁目店の前にいた。

この時間は虎木《とらき》も詩澪《シーリン》もいないのに、店に来ても仕方がない。

オーナーの村岡《むらおか》に会っても会話が成立しないし、今のところ特に買い物の予定がないので踵《きびす》を返《かえ》そうとすると、

「あれ！　アイリスさん？」

「おうっ⁉」

肩を突然叩《たた》かれて、アイリスは小さな悲鳴を上げる。

「ごめん、びっくりさせちゃった？　てか本当にＯＨって言うんだね」

「あ、アカリちゃん？」

コンビニのオーナー村岡《むらおか》の娘、灯里《あかり》が、逆に驚いたような顔で立っていた。

「ども、おはよー」

「おはよう、あの、寒くないの？」

灯里《あかり》の服装を見て、アイリスは素直な感想を口にした。

上はコートにマフラーをしているが、下は妙に短いスカートにひざ下のソックスと革靴姿。

どうやら学校の制服らしいが、とにかくこの寒い東京の空っ風の中、太ももむき出しの姿は想像しただけで風邪をひいてしまいそうだった。

「根性根性。今しかできないオシャレだからさ」

「そういうものなの？　今から学校？」

「そ。お店寄ってお昼ご飯買ってから行こうかなって」

虎木《とらき》の生活時間帯で過ごしていると、早朝が遅い時間帯に感じてしまう。

「ちょっと顔疲れてるけど、遅くまでお仕事だったの？」

「……分かる？」

「うん。目がちょっとヤバい」

「そう。ごめんなさい。昨夜ちょっと色々あって」

精一杯笑顔を作ろうとするアイリスに対し、灯里《あかり》は朝の明るいテンションのまま、さほど深く考えずにあっけらかんと言った。

「何なに色々って。まさか虎木《とらき》さんが本気の浮気《うわき》でもしたー!?」

だが『ウワキ』という日本語が脳内に叩《たた》き込まれた瞬間、アイリスの顔から笑みが消えた。

「どうしてそう思ったの？」

アイリスは真剣な顔で聞き返し、逆に灯里《あかり》が驚いて目を見開く。

「え？　何その判断に迷う反応。え？　あれ？　これマジな奴《やつ》？　私ヘタ打った感じ？」

「ヘタ打ったって、何が？」

「えっと、その、あの、あんま深い意味はなかったんだけど……あの、聞いておきたいんだけどさ」

灯里《あかり》は急に慌てた顔になり、必死に言葉を選びながら言った。

「アイリスさんと虎木《とらき》さんって、結局その、どういう関係なの？　やっぱ付き合ってるの？恋人的な意味で」

「……そうだけど」

心身の疲労も相まって、アイリスはあまり深く考えずに肯定してしまう。

「マジっ。やば……」

灯里《あかり》は呻《うめ》いた末、遂《つい》には顔を青ざめさせた。

「ご、ごめんね、なんか、その、知らなくて、からかうようなこと」

「それはいいんだけど、どうしたの、アカリちゃん」

「どうしたっていうか、その、こっちのセリフというか。えー……じゃあアレはどういうことだったの？」

アイリスは、以前灯里《あかり》をファントム主催の音楽イベントから連れ出したときに話したことを、後々訂正してはいない。

あのときアイリスと虎木《とらき》の仲を邪推した灯里《あかり》に対して、あえて肯定も否定もせずに灯里《あかり》が心を開く方向に推測ができそうな方向に誘導した。

その経緯があったから、詩澪《シーリン》と知り合った直後に彼女から同じことを尋ねられたときも、灯《あか》里《り》の耳に入ることを懸《け》念《ねん》して否定しなかった。

だが、アイリスは、虎木《とらき》が灯里《あかり》にアイリスとの関係性が恋人などではないと告げたことを知らなかった。

だからこそアイリスは、灯里《あかり》を救い出すために発した言葉に矛盾が無いようにしなければならないと思い込んでいた。

結果、灯里《あかり》の中で虎木《とらき》とアイリスが本当はどういう関係なのか話が食い違ってしまい、灯里《あかり》は大いに混乱することとなる。

「何か知ってるの？」

「知ってるって言うか、見ちゃったって言うか、あの、ここだけの話ね」

灯里《あかり》が真剣に気まずそうな顔をしながら、声のトーンを一段落とす。

「年末にさ、虎木《とらき》さんの店に新しい女の子のスタッフさんが入ったのね」

「シーリンのこと？」

「梁《リアン》さんのこと知ってるの⁉」

アイリスとしてはごく普通に尋ね返しただけなのだが、灯里《あかり》の方は口に手を当てて驚いたようで、今度はアイリスが困惑する。

灯里《あかり》は居心地悪そうにスクールバッグを担《かつ》ぎ直し、前髪を手でいじり、もじもじしながらもまた声を落として言った。

「あの、私が言ったって言わないでね？　その新しい梁《リアン》さんってスタッフさん、ちょっと虎木《とらき》さんに気があるらしくて」

「……へぇ」

「それで私見ちゃったんだよねー。虎木《とらき》さんが梁《リアン》さんと手ぇ繋《つな》いで出勤してくるところ」

「は？」

頭の中のどこかが、一瞬で凍り付くような感覚があった。

「虎木《とらき》さんは何でもないとか梁《リアン》さんから無理に握られたとかごちゃごちゃ言ってたんだけど、私と目が合った途端に慌てて手ぇ離したりとか、なんか後ろめたいみたいな感じで」

灯里《あかり》が言っているのは、詩澪《シーリン》が池袋東五丁目店に勤め始めてすぐ、強盗事件があった翌日のこと。虎木《とらき》もアイリスも詩澪《シーリン》の正体を知らず、詩澪《シーリン》のアクションに戸惑っていた時期だ。

「へぇ、手を繋《つな》いで、出勤、ねぇ……」

虎木《とらき》と詩澪《シーリン》が出勤途中に手を繋《つな》いで歩いていたのは、悲しいかな事実である。

そして灯里《あかり》が嘘《うそ》を言っていないと分かるからこそ、アイリスの腹の底に、得体の知れぬ炎が灯《とも》った。

その炎の熱が表情に出たのだろう。アイリスの顔を見た灯里《あかり》が狼狽《うろた》えた顔をする。

「ありがとうアカリちゃん。それにごめんね。なんだか告げ口させてるみたいで」

「う、ううん、あの、大丈夫？」

「ありがと。大丈夫よ。いいこと聞けたわ」

「そ、そお？　だったらよかったけど」

「うん。ちょっと気分がすっきりした」

「すっきりするような話だったかなぁ」

もはや灯里《あかり》もアイリスのテンションがどこに落ち着くか分からず、口元をあわあわさせながら目が泳ぎまくっていた。

「あの、あのね、アイリスさん？」

「何？」

「その……ケンカ……しないでね？　そ、それじゃあ」

「うん。行ってらっしゃい。気を付けてね」

灯里《あかり》はなんとなく気まずくなって、最後までアイリスの目を見続けることができなかった。

それでもアイリスが去ってゆく方向を見ると、やや安定感を欠く歩《あゆ》みでアイリスの後ろ姿が去ってゆくのが見える。

「……虎木《とらき》さん、何考えてんのよ」

そしてとんでもない誤解を抱えたまま、学校に行くことになったのだった。


虎木《とらき》が目覚めたのは、日が沈みきった午後五時だった。

自宅なのに恐る恐る風呂場《ふろば》の扉を開けると、部屋の中は静まり返っており、アイリスの気配はどこにも無い。

虎木《とらき》は気が気でなかった。

未晴《みはる》が無茶な要求をしてきた昨晩、アイリスはずっとご機嫌斜めだった。

虎木《とらき》にしてみれば、未晴《みはる》の無茶に対してアイリスがそこまで不機嫌になる理由もないだろうとは思うのだが、良く言えば虎木《とらき》に頼っていて、悪く言えば虎木《とらき》に依存しているアイリスにとっては虎木《とらき》の不在は単純に生活の不安に直結する。

闇十字騎士団《やみじゅうじ》の修道騎士としても、マークしているファントムの長距離移動には神経過敏にもなるだろう。

事実、帰宅してから虎木《とらき》が風呂場《ふろば》で眠りにつくまでの早朝のわずかな時間、隣室で荒れ狂うアイリスの暴れる音が、吸血鬼の鍛えられた聴覚にわずかながら届いていた。

またそれとは別にアイリスと未晴《みはる》は、基本的には仲が悪い。

二人のことを友達と評そうものなら、二人から冷や水を浴びせられるような視線をもらうことは請け合いである。

そんな未晴《みはる》相手に借りを作ってしまったこと、虎木《とらき》がやりこめられてしまったことに対するいら立ちが抑えきれなかったのだろう。

しばらく息を潜《ひそ》めるが、アイリスが現れる様子はなかった。

昨夜はフロントマートに張り付いていて、朝も荒れ狂っていたから、この時間は眠っているのかもしれない。

虎木《とらき》はできるだけ音を立てないように身支度をしながら、食事もせずに部屋を出ると、そそくさと夜の街を走り、店へとたどり着く。

店内は静かなもので、日勤の同僚に軽く会釈《えしゃく》してからスタッフルームに入ると、

「あ、どもー虎木《とらき》さん」

そこでは村岡灯里《むらおかあかり》がテーブルに学校の課題らしきものを広げながら、鶏むね肉のみを使ったフロントマートの特製から揚げフロチキを食べていた。

「ああ、灯里《あかり》ちゃん、来てたのか。お父さんは？」

「それよりアイリスさんと喧嘩《けんか》でもしたの」

「何だいきなり」

何か聞き逃したかと思うレベルで会話が成立しておらず、虎木《とらき》は困惑する。

「虎木《とらき》さんさー、一体何が不満なのさー」

「いやだから何が」

「虎木《とらき》さんみたいな二十歳すぎのフリーターにあんな美人さん捕まえるチャンス二度とこないと思うよ？」

「頼むからまず何を話してるのか教えてもらえる？」

とりあえず虎木《とらき》が知らないところでアイリスが灯里《あかり》に余計なことを吹き込んだらしいことだけは予想がついた。

「もしかして、昨夜のこと何か聞いたの」

喧嘩《けんか》がどうということは、未晴《みはる》にやり込められたことでも愚痴ったのかと思ったが、

「は？　昨夜のことって何？」

どうやら違ったようだ。

「あー、いや違うならいいんだ。ただちょっと昨夜色々あって、村岡《むらおか》さんにシフトの相談したいんだよ」

「おはようございますー。虎木《とらき》さ……あれ、灯里《あかり》さん？　こんばんはー」

「……ども」

そこに詩澪《シーリン》も出勤してきた。

いつものように虎木《とらき》に吸血絡《がら》みをしようとして、灯里《あかり》の存在を察知し素早く日常モードに移行する変わり身の早さはさすがだ。

「やー、トラちゃん、梁《リアン》さん、おはよー」

そこに二人の雇い主でフロントマート池袋東五丁目店のオーナー、村岡《むらおか》が現れ、灯里《あかり》は黙ってしまった。

一体アイリスと何の話をしたのか気になるところだったが、追及しても藪蛇《やぶへび》になる気しかしなかったし、虎木《とらき》には村岡《むらおか》と詩澪《シーリン》に話さねばならないことがあるのだ。

「村岡《むらおか》さん、実はシフトのことでちょっと相談があるんです」

「どうした？　急ぎ？」

村岡《むらおか》は嫌な顔一つせず、壁に貼ってあるシフト表の前に立つ。

「まだ確定じゃないんですけど、今週か来週のどこかで俺、急にダメになる日があるんです」

「なんかあやふやだね。何日くらい？」

「二日だけ……って言いたいところなんですけど、三、四日かかるかもしれません」

「四日！　四日かそっかー。うーん。今の状況だとー……」

村岡《むらおか》はシフト表と自分の携帯電話の画面を見返しながら渋い顔をする。

「マックス四日として、僕としてはこの辺だとシフト融通利《き》きそうで助かるんだけど」

村岡《むらおか》が指し示すのは、明後日《あさって》からの四日間か、次の週の同じ曜日。

「ここかトラちゃん元々シフト入ってないし、一日だったら僕が出るし、残り二日はまぁなんとか都合つける感じで」

「ありがとうございます。いきなりですいません。多分今日中には予定が決まるはずなんで」

「ふふふー、虎木《とらき》さぁん、私この曜日はお休みなんですけどぉ。どっちの週も代わりに出ることできますよぉ？」

話し合う男二人の後ろから、詩澪《シーリン》がにじりよって少し甘ったるい声を出す。

虎木《とらき》は顔を顰《しか》め、村岡《むらおか》は早くもシフトの融通が効きそうな事態に露骨に安堵《あんど》の表情を浮かべ、そして三人に見えないところで灯里《あかり》は怪訝《けげん》な顔になっている。

「いやぁそれを頼むのは悪……」

「梁《リアン》さん出てくれるのは助かるな！　そんじゃトラちゃんの予定出たら一本は梁《リアン》さんにお願いするってことで」

「はいっ！」

「は、はい」

経営者の鶴の一声で、急な京都行きの代わりのシフトを詩澪《シーリン》に頼むことになってしまった。

FRONT

基本的に詩濡《シーリン》に借りは作りたくなかったのだが、この流れでそれを言うわけにもいかず、代案があるわけでもない。

それに、

「それにしてもトラちゃんらしくなく急だね。本当に四日で大丈夫？　詳しくは聞かないけど、何か大きな問題とかだったら一週間くらいならなんとかするよ？」

村岡《むらおか》は百パーセント善意で言ってくれているので、個人的な事情で我儘《わがまま》を言うわけにもいかない。

「ありがとうございます。ただあんまり余裕持たせすぎるとそれはそれで相手方が面倒っていうか……」

「相手方？」

まさか赤の他人の縁談を壊しに行くとも言えず、虎木《とらき》の発言はつい曖昧になってしまう。

「どこか遠くに行くとかあるんですかぁ？」

そこに、分かっているくせに答えにくいことを詩濡《シーリン》がブッ込んできた。

「梁《リアン》さん、まぁそこは聞かないでおこう。トラちゃんがこんなこと言うの本当に珍しいから、何か本当にのっぴきならないことがあるんでしょ？」

百万超えの借金を即日返済するよう迫られているも同然なのだから、のっぴきならないと言えばのっぴきならない。

「まぁその、割とそうですね。ちょっとお金が絡《から》んでることで……」

「あー、おっけおっけ。時給以外で助けられることは無いからこれ以上聞かない！」

「お金……まぁお金と言えばお金ですよねぇ……」

村岡《むらおか》はわざとらしく耳を塞ぎ、詩澪《シーリン》は小さな声でにやにや笑い、お金というワードを聞いた瞬間灯里《あかり》は鬼の顔と化した。

「ま、決まったらすぐに知らせて。僕が帰るまでには連絡来る感じ？」

「ええ、多分……ん？」

そのとき、虎木《とらき》と詩澪《シーリン》と交代で帰る日勤のスタッフが、困惑顔でスタッフルームに入って来た。

「あの……お客さんが、虎木《とらき》さん呼んでくれって」

「トラちゃん？」

「はい。なんかその、きっちりした和服姿の、若い女性なんですが……」

村岡《むらおか》は首をかしげるだけだったが、虎木《とらき》は直《す》ぐに事態を察してすっと血《ち》の気《け》が引いた。

詩澪《シーリン》も同じ結論に至ったようで、笑いをこらえるのが大変という面持ちで口とお腹《なか》を押さえており、灯里《あかり》はと言うと、

「また新しい女……！」

虎木《とらき》と詩澪《シーリン》の頭の中を覗《のぞ》いたかのように、ファントムになりそうな勢いで黒いオーラを放ち

始める。

そして表に出ると、虎木《とらき》と詩澪《シーリン》が予想した通りの人物が、予想を超えた様子で佇《たたず》んでいた。

「お仕事中申し訳ありません虎木《とらき》様。予定が決まるのが遅くなりまして、もしかしたら携帯電話を見られないのではないかと思い、直接お訪ねしました」

普段よりも仕立てが上等に見える着物をまとった未晴《みはる》がレジの前に立っている。

しかも今日は一人ではなく、白手袋をはめ、燕尾服《えんびふく》と見紛《みまご》うばかりの洒脱《しゃだつ》なスーツを身にまとったスーツ姿の初老の男性を伴っていた。

「か、烏丸《からすま》さん……！」

「御無沙汰しております、虎木《とらき》様」

虎木《とらき》も知った顔だった。

烏丸鷹志《からすまたかし》は未晴《みはる》を公私共に支える執事のような存在で、東京の比企《ひき》家の活動に大きな役割を担《にな》っているらしい。

未晴《みはる》と違って虎木《とらき》と私的な交流は無いものの、虎木《とらき》がサンシャイン60の未晴《みはる》のオフィスに顔を出すと、すれ違って会釈《えしゃく》をする程度の顔見知りだ。

虎木《とらき》よりも高い身長で、一分《いちぶ》の隙も無い真《ま》っ直《す》ぐな姿勢と撫《な》でつけられた白銀の髪に銀縁の眼鏡。

サンシャイン60のオフィスで会うときには全く気にならなかったのだが、執事と辞書を引けばそこに写真が載っていそうなこの服装と雰囲気は、街中のコンビニでは和服の未晴《みはる》すら呑《の》み込むほどの存在感を放っている。

虎木《とらき》と一緒に表に出てきた村岡《むらおか》は何が起こったのか分からず呆然《ぼうぜん》と立ち尽くしており、詩濡《シーリン》も烏丸《からすま》の存在感に呆気《あっけ》にとられ、ついでに灯里《あかり》までスタッフルームの扉からこそこそと様子をうかがっている。

その烏丸《からすま》が虎木《とらき》と村岡《むらおか》に向かって一歩踏み出し、慇懃《いんぎん》に一礼する。

「お知らせが遅くなりますと虎木《とらき》様のお仕事の予定調整に差し支えるかと存じますので、ご迷惑を承知で罷《まか》り越《こ》しました。……オーナーの、村岡《むらおか》様でいらっしゃいますね」

「へっ、あっ、はい」

「業務時間中のご無礼をお許しください。用件はすぐに済みますので、虎木《とらき》様を十分ほどお借りしてよろしいでしょうか」

「は、はい、どうぞ」

烏丸《からすま》の問いに対する村岡《むらおか》のそれは返事というよりただの反応であった。

「それでは失礼いたしますね、虎木《とらき》様、少し外へ参りましょう」

烏丸《からすま》が村岡《むらおか》の了承を得たのを見てから、未晴《みはる》は虎木《とらき》を伴って店の外へ行ってしまう。

村岡《むらおか》も日勤のスタッフも呆然《ぼうぜん》とそれを見送り、詩濡《シーリン》もさすがに困惑顔だ。

灯里《あかり》だけが、未晴《みはる》が虎木《とらき》の手を取った瞬間、般若《はんにゃ》顔でスリムフォンを取り出し猛然と何かをタップし始めた。

そしてピッタリ十分。

虎木《とらき》が未晴《みはる》と烏丸《からすま》を伴って店の中に戻って来たとき、灯里《あかり》以外は元の場所から動いていなかった。

「あのー、村岡《むらおか》さん、すいません、さっき話したスケジュール、確定しました。明後日《あさって》からの四日間、ちょっと休みます」

「あ、そ」

空虚な返事をする村岡《むらおか》の前に、未晴《みはる》は静々と進み出た。

「虎木《とらき》様をお借りする四日間、何か営業上の損失や不都合がございましたらこちらにご連絡ください。誠心誠意対応させていただきますので」

「あ、はい」

未晴《みはる》から渡された名刺を、村岡《むらおか》はまたも反射で受け取る。

「ン？　あれ、もしかしてこの名前、この前の強盗未遂事件のとき……」

村岡《むらおか》は未晴《みはる》の名前を見て、詩澪《シーリン》が勤め始めた頃に起こった強盗未遂事件で強盗を取り押さえた人物と同じ名前であることに気付いたらしい。

「まぁ！　覚えていてくださったのですね。その節はお騒がせいたしました」

「は、はあ……」

その強盗事件の際に強盗を素手で取り押さえたのが未晴《みはる》だったため、村岡《むらおか》は未晴《みはる》と揃《そろ》って警察から事情聴取を受けたのだ。

「それでは、失礼いたします。虎木《とらき》様、待ち合わせの時間と場所は、また連絡いたしますね。それでは皆様、失礼いたします。行きましょう烏丸《からすま》」

「はいお嬢様。それでは失礼いたします」

村岡《むらおか》や灯里《あかり》、スタッフの前では完全よそ行きな態度の未晴《みはる》と、マナー教本に掲載されているモデルのような一礼を見せた烏丸《からすま》は、揃《そろ》って店から出てゆく。

そこで初めて一同は、店の前に装甲車に勝るとも劣らぬガタイを誇るセダン車が停《と》まっていたことに気付く。

烏丸《からすま》がドアを開け、未晴《みはる》が乗り込むと、烏丸《からすま》は恭《うやうや》しくドアを閉め、自分は運転席側に回る。

車が完全に見えなくなってからも、店内にはしばらく重苦しい沈黙が続いた。

「あ、あのさ、トラちゃん」

「は、はい」

「帰って来れるんだよね？　何かお金の問題とか言ってたけど、僕ヤだよトラちゃんが東京湾に浮かんでるニュース見るの」

村岡《むらおか》は別世界の住人の生態を見て完全にしり込みしており、

「やー、ヤバイですねー虎木《とらき》さん。これもう完全に外堀埋められてる感じじゃないですかー？

帰ってこられますー？」

事情をきちんと把握している詩澪《シーリン》は、村岡《むらおか》とは違う意味で虎木《とらき》が未晴《みはる》に食い尽くされるのではないかと心配しつつも面白がっており、

「どこ行くか知らないけど、純和風美女がわざわざ虎木《とらき》さんを……帰ってきたらこれは地獄だよ……修羅場だよ」

灯里《あかり》は何をどう誤解しているのか、目で虎木《とらき》を呪い殺せそうなほど睨《にら》んでいる。

虎木《とらき》はもう何の言い訳も思い浮かばず、

「……とりあえず、無事に帰ってくることを、祈っててください……」

としか言えなかったのだった。


その日の勤務は、まさに針の筵《むしろ》だった。

心臓に白木の杭《くい》を刺されないと死なない吸血鬼も、職場のストレスで死ぬこともあるのではないかと思うくらいにやりづらかった。

詩澪《シーリン》は面白がるし、村岡《むらおか》は変に気を遣ってくるし、灯里《あかり》も帰宅するまでなぜかずっと虎木《とらき》のことを親の仇《かたき》かのように睨《にら》んでいた。

この上でアイリスが現れたら針の筵《むしろ》が杭《くい》の筵《むしろ》になるところだったが、この日アイリスが現れ

ることはなかった。

だがそれはそれで今の虎木《とらき》には不安の種でもあった。

今回の京都行きで一番荒れていたのはアイリスなのだ。

姿が見えないところで何をしているのか分かったものではなく、自動ドアが開くたびに身を震わせた。

「まぁそんな暗い顔しなくても、未晴《みはる》さんのおごりで、京都で美味《おい》しいものいっぱい食べてくればいいじゃないですか」

仕事上がりの詩澪《シーリン》の軽口に反応する気力すらなく、虎木《とらき》はとぼとぼと帰路に就いたのだが、ブルーローズシャトー雑司《ぞうし》が谷《や》の前まで来て、半地下状態の自室の灯《あか》りが点《つ》いていることに気付き戦慄する。

「た、ただいま……」

一人暮らしの自宅に帰るのに何故《なぜ》こんな恐る恐るドアを開けなければならないのか。

中に入るとキッチンの灯《あか》りがうっすら光っていた。

そして予想通り、キッチンの前で修道服を纏《まと》い、聖なる武器を納めたポーチを腰に巻いたアイリスが、虎木《とらき》の朝食、或《ある》いは夕食を用意してくれていた。

「ああ、お帰りなさい」

振り向いたアイリスは、普段と変わらないテンションだ。

「今日はごめんなさいね。コンビニ行けなくて」

別に日頃から来てほしいなどとは思っていないし、むしろ来ない方が良いとすら思っているのだが、それを言ってはいけない雰囲気がぴりぴりと部屋を満たしている。

「すぐ食べる？　それならもうすぐできるけど、今食べないなら冷蔵庫に入れておくわ」

「お、おお。その、ありがとう、い、いただいとくかな。今日メシ食えなくて」

「いいのよ。いつものことでしょ。スープ温めるから、今のうちに寝る準備してきたら」

「ああ、その。ああ」

虎木《とらき》は奥の部屋からエアマットを取り出して膨らませ、風呂場《ふろば》に放り込む。

「出来たわよ。寝る前だから量は少なめにしておいたわ」

「あ、ああ」

ご飯と漬物に、細かく刻んだ野菜たっぷりのコンソメスープというお腹《なか》に優しい仕様。

「いただきます」

仕事上がりで空腹なのは本当だったので、ありがたく食卓につく。

「どうぞ。それで、いつキョートに行くの？」

「んぶふんっ⁉」

口に含んだスープが全部鼻に入った。

慌ててティッシュペーパーを引き寄せ洟《はな》をかむ。アイリスは全く表情を変えない。

「ミハルがお店に知らせに来たんでしょ？　スケジュール、決まったんじゃないの？」

村岡《むらおか》や詩澪《シーリン》がわざわざアイリスに知らせるはずがないから、恐らく情報源は灯里《あかり》だ。出勤時にアイリスのことでやたら絡《から》んできていたが、店に未晴《みはる》がやってきたことをおせっかいにもアイリスに知らせたに違いない。

しかも恐らくは、余計なフィルターを大量に通しながら。

「いや、まぁ、その、とりあえず、明後日《あさって》の金曜の夜から」

「あさ……!!　そ、そう。随分急なのね」

「お、おう。」

「休みは取れたの？　だってその日はシフトが……」

「り、梁《リアン》さんが、代わってくれてな」

「ワラクさんには知らせたの？　心配してるんじゃない？」

「もちろん知らせるけど、あいつも俺と未晴《みはる》との関係性はよく分かってるし、今更予定は変えられないしなぁ。まぁ、小言は言われるだろうけど……」

「ふーん。ならいいけど」

「……」

普段とまるで変わらない態度でいるのが、単純に恐ろしい。

自分が原因で女性の機嫌を損ねてしまった場合は、絶対に自然に機嫌が直ったりはしない。

そう見える場合は、元の出来事以上に手の付けられない事態が発生したか、その出来事にまつわる感情が深層心理の火薬庫にストックされたと判断するのが正しい。

「いいのか？　俺、京都行っても。何かお前らのパートナーシップ制度の規則に抵触したりとかしないか」

「どうしてそんなこと聞くの？　私がユラにあれやっちゃいけないこれやっちゃいけないなんて言う権利無いでしょ？」

「お前どの口がそんなこと言うんだ」

流石《さすが》にこれはつい口をついて出たが、それでも想像以上にアイリスの内面で面倒なことが起こっていると確信し、虎木《とらき》はその場に崩れ落ちそうになった。

「ミハルは私やユラが何か言ったからって考えを変えるような人じゃないでしょ。名家同士の縁談を破談にするなんてどうやるつもりなのか知らないけど、せいぜい面倒に巻き込まれないようにしなさいよね？」

「あ、ああ、うん」

言葉の表面上は、今の虎木《とらき》にとっては理想的な、最大限理解してくれたような反応を返してくる。

「なあ、灯里《あかり》ちゃんから何を……」

「そうだ。シーリンは今日これからはシフトに入ってないし、家にいるわよね」

灯里《あかり》がアイリスに何を言ったのか、どうしても気になって質問したところ、アイリスは冷蔵庫に張り付けられたシフト表を見て話を遮ってきた。

「んっ⁉　あ、ああ、大体俺と同じシフトだから、今日はもう家に帰ってるし、今夜も出勤じゃないはず……」

唐突に勢いよく挟まれた質問に慌てて答えると、アイリスはぱっと顔を明るくして立ち上がった。

「じゃあ今日はシーリンの監視に行くから。私の目が無いからってハメ外したりしないでよ」

アイリスがいようがいまいがどうせこれから朝だし、そもそも仕事中にハメを外したことなど一度もないのだが、ここまでくるといよいよもって意味不明だ。

「それじゃ、後片付けは自分でしてね。バイ」

「……おう」

虎木《とらき》の心境的には嵐が過ぎ去ったかのような気分だった。

本心を言えばもう少しアイリスの胸の内を聞いておきたいところではあったのだが、間もなく日が昇ってしまうこの時間に虎木《とらき》にできることは何も無い。

「一応……一応な」

明け方間際《まぎわ》。静かすぎる自宅に逆に不気味さを感じた虎木《とらき》はスリムフォンのメッセージアプリ『ROPE』で詩澪《シーリン》に、

『今日アイリスがそっち行くかもしれない。何か変なことがあったら教えてくれ』

と送り、胸を不安でいっぱいにしながら寝間着に着替えて風呂場《ふろば》で横になった。

体と心が疲れ切っていたせいか虎木《とらき》はすぐに眠りに落ちる。

そして翌、日没。

目覚めるとやはり部屋の中にアイリスの気配はなく、朝食などが用意されている気配も無かった。

何となく息をひそめて隣室の気配を窺《うかが》うが誰かがいる様子はなく、どうやら帰宅していないようだ。

スリムフォンを見ると、日中に詩澪《シーリン》から返信がきていた。

恐る恐る開くと、

『アイリスさん、来ませんでしたよ。変なことは無かったですけど、どうしたんですか?』

と意外な内容。流石《さすが》に詩澪《シーリン》の家にまで上がり込むような無茶はしなかったのだろうか。

『ありがとう。何も無いならいいんだ。悪いけど京都に行ってる間、シフト頼んだ』

『はーい。京都のお土産、楽しみにしてます』

ごく自然なメッセージと、追い打ちのスタンプ。

「考えすぎか?」

今朝のアイリスの態度は虎木《とらき》にはとことん不自然に映ったが、詩澪《シーリン》は詩澪《シーリン》で、未晴《みはる》ほどではないにしろ特別アイリスと仲が良いわけでもないから、虎木《とらき》とのメッセージのやり取りで無意味な嘘《うそ》はつかないだろう。

アイリスの動向は不安だが、虎木《とらき》は虎木《とらき》で明日からの旅に備えなければならない。

生理的事情のせいで、一人暮らしの吸血鬼は旅行経験に乏しいし、虎木《とらき》も自発的に旅行をした経験は数えるほどしかない。

未晴《みはる》が全ての費用を持つとは言うが、一人の大人としてその言葉をそのまま受け取るわけにいかない以上、最低限の準備を整える必要がある。

「スーツ、昨日の時点でクリーニングに出しておくべきだったか……俺トランクとか持ってたっけか……いや、着替えだけならトランクじゃなくてもいいか？」

独り言をぶつぶつ言いながら旅行の準備を整えていると、スリムフォンが震え、見てみると未晴《みはる》からのＲＯＰＥメッセージが入って来た。

『お休みでしたらごめんなさい。私、明日が本当に楽しみです。明日十八時に、サンシャイン60のいつもの通用口までお越しください。そこから東京駅まで車で参ります。前にも申し上げましたけど、お手荷物は最低限で結構ですので、気楽な恰好《かっこう》でいらしてくださいね』

「へいへい」

一つのポストとしてはかなり長い文章に、虎木《とらき》は苦笑する。

とりあえずスタンプだけ返すと、未晴《みはる》は今度は写真をポストしてきた。

ある意味見慣れた未晴《みはる》の着物姿だったのだが、

『もしよければ、感想をお聞かせ願えますか？』

普段見るより華やかな色合いの着物姿。

「あー……」

一人の男性として、長く生きた男性として、社会人の男性として。

『似合ってると思うぞ』

この返答は、必要であり、義務であり、そして偽らざる本心であった。

未晴《みはる》からは喜びを表すスタンプが送られてきて、自分の回答が間違っていなかったことに虎《とら》木《き》は胸を撫《な》でおろす。

虎木《とらき》はプリインストールされている定型スタンプを最後に返してから、改めて旅の準備に戻る。

その間もアイリスから何らかのアクションが無いか気を張っていたのだが、帰宅する気配も無ければ特に連絡もなく、遂《つい》には出勤時間になっても一切の音沙汰が無かった。

昨日から妙によそよそしい村岡《むらおか》にげんなりしつつ、出発までに会えなかった場合、アイリスに書き置きくらいは残しておいた方がいいだろうと、ぼんやりと考えていた。

※

「本当にやる気ですか？　私嫌ですよ。後で問題になるの」

「大丈夫よ。これもある意味私の職務の一環なんだから」

朝焼けが満ちる狭い部屋の中で、アイリスと詩濡《シーリン》が膝を詰めて向き合っていた。

「ふぅん職務。人の勤務明け、しかもこんな朝っぱらから押しかけておいて、よく言いますね。そう言えば尸幇《シーバン》の記録が確かなら、確か京都って闇十字《やみじゅうじ》が入っちゃダメなんですよね」

「キョートって何のこと。私はただ、担当ファントムから、僵尸《キョンシー》の色々について深く知るために聞き取りに来てるだけよ」

「アイリスさん」

詩濡《シーリン》は本気で呆《あき》れ顔《がお》だ。

「よっぽど面白くないんですね。未晴《みはる》さんが虎木《とらき》さんのこと連れてっちゃうの。こんな小細工考えてまで」

言いながら詩濡《シーリン》は、アイリスの前で細かく指を動かす。

「ぶっちゃけアレですよね。アイリスさん、何だかんだ言いながら実は虎木《とらき》さん……」

「さあ時間がないわシーリン。夜までに、もう少し話を進めましょう」

「はいはい。必死ですね。ちょっと引きます」

「これも修道騎士として円滑に職務を遂行するための学習よ。さ、他に何かないの」

「今準備してますからちょっと黙っててください。っていうかアイリスさん、これって私がアイリスさんの弱み握ることにもなるんですけど、気付いてます？」

「あなたがその弱みとやらで何かしようもんなら、修道騎士権限が黙っちゃいないわ」

「サイアク。あ」

その時詩澪《シーリン》のスリムフォンが震える。

動かす手を止めてスリムフォンを取ると、虎木《とらき》から、

『今日アイリスがそっち行くかもしれない。何か変なことがあったら教えてくれ』

とのメッセージ。

「何？　誰から？」

「村岡《むらおか》さんからですよ。虎木《とらき》さんとシフト交換した件で確認が。後で返信すればいいんで気にしないでください」

詩澪《シーリン》はアイリスをチラ見しながら適当なごまかしを口にしてから虎木《とらき》にも適当に返事すると、アイリスに見られないようスリムフォンを自分の体の後ろに隠し、小さくほくそ笑んだ。

第二章　吸血鬼は贅沢に慣れていない

DRACULA YAKIN!

長く生きてきた虎木《とらき》だが、運転手付きリムジンなどというシチュエーションは架空のものだと思っていた。

未晴《みはる》との京都行きに待ち合わせたサンシャイン60のお膝元。

一昨日フロントマート池袋東五丁目店の前につけた車が霞《かす》むレベルの、胴長の黒いリムジンが鎮座していて、そのリムジンの存在感に決して負けていない未晴《みはる》と烏丸《からすま》の立ち姿を見たとき、虎木《とらき》は一瞬にして回れ右をしたくなったが、もはや逃げることはできない。

「よ、よお未晴《みはる》……それに、こんばんは、烏丸《からすま》さん。もしかして、少し遅かったか？」

「いいえ、虎木《とらき》様、時間通りですよ」

「虎木《とらき》様。この度は未晴《みはる》お嬢様の我儘《わがまま》にお付き合いくださり、比企《ひき》家に仕える者として、心より御礼申し上げます」

烏丸《からすま》は例によって、虎木《とらき》に測ったような斜め四十五度の礼をする。

「烏丸《からすま》。我儘《わがまま》とは聞き捨てなりませんね」

そこに、華やかな羽織りを纏《まと》った未晴《みはる》が、少しすねたような顔で割って入る。

「これは虎木《とらき》様にとっては仕事なのですよ。貸したものをお返しいただくだけです」

「そうは仰《おつしや》いますが、特に交際されているわけでもない虎木《とらき》様を無理やり京都のご本家にお連れして、あまつさえ六科《むじな》家との縁談を破談させるための人身御供《ひとみごくう》にすることが、我儘《わがまま》でなければ何なのか、是非烏丸《からすま》めにご教示くださいませ。貸し、と仰《おつしや》る諸々《もろもろ》も、お嬢様が進んでなさったことだと記憶しておりますが」

穏やかな笑みと物腰で、烏丸《からすま》は遠慮なく未晴《みはる》に突っ込み、あの未晴《みはる》は気まずそうに口を尖《とが》らせている。

「虎木《とらき》様も快諾してくださったのだからいいのです。それよりも新幹線の時間に遅れてしまうわ！　烏丸《からすま》！　いいから運転して！」

ちくちくと未晴《みはる》をいじめる烏丸《からすま》に未晴《みはる》は顔を赤らめながら命令する。

烏丸《からすま》も軽口をひっこめ恭《うやうや》しく一礼すると、リムジンの後部座席のドアを開け、未晴《みはる》と虎木《とらき》を促した。

「それではお嬢様、どうぞ中へ。虎木《とらき》様。お荷物、私がお預かりいたします」

「ど、どうも」

身軽な姿でいいと言われていた虎木《とらき》だったが、結局一般的な二泊三日で想定される程度の荷物を持ってきていた。

だが如何《いか》にも執事然とした烏丸《からすま》と、そこにあるだけで人目を引かざるを得ない高級リムジンに、虎木《とらき》が昨夜急遽《きゆうきよ》購入したキャスターつきトランクはあまりに不釣り合いであった。

「それでは虎木《とらき》様もどうぞ車内へ。軽食とお飲み物をご用意させていただきました。しばしの間、ごゆるりとおくつろぎくださいませ」

「ど、どうも」

烏丸《からすま》の案内で遠慮がちにリムジンに乗り込むと、車内は虎木《とらき》の想像する『車内』とは全く異なる空間だった。

ドアが閉じられると同時にサンシャイン60をとりまく人々や街の喧噪《けんそう》がぴたりと消えた。

腰かけると程よく沈むソファの前には、チーズやフルーツ、クラッカーが盛り付けられた皿の乗ったテーブルがあり、運転席側にはワインセラーと冷蔵庫がある。

毛足の長い絨毯《じゅうたん》は土足で踏むのが躊躇《ためら》われ、いかにも贅《ぜい》を凝らしてリラクゼーションを追求したことが分かる内装なのだが、あまりに日常の生活水準と違いすぎる諸々《もろもろ》で、虎木《とらき》は全くリラックスできなかった。

一方の未晴《みはる》はと言えば、さすがは比企《ひき》家のお嬢様と呼ばれるだけあって、この異空間にしっくり馴染《なじ》んでいる。

「虎木《とらき》様、どうぞこちらへ。シートベルトをおつけくださいね」

「あ、それはそういうもんなんだな」

ホテルのラウンジのような内装の中でシートベルトという単語はいかにも不釣り合いだが、未晴《みはる》に招かれるままに彼女の隣に腰かけ、シートベルトを着用した途端、何だかもう逃げることができない監獄に拘束されたような気分になった。

「……虎木《とらき》様」

「な、なんだ？」

そのまま肩にしなだれかかってきそうな未晴《みはる》は、目を輝かせて虎木《とらき》を見た。

「ありがとうございます。私のために、スーツをお召しになられたなんて……」

「ああ、いや、まぁ」

虎木《とらき》の服装も、軽装で良いとは言われたものの、いつものすそが擦り切れたようなパーカーを羽織ってくるわけにもいかず、何年に一度も着ないスーツとビジネスコートを引っ張り出してきたのだ。

それでも烏丸《からすま》のスーツに比べると素人目《しろうとめ》にも明らかに安物と分かるスーツ。これを最後に着たのは、村岡《むらおか》の店に雇われるときの面接以来だ。

『それでは出発いたします』

そのとき車内のスピーカーから烏丸《からすま》の声が響き、リムジンが動き始めた。

「さ、虎木《とらき》様！　何か飲み物を召し上がりますか？　良い年ごろのワインを揃《そろ》えさせたのですが！」

早速虎木《とらき》に酒をサーヴしようとし始める未晴《みはる》を、虎木《とらき》は慌てて止める。

「待て待て待て！　お前まだ飲めないだろ！」

「私は一級シャトーのワインの原料となるブドウをしぼったジュースをいただきますから。さ、乾杯しましょう」

既に浮かれ切っている未晴《みはる》は虎木《とらき》の言うことも聞かず、如何《いか》にも高そうなボトルを手早く開封してしまう。

背の高く薄く軽い作りのグラスに注がれたのはしっとりとした色の赤ワイン。

未晴《みはる》は黄金を思わせる薫り高いジュースを自分のグラスに注ぐと、それを摘まみ上げ差し出してきた。

「来ていただいて、嬉《うれ》しいです。ありがとうございます」

「のっけからこんなんで、この先どうなるのか怖くてしかたねぇよ」

虎木《とらき》は諦めて、未晴《みはる》とグラスを合わせた。

「烏丸《からすま》さんも京都まで来るのか？」

「ええ。私の護衛役として」

古妖《エンシエント・ファントム》ストリゴイや梁戸幇《リアンシーバン》の僵尸《キョンシー》達を向こうに回し、一歩も引かぬ戦闘力を持つ未《み》晴《はる》に護衛が必要かという疑問を、虎木《とらき》は抱かなかった。

「まぁ仮にも縁談が理由で実家に帰るのに、帯刀ってわけにもいかないか」

「実家にも幾振りかあるのですけどね。でも折角虎木《とらき》様との初めての外泊デートなのですから、あまり物騒なものを持ち歩きたくないでしょう？」

「言葉選べ。こっちの会話、烏丸《からすま》さんにも聞こえてるんだろ」

運転席で烏丸《からすま》がどんな顔をしているのか、虎木《とらき》は想像するだけで胃が痛い。

「この後、どういうスケジュールなんだ？」

「今日は何もありません。京都に到着したら手配したホテルでお休みください。本家への挨拶は明日の夕方からです」

「……まぁ、今日じゃなかっただけいいか」

「実はその後は、別に何もないのです。私に結婚するつもりがないことを話しに行くだけですので、向こうがどう言おうとそれ以上の予定は発生しようがないのです」

「向こうがそれで納得してくれりゃいいんだがなぁ」

既に東京駅に向かう道中ですら予想だにしない乗り物に乗せられているので、この先いくらでも虎木《とらき》の想定を超える事態が発生する予感しかしない。

「ですので本家と六科《むじな》に縁談を断った後は、私と虎木《とらき》様の間を邪魔する者は誰も……」

「本家ってとこで俺は誰と会うんだ⁉」

未晴《みはる》が話題を派手に転換させようとする気配を察し、虎木《とらき》は大声で質問を重ねた。

「……お相手になる六科《むじな》の長男と御親族、それと比企《ひき》家の現当主、私のお祖母様です」

未晴《みはる》は不満そうに口を尖《とが》らせながらも素直に答えた。

「お祖母《ばあ》さんが当主なのか」

「ヤオビクニの家系ですから当主は代々女性です。なのでいずれ私も当主を継ぐことになります。ですが私と結婚しても、面倒事は全て私が引き受けますからご安心くださいね」

それでもめげずにねじ込んでくるあたりはさすがである。

「祖母の名は比企《ひき》天道《てんどう》といいます。正確なところは分かりませんが、確か二百歳は越えているはずです」

未晴《みはる》は確か十八歳のはずだが、祖母が二百歳というのは間が空きすぎている気もする。

未晴《みはる》の両親の年齢や、その両親の兄弟姉妹の数も気になるが、今回の件に直接関係ない比企《ひき》家の事情を知ろうとするのは底なし沼にダイブすることと同義なので虎木《とらき》はぐっと疑問をこらえた。

「今更だけど、納得してもらえるのか？　俺みたいな奴《やつ》が行って」

「大丈夫ですよ。お祖母様はとても優しくて、話の分かる方です。虎木《とらき》様が私の恋人だと伝えれば、すぐに納得してもらえるはずです」

ここまでの経緯を考えても、優しくて話の分かる祖母が孫の縁談を勝手に決めたりしないだろうし、そんなところに虎木《とらき》のような馬の骨が飛び入り参加したとして、とてもではないが簡単に済む話とは思えない。

その不安が顔に出たのか、未晴《みはる》は重ねて言う。

「お祖母様以外は強引なことを言う親族もいるかもしれませんが、納得させます。そもそも私が納得しなければ縁談なんて進めようがないんですから」

未晴《みはる》がそう言う以上、ほかに判断材料の無い虎木《とらき》は信じるしかない。

「詳しいことは明日、本家に上がる前に説明いたします。折角の旅行なのですから、もっと楽しく過ごしましょう？　こちらのチーズは二年熟成のミモレットですよ」

頼むから口に入れるものにまで訳の分からない言葉を使わないでほしいと思う間もなく、未《み》晴《はる》は小皿にクラッカーとチーズを取り分け差し出してきた。

虎木《とらき》は差し出された、一目で高級品と分かるチーズを見て思う。

あまり無下に突っぱねて未晴《みはる》の機嫌を損ねるのも、この旅の間は得策とは言えない。

未晴《みはる》個人はもちろんのこと、未晴《みはる》や烏丸《からすま》の背景にある比企《ひき》家との関係は、今後虎木《とらき》が愛花《あいか》を追うに当たって確実に影響がある。

比企《ひき》家の力を能動的に利用するなどと言う大それた能力も気概も虎木《とらき》には無いが、この環境に置かれた社会人として、最大限未晴《みはる》と比企《ひき》家は立てていくべきだろう。

「ありがとう。もらうよ」

小皿を受け取ると、未晴《みはる》は彼女が纏《まと》う着物の椿《つばき》の柄のように、艶《あで》やかな笑みを浮かべた。

東京駅八重洲口《やえすぐち》につけられたリムジンから降りると、そこには別のスーツを着た男性が待っていて、虎木《とらき》と未晴《みはる》に一礼すると烏丸《からすま》と入れ替わるようにリムジンの運転席に乗り込みそのまま走り去った。

「では参りましょう。お荷物はお任せください。間もなく新幹線が到着いたします」

烏丸《からすま》は当たり前のように虎木《とらき》のキャスターつきトランクを地面につけることなく抱え上げ、

「え、あ、はい」

虎木《とらき》は促されるまま、烏丸《からすま》と未晴《みはる》の後に続く。

人生で何度も使ったことの無い東京駅の新幹線改札口をくぐり、十八番ホームにつくと、既に車内清掃は終わっていて、乗車できる状況になっていた。

当然のように烏丸《からすま》はグリーン車の乗車口へと向かい、乗車口にはまたスーツ姿の男性が、普段虎木《とらき》が目にもしないような高級な弁当の入っているであろう紙袋を提げて待っていた。

彼はやはり虎木《とらき》達に一礼すると、烏丸《からすま》は特に彼を労《ねぎら》うこともなく紙袋を受け取って、

「さ、足元にお気をつけください。こちらの車両です」

「……どうも」

虎木《とらき》は曖昧な音を発して、人生初の新幹線のグリーン車へ足を踏み入れた。

「おお……」

鉄道の座席としては格別の座り心地と広い足元に、虎木《とらき》は年甲斐《としがい》もなく気持ちが浮き立つ。

「ではお嬢様。私は後ろの車両におります。虎木《とらき》様、トランクはこちらでよろしゅうございま

すか？」

「あ、はい、どうもすいません」

虎木《とらき》と未晴《みはる》は、グリーン車の進行方向に向かって一番後ろの席に案内された。

後ろに誰もいないのでリクライニングに気を遣う必要がないほか、大きな荷物を座席の後ろに確保できるなど、人気の高い席だ。

「こちらが用意させていただきましたご夕食です。店売りの折詰弁当ではございますが、比企《ひき》家御用達《ごようたし》の惣菜店《そうざいてん》が腕によりをかけて作りました。どうぞお召し上がりください」

「えっ⁉」

烏丸《からすま》が未晴《みはる》に渡したのは、新幹線の外で待っていた男性から烏丸《からすま》が受け取った紙袋だ。

あの男性がこれを買ってきてくれていたのだとしたら、礼も言えずに乗ってしまったのは痛恨の極みである。だが未晴《みはる》は何ともない顔でその紙袋を受け取り大儀そうに頷《うなず》いた。

「ありがとう烏丸《からすま》。何かあったら呼びますね」

「はい。では失礼いたします」

目立たない程度に一礼した烏丸《からすま》は、未晴《みはる》に弁当の入った紙袋を手渡すと後ろの車両へと消えていった。

「さ、虎木様《とらき》。コートをこちらに。少しネクタイの首元を緩められてはいかがですか？」

「ああ、うん」

未晴《みはる》がごく自然に差し出す手に、虎木《とらき》は導かれるようにして脱いだコートを差し出した。

未晴《みはる》は虎木《とらき》のコートを丁寧にたたむと窓上の荷物置きに載せる。

その段になって初めて気づいたのだが、虎木《とらき》はいつの間にか窓側の席にいた。

自然に虎木《とらき》を窓側に座らせる未晴《みはる》の体捌《たいさば》きに驚くが、もう何を言っても仕方がない。

虎木《とらき》も観念して腰を下ろすと、まるで図ったかのように新幹線が動き始めた。

「おお」

こんなゆっくり動き出す鉄道だっただろうか。

「ふふ、楽しみですね」

虎木《とらき》は車窓を流れる光の渦を眺めながら、気乗りのしない目的があることは分かっていながらも、最後にいつ行ったかもわからない『旅行』に出たことで心が浮き立つことを認めざるを得なかった。

「ん。ま、そうだな」

※

まさか運転手付きのリムジンが用意されているとは思わなかった。

サンシャイン60から走り去る高級車のテールランプを、ニット帽にカーキのダウンコートにブルーデニムパンツ、ハイカットスニーカーにリュックサックという、普段とはまるで異なる装《よそお》いのアイリスが呆然《ぼうぜん》と見送っていた。

未晴《みはる》の経済力を考えれば、電車で東京駅に行かないことは分かっていた。

だがタクシー以上のことを想定しなかったのは、アイリスの落ち度だった。

「や、やるわねミハル……でも、私がタクシーに乗れないと思ったら大間違いよ！」

アイリスは意を決すると、すぐ前の道に駆けだし、タクシーに向かって手を挙げる。

この時点でアイリスの心拍数は既に急上昇していた。

何故《なぜ》なら日本の多くのタクシーの乗務員は男性である。

男性と会話が成り立たないアイリスにとって、密室で長時間男性と二人きりになるタクシーは、一見利用不可能な交通手段に思われた。

だがアイリスも、僅かな間ながら日本に滞在したことで、日本のタクシーのシステムは理解していた。

日本のタクシーにはチップは必要ないし、ドアは自動で開くし、気を張っていなくてもメーターで不正をしたりしないし、目的地さえ言えばあとは勝手に目的地まで運んでくれる。

クレジットカードや交通系ＩＣカードなど支払い方法も充実しており、それこそ交通系ＩＣカードをかざすだけで支払い方法を察してくれる。

近年では女性のタクシードライバーも急増しており、運が良ければそういったタクシーに当たることも少なくない。

いずれにせよ、タクシーを捕まえて「トーキョーエキ！」とさえ言えれば、あとはどうとでもなるはずだった。

道端で手をかざしたアイリスに、明るい色のタクシーが寄せてきた。

残念ながら、ドライバーは男性だった。

だがここで車を吟味している暇はない。

アイリスは意を決して乗り込むと、

「トーキョーエキっ‼」

この日最大の勇気を総動員して絶叫した。

「は、はい、かしこまりました」

アイリスがきちんと顔を上げていれば、バックミラーに驚いた運転手の顔を見ることができただろう。

あとは到着するまで顔を伏せていれば、支払いのときにカードを差し出せば全て済むはずだった。

だが次の瞬間、またもアイリスが予想だにしないことが起きた。

「どちらのルートで参りますか？」

「…………うぇ？」

「ルートのお好みはございますか？　または東京駅のどちらの出口がよろしいですか？」

「え、あ、あ」

耳は言葉を理解している。

だが、心が反応を拒否している。

何故《なぜ》そんなことを聞くの。あなたはタクシーの運転手で、道と運転のプロではないの。

「あ、そっか。え、えーと、Which route should I take?（どのルートを通りますか？）」

言《い》い淀《よど》んでいるアイリスに対して、日本語話者ではないと判断したのか、英語で問いかけてくるではないか。

「あっ……えっ……あっ……！」

「Tokyo Station has many entrances. where to?（東京駅にはいくつも出口がありますが、どちらに？）」

「いっ……あっ……うっ……！」

イングランド人のアイリスが日本人相手に、英会話に詰まって何を言っていいのか分からなくなっている日本人のようになってしまっている。

運転手が親切で言っていることは分かる。ルートを尋ねられているのも、恐らくは客の好みを考えてのことだ。

だが今のアイリスは、とにかく東京駅まで運んでもらえればそれでよかったので、それ以上の想定問答は一切用意していなかった。

目が回り始めるアイリスだが、今ここでタクシーから逃げ出せば、未晴《みはる》のリムジンに追いつけないかもしれない。

そんな思いが、その一言を絞りださせた。

「キョートっ!!」

「京　都……I got it！ You want to take a Shinkansen. OK, I take you to Yaesu Chuo entrance.（承知いたしました。新幹線に乗るんですね。でしたら八重洲《やえす》中央口に向かいます）」

叩《たた》きつけるような雑な発言を、運転手は的確に汲《く》み取《と》ってくれた。

アイリスはどっと脱力し、息も絶え絶えにタクシーの低い天井を仰いだ。

本国でタクシーキャブに乗るときは事細かに道を指定する必要があるケースが多かったが、日本でタクシーに乗る上では基本的に目的地を言うだけで大丈夫だと思っていた。

そうでなくてもまだまだ街中で咄嗟《とっさ》に英語でコミュニケーションを取ってくれる日本人が多くないから、いざという時は日本語が分からないふりをすればいいとタカをくっていて、これまでもその手で緊急事態を乗り切ったケースは数知れない。

だがこの親切で誠実な青年ドライバーは、アイリスに不便なことが無いよう、精一杯の英語で対応してくれた。

それに対してまともに受け答えができない自分が、仕方ないが、情けない。

アイリスは、ダッシュボードの上に掲げられた乗務員のプレートを見る。

そこには「実直誠人－SANENAO MAKOTO」と書かれていた。

実直《さねなお》ドライバーは渋滞にはまることなくスムーズに東京駅の八重洲《やえす》中央口に到着。

アイリスが掲げる交通系ＩＣカードを見て、すぐに端末を用意し、何も言わないうちから領収書を手渡してくれた。

「Have a nice day.」

端《はた》から見ればただただ無口で不愛想《ぶあいそ》なアイリスに、ドライバーは最後まで笑顔で誠実に対応してくれた。

タクシープールには、リムジンの姿などどこにも無い。

アイリスは去り行くタクシーを見送って、心の中で実直《さねなお》ドライバーにお礼を述べてから、東京駅へと歩を進める。

金曜日の夜ということでそれなりに混雑している駅構内を足早に駆け抜け、東海道新幹線の改札口近くの券売機にとりつき、京都までの切符を自由席で購入する。

虎木《とらき》がどの新幹線に乗るのかは分からないが、運転手付きリムジンで乗り付け、和装の未晴《みはる》がいる以上、かなり時間に余裕を持っているはずである。

アイリスが東京駅に着いたのは、どんなに厳しく見てもリムジンから遅れること十分程度。

今ならまだ、東京駅内にいれば虎木《とらき》達を見つけられる可能性が高い。

「新幹線のホームってこんなに沢山あって、しかも長いのね。見つけられるかしら」

無計画にうろちょろして鉢合わせという事態は避けたいし、かと言ってあまり悠長にしていると、気付かぬ間に行ってしまう可能性もある。

「何で私がこんなこと」

顔を伏せながら、それでも視線を鋭く周囲に配るアイリスは、忌々《いまいま》しげに呟《つぶや》く。

そして虎木《とらき》達の姿を探してホームをうろつき始めてほどなく、アイリスは虎木《とらき》と未晴《みはる》の姿を発見した。

リムジンの運転手に先導され、ホームにいる男性から紙袋のようなものを受け取っている。

「これ、よね。自由席の車両は……って、あっと！」

東京発の東海道新幹線の自由席車両は先頭の1～3号車。虎木《とらき》の乗った9号車の前を足早に通り過ぎる際、窓越しに未晴《みはる》と目が合いそうになり、慌ててアイリスは背を向けたが、

「何よ」

窓際《まどぎわ》の席に座った虎木《とらき》が思いがけずリラックスした笑顔だったため、アイリスは面白くなさそうに鼻に皺《しわ》をよせ、重い足取りで自由席車両を目指し始めた。

「本当、何で、私が、こんなこと、しなきゃ、いけないんだか！」

一歩踏み出すごとにホームの床のタイルを砕きそうなほど荒々しく歩いたアイリスは、自由席車両を発見し乗車。

全体の二割ほど残っている空席の中から、右側の列の、隣が女性の席を選んで通路側に腰かけた。

窓側の席に座っているのは、アイリスより少し年上のダークスーツ姿の女性だった。

ビジネスマンか学生かは分からないが、慣れた様子でシートをリクライニングしている。

アイリスはリュックを抱えたままきょときょとと自分の周囲を見回し、ひじ掛けにあるボタンを押して、遠慮がちに少しだけシートを倒す。

隣の女性と同じくらいのところで止めると、思わず手が腰の後ろに回った。

だがそこには何もない。

いつもならその場所には、聖銃デウスクリスと聖槌《せいつい》リベラシオンが収まった革のポーチがある。

だが今日のアイリスは、修道騎士としての聖具を一切携帯していない。

何せ『完全なプライベート』という体《てい》なのだから。

「何で、私が、こんなこと」

新幹線のホームに上がってから三度目の、同じ内容の呟《つぶや》き。

余計なことをするなと中浦《なかうら》から釘《くぎ》を刺され、虎木《とらき》からも歓迎されず、未晴《みはる》に見つかれば何を言われるか分からない。

それでも、今日この行動を、アイリスは自然に選んでいた。

休暇を申請し、デウスクリスとリベラシオンを東京駐屯地に預け、一介の旅行者として京都に行く。

パートナー・ファントムの虎木《とらき》を追って。

「……ぁ」

そのとき、アイリスの感覚では、何の前触れもなく新幹線が発車した。

異国の特別急行列車に乗る緊張感は、母国で乗る鉄道の比ではない。

行き先や降りる駅を間違えるのではないかという不安から、アイリスはまたも無いはずのポーチを右手でまさぐり、左手はしっかりとリュックサックを抱きしめている。

「何で」

どうして虎木《とらき》を追うことにしたのだろう。

そもそも追ったところでアイリスにできることも、していいこともないし、博多《はかた》行きの新幹線に乗ってからそんなことを考えている時点で、この行動が行き当たりばったりであることを自覚しなければならない。

事前準備こそいくつかしたが、それも虎木《とらき》や未晴《みはる》に関わることと言うよりその前の段階の、京都入りするためだけの準備だ。

京都駅を下車した後の計画は何も無い。

せいぜい未晴《みはる》達を追跡して、虎木《とらき》の宿泊先を特定したり、縁談が進む会合の場を特定するくらいが関の山だ。

特定した後は……。

「どうするんだろう」

未晴《みはる》も、虎木《とらき》を婚約者として連れて行くとは言っていたが、それは縁談をご破算にするためであって、その場で虎木《とらき》と未晴《みはる》が新たに結婚の約束をするわけではない。

日本の名家の理屈や哲学はよく分からないが、元々の相手を追い出した末に降って湧いた馬の骨が突然新たな婚約者に認定されることは無いような気がする。

現実問題として、虎木《とらき》側に未晴《みはる》とどうこうなろうとする意思がないのだ。

未晴《みはる》も調子のよいことばかり言っているが、虎木《とらき》の本心は分かっているはずである。

ならば。

「何してるんだろ、私」

いざ京都に向かうという段になって、急激にアイリスの気持ちが冷えてゆく。

何もやることはないし何もできないのに、自分は虎木《とらき》と未晴《みはる》を追って京都に向かっている。

品川を通り過ぎ、新横浜に間もなく到着するアナウンスが車内に流れる。

ここで降りれば、もやもやを抱えたまま京都に着くという間抜けな事態を回避できる。

どうせ何もない。何日かすれば虎木《とらき》も未晴《みはる》も帰ってくる。

「……エクスキューズミー」

「っ！」

そのとき、隣の女性が通路に出たそうにしているのを見て、アイリスははっとなって席を立ち通路への道を譲った。

「どうぞ」

「あ、どうも」

アイリスが日本語で返事をしたことにはっとしつつ、女性は小さく会釈《えしゃく》をして通路に出た。

恐らくトイレにでも向かったのだろう。

女性を何となく見送ってから、アイリスはまた悩み始める。

新横浜を過ぎるとそこから名古屋までは一時間半近くかかり、簡単に引き返せる距離ではなくなる。

ぐずぐずと決めかねているアイリスだったが、たっぷり一分逡巡《しゅんじゅん》した結果、新幹線は名古屋に向けて発車してしまった。

新幹線が出てしまったので、いよいよ気分が落ちてきたアイリスは、リュックサックを抱えたままぐったりと背中を丸める。

そこに、やっと戻って来た隣の席の女性が声をかけてきた。

「大丈夫ですか？　気分悪いんですか？」

「ああ、いいえ、何でもないんです、どうぞ」

アイリスはさっと立ち上がって女性を奥へ通す。

女性は気づかわしげにアイリスを見たが、アイリスは彼女と目を合わさなかった。

窓の外は新横浜を過ぎると、突然灯《あか》りの数が少なくなる。折角の右側座席だが、夜なので富《ふ》士山《じさん》を見ることもできない。

一人でリュックを抱えたまま、考えれば考えるだけ自分の今の滑稽さに嫌気がさしてくる。

やはり名古屋で降りてしまおう。

名古屋までなら修道騎士も踏み入って問題ないのだ。

名古屋で降りて、一泊するなり東京に引き返すなりしてしまおう。

「すいません、ホットコーヒーください。レギュラーで」

そのとき、隣席の女性が声を上げた。

ふと顔を上げると、いつの間にか通路に車内販売のカートがやってきていた。

アイリスが軽く身を引くと、

「ありがとう」

女性は小さく微笑《ほほえ》むが、意外なことを言い出した。

「あなたも、いかがです？」

「えっ？」

「顔色悪そうだし、何か温かいもの飲んだ方がいいんじゃないかなって」

「あ……すいません。その」

「新幹線は初めて？　ずっと緊張してるみたいだったから」

言いながら女性は、ごく自然な仕草でレギュラーのブレンドコーヒーを二つ注文し、テーブルを出して一つをアイリスの前に置いた。

「自分が出すとか無しね」

言おうとしたことを封じられて、アイリスは小さく会釈《えしゃく》をするしかなくなってしまう。

「あの、これは……？」

テーブルの上には、コーヒーと一緒にやけに細長いビニール袋が置かれていた。

「ゴミ袋。飲み終わったらそれに入れるの。マドラーの袋とか散らかっちゃうでしょ」

「そ、そうなんですね」

そんなものは客が個人的にまとめてきちんと処理すればよいと思うのだが、そこまで含めての値段なのだと強引に納得する。

「すいません、ごちそうさまです」

「どういたしまして」

スーツ姿の女性は乾杯するようにカップを軽く上げると一口すすり、

「あっち！」

コーヒーの熱さに驚きながら微笑《ほほえ》む。

「……お仕事、ですか？」

見ず知らずの日本人が外国人の自分の様子を見てこんな気遣いをしてくれたくらいだ。

自分は相当不景気な顔で心配をかけていたのだろうとの思いから、アイリスは礼儀も半分手伝って女性に声をかける。

「うん、まぁそんなところ。お姉さんは？」

「私はその、旅行、になるんですかね。キョートに……」

アイリスの曖昧な返答を、女性は微笑《ほほえ》みながら受ける。

「あ、京都？　私も京都」

「そうだったんですか。その、お住まいが京都、なんですか？」

「そ。東京出張の帰りみたいなもの」

年の頃はアイリスとさほど変わらない感じがするが、一人で出張するということは、優秀なビジネスマンなのだろうか。

「京都のどこに行くの？」

「どこというか、その、結果的に当てもなくフラフラすることになるというか……」

アイリスはカップから伝わるコーヒーの温度を両手に感じながら、答えたのか呟《つぶや》いたのか、曖昧な声を出す。

「なるほどなぁ、お姉さん結構京都上級者なんやね」

「えっ？　どうしてですか？」

女性の空気が一瞬やわらいだと思うと、アイリスの知る日本語とは少し違ったイントネーションで言った。

「よそから京都に来る人って、きちんとお目当てがあって計画立ててはることが多いから。当てもなくブラつくって、よほど京都に来慣れてるってことやと思て」

「あの、はい、いえ、そういうことでもない、んですけど」

一瞬返事が遅れたのは、女性の言葉に聞いたことの無いアクセントやイントネーションが混じったからだった。

虎木《とらき》や未晴《みはる》、灯里《あかり》はもちろん、虎木《とらき》の弟の和楽《わらく》もアイリスが学んだスタンダードランゲージしか喋《しゃべ》らないが、これが噂《うわさ》に聞く『カンサイベン』というものなのだろうか。

「お姉さん日本語綺麗《きれい》やし、日本生活長いんかなって」

「いえ、まだ来て二か月くらいです。だからあの、キョートも初めてで」

「二か月⁉　そら凄《すご》いな！」

女性は目を丸くしてから、コーヒーを一口すすり、アイリスもほどよくぬるまったコーヒーを一口する。

日頃は紅茶党のアイリスだが、新幹線というロケーションと見知らぬ人との行きずりの会話というシチュエーションが相まって、少しだけ味わい深く感じた。

「てことは、なんか赤の他人が根掘り葉掘り聞いていい事情やなさそうやね。なら折角やから美味《おい》しいお店の話とかしよか」

「ちょっと聞いてみたいです。少しくらい、楽しみなことがないと」

先ほどまで名古屋で降りようと思っていたが、折角休暇を取ったのだし、虎木《とらき》のことも未晴《みはる》のことも一切気にせず、京都を一人旅するのも悪くないかと思い始めていた。

「あ、せやけど地元民の言ういいとこやから、よその人が思う『いかにも京都っぽい』みたいなお店やないよ。地元民にしてみればフロントマートだろうがマグロナルドだろうがもれなく地元京都のモノ！　やからさ」

フロントマートという単語がちくりとアイリスの胸を刺すが、地元女性の様々な京都情報は、沈み切っていたアイリスの気分をいくらか軽くしてくれた。

「……だから駅ってのは、その土地の代表格みたいなのが集まるからバカにしたもんやないんよ。テナント代高いからそこで長続きしてるってことは人気あるってことやし、駅地下のモールにある鳥スープのラーメン屋はよそから来た人には必ず勧めることにしとるんよ。したら最初は通ぶってた連中も、仕事だなんだってときに結局毎回その店使うようになるんよ」

「分かります。結局リーズナブルが一番ってことですよね」

「そらたまにはお高い店や隠れた名店なんかも悪くないけど、そういうのってある程度自分で定番作ってから行って初めて良さが分かるもんやからさ」

女性との会話は、弾んだ。

男性恐怖症を別にしても、特に社交的な性格でもないアイリスだったが、女性の会話は勘所が押さえられていて、アイリスが喋《しゃべ》るのにちょうどよいテンポを紡《つむ》ぐのだ。

とっくに二人はコーヒーを飲み終え、時間は過ぎ、気が付けば名古屋駅も通り過ぎていた。

次の停車駅が京都であるとアナウンスが入ったところで、アイリスは手洗いに立った。

ほんの少しだが、気分が切り替わった気がする。

初めての新幹線のトイレに多少苦労しながらも席に戻ると、女性はスリムフォンをいじっていた。

アイリスに気が付くと、おかえりと言ってスリムフォンをしまう。

「そう言えば、今日泊まるとこは決まってるの？」

「あっ」

虎木《とらき》と未晴《みはる》を追うことしか考えていなかったため、宿泊をするという発想に至っていなかったアイリスは、情けない顔になる。

「決めてなかったんや」

「え、ええ、その……」

「勢い良いなぁ。居酒屋とかネカフェとかも、週末は結構埋まんにゃで？」

「ま、まぁその、最悪取って返すって方法も……」

女性はさすがに驚いたように首を横に振る。

「いやいやそれはさすがに意味分からんよ？」

「ですよ、ね。何やってんだろ、私……はは」

これでは無計画を通り越して、ただの考え無しだ。

「あんま立ち入らんとこうと思ったけど、見てると不安になってきたわ」

「そう見えます？」

「見える。ちぐはぐすぎて、明日あんたの顔ニュースで見るようなことになりそう」

「そんな。別に事故なんかに遭ったりしませんよ」

「だったらえんにゃけどなぁ……」

アイリスは席に座ると、つい足元のリュックサックを抱え込む。

女性はしばしそんなアイリスを見つめてから、ぽつりとつぶやいた。

「失恋旅行？」

「そんなんじゃないですっ‼」

女性のにやにや笑いを見て、アイリスは自分がほとんど反射的に嚙《か》みついてしまったことに気が付いた。

これでは肯定したに等しいではないか。

「そっかそっか。ごめんごめん」

「だから違うんですって！」

これではいくら否定しても、ただただ彼女の確信を深めてしまうだけではないだろうか。

「でもなぁんか男が関わっとる気がするなぁ？　これでも嘘《うそ》を見抜くのは上手《うま》い方なんよ」

「嘘《うそ》なんか言ってませんから！」

失恋なんかではない。失恋では。

この旅は、この旅に出るに至ったこの感情の名は。

「そういや、名前聞いてなかったね。私ナグモ」

「アイリス、です」

「おせっかいかもしれんけどさ、駅で降りちゃえばそれっきりバイバイやねんやし、旅の恥はかき捨て言うやろ。折角やから吐けること吐き出したら？」

アイリスはしばし唸《うな》るように、息を吐いていた。

「……一緒に仕事をしてる人が、京都に行くんです」

「へぇ。その人もしかして、この新幹線に乗ってる？」

「どうして分かるんですか⁉」

ナグモと名乗った彼女はこれまでもアイリスの言いたいことに先回りしてきたが、さすがにその話はおくびにも出したことは無かったはずだ。

「さっきトイレに行くとき、何だか周りを警戒してるような気ぃしたから。もしかしたら、誰かに見られたくないんやないかなって」

「私、そんなことしてました？」

我が事ながら呆《あき》れてしまう。

「その人は、一人なの？」

「……いえ」

「女と一緒か」

ナグモは恐らく、わざとそんな言い方をしたのだろう。

だがそれはアイリスには覿面《てきめん》に効いた。

頬が紅潮し、血圧が上がる。

「分かりやすいなぁ」

「わ、私は……」

「どうするん？　京都で捕まえて、彼氏を返せって一発ぶちかますん？」

「彼氏じゃありませんっ！」

「じゃ何？」

自分の心の中で巡る問いと、人からかけられる問いで、何故《なぜ》こんなにも思考のめぐりが変わるのだろう。

新横浜でナグモが声をかけてくる前、ひたすらぐるぐるとめぐっていた思考は、乱れているなりに一つの整理された流れに落ち着こうとしていた。

「私と、彼は、その、仕事上のパートナーなんです。私が日本に来てからずっと、お世話になってて」

「うん」

「その人がその、なんというか、知り合いの女の子の、実家の行事に駆り出されてて……彼女も、私と似た仕事をしてるんですけど」

「うん」

「私と彼女はあんまりその、仲は良くなくて、ただ彼は、彼女と知り合ってそこそこ長くて」

「アイリスさんの知らないことも、いっぱいあって？」

アイリスは頷《うなず》く。

「こういう流れであんまり悪くは言いたくないんですけど、彼女、結構彼のことを、体《てい》よく利用してるところもあって、それで……」

「心配だった？」

「心配……っていうのは、ちょっと違います。彼も、そういうのを分かってますから。ただ今回のはちょっと、度を過ぎてるように思えて、それで……でも、止められなくて」

「うん」

「お世話になってるって言いましたけど、結局のところ私、彼に迷惑かけてばかりなんです。

でも彼女は、何だかんだ言いながら、彼の役に立つことを沢山してて……」

「うん」

「……」

アイリスは、言葉に詰まってしまった。

ナグモは先を促さなかった。

今なら分かる。今日までの三日間、自分の心を空回りさせ、新横浜までの自分の心を焦がしたものの正体が。

「私、やきもち焼いてるんです……」

「可愛《かわい》い単語使うなぁ」

ナグモが苦笑している顔を、見ることができなかった。

ごまかしようもなく頭に血が上り、顔が赤くなっていることが分かっているから。

アイリスの丸まった背中を、ナグモが軽く叩《たた》く。

「好きなんやねぇ、その男のこと」

「………」

肯定できない。

こればかりは肯定してはいけない。

彼女の人生を賭けて、それだけは肯定してはいけない。

それなのに。

「…………まだ、知り合って、二か月くらい、なんですけど」

隠しても無駄なのだが、それでも熱くなってしまう顔を隠したくなる。

「人が人に惚れるのは時間の問題ちゃうよ。一目惚《ひとめぼ》れなんて言葉があるくらいやし」

人でもないんですけど、とはさすがに言えなかった。

だが、顔から火が出そうになるほどつらく苦しいその結論が、すとんと胸に収まる。

そんなことが、あってはいけないのに。

ファントムと戦う宿命を負った闇十字《やみじゆうじ》騎士団の修道騎士として。

何より。

「ママ……」

ユーニス・イェレイの最期《さいご》を知っている娘として。

「にしても、こんな美人さんに好いてもろてる男がこの新幹線の同じ車内に乗ってんにやって思うと、ドキドキするなぁ」

「違うんですナグモさん。私は、そんなんじゃ……」

羞恥と嫉妬で涙すら浮かべたアイリスは『好き』という言葉を否定しようと決死の思いで顔を上げると、ナグモはアイリスに背を向け、何も見えない真っ暗な窓の外を見ていた。

車内の照明の反射があるはずの窓越しには、ナグモがどんな顔をしているのか分からない。

醜態をさらした自分を笑っているのだろうか。

それとも真剣な顔をしているのだろうか。

「アイリスさん。もしかしてその男」

そして次の瞬間、ナグモはさっと振り返った。

「こんな顔かい？」

その瞬間のことを、どう表現すればよいのだろう。

目の前で起こった出来事の処理を、脳が拒否したとでも言えばいいだろうか。

つま先から脳天まで、一瞬にして痺《しび》れと動揺が駆け巡り、全身が硬直する。

そこに、虎木《とらき》がいた。

たった今までナグモと名乗った、ダークスーツ姿の女性が座っていたそこには、普段着姿の虎木《とらき》由良《ゆら》が座っていて、悪戯《いたずら》っぽい笑みを浮かべてアイリスを見ていた。

「…………え」

服装も、体格も、髪型も、持ち物も。

何もかもがアイリスの知る普段の虎木《とらき》の姿であり、東京出張の帰りと言っていた同年代の女性ナグモが影も形も消《き》え失《う》せたのだ。

叫び出しそうになった口を、虎木《とらき》の姿をした何者かの手が強く覆う。

「……っ！　っ!?」

「こんなところで叫ぶなよアイリス。他の客に迷惑だろ」

声も口調も虎木《とらき》そのものだ。

瞳の色も、低い手の体温も、近づいたときに感じる微《かす》かな服と肌の匂いも、何もかもが虎木《とらき》そのものだ。

だが虎木《とらき》はたった今、グリーン車で未晴《みはる》と並んで座っているはずだ。

「思い通りの反応すぎて嬉《うれ》しくなるな。手、離すぞ。叫ぶなよ」

アイリスは目を見開き、頰を紅潮させたまま、目の前の虎木《とらき》を凝視する。

「一体……」

「アイリスが好きになった男は、こんな顔をしてるのかって聞いただけだぜ？」

「フザ……けるなっ……！」

アイリスは反射的に腰に手を回すが、リベラシオンはそこにはなく、またも口をふさがれてしまう。

「修道騎士にしちゃ立ち直りが遅いな。大声出すなって。周りに見られるぞ」

先ほどまでナグモだった虎木《とらき》は、虎木《とらき》が持っているものと同じ機種のスリムフォンを取り出すと、インカメラを起動して自分の顔を画面に映した。

「おー、なるほど。若い割にちょっと覇気が足りないが、悪くない男だな。さっきまでの女の顔は可愛《かわい》くないとは言わないが、いかにも無難な顔だったもんな」

「……何者なの。事と次第によっては……！」

「リベラシオンもデウスクリスも持ってない修道騎士なんか怖くない。もうこの列車は名古屋を過ぎてる。名古屋以西で修道騎士がファントムに手を出せば、闇十字《やみじゆうじ》と比企《ひき》家の協定に違反することになるぞ。ま、だからアイリスも、武器を持たずに来たんだろうが……」

「ユラの声で私の名前を気安く呼ばないで！」

顔を憤怒《ふんぬ》で赤くして、アイリスは殴りかからんばかりに拳を固める。

「おうおう。さっきまで惚《ほ》れた腫れたでもじもじしてたのに、殺気立っちまってまぁ」

虎木《とらき》の顔で人を食ったような表情をするこのファントムを、アイリスは心底嫌悪《けんお》する。

「悪かったよ。ちょっとからかいすぎた。でもあんたもあんただ。いくら聖具不携帯だからって、修道騎士、しかもかの高名な『イェレイの騎士』が京都入りってのはいただけない」

虎木《とらき》の顔をしたファントムは、声を潜める。

同時にアイリスも、怒りと戸惑いにかられてはいるものの、イェレイの騎士、のフレーズに冷静さを取り戻す。

自分の家名の影響力が日本のファントム社会にまで及んでいることを、実感し、今更ながら自分の行いの軽率さに歯噛《はが》みする。

「俺と一緒じゃなきゃ、京都駅から一歩出た途端に襲われたって文句は言えないんだぞ。日本の妖怪は融通利《き》かない奴《やつ》も多い。あんた、短気起こしてきたのは間違いないだろうが、未晴《みはる》ちゃんの立場を悪くしたいわけじゃないだろ？」

「ミハル……ちゃん？」

思いがけない名が思いがけない呼ばれ方をして、アイリスは目を瞬《まばた》いた。

「ん？　未晴《みはる》ちゃんのことじゃないのか。さっき回りくどいこと言ってた、虎木《とらき》って男が連れて来られた件ってのは」

「そ、そうだけど、どういうこと。本当に一体何者なの。ミハルのことを知ってるって……」

「何だよ。まだ俺の正体が分からないのか。勉強不足だぞ。俺さっきちゃんと、お約束のセリフ言っただろ？『そいつはこんな顔してるのか』ってな」

虎木《とらき》の顔をしたファントムは周囲を警戒しながら、自分の額に手を当てる。

そしてその手をさっと顎まで下ろしたその瞬間。

「えっ」

先ほどまであった虎木《とらき》の目、鼻、口の全てが消失し、そこにはまっさらな肌だけが残った。

アイリスが動揺した一瞬で手を顎から額に上げると、再び虎木《とらき》の顔が出現する。

「俺は六科七雲《むじななぐも》。特技はそうだな、とりあえず相手の望む姿形に一瞬で変身できること、とでも言っておこうか」

アイリスは、一度消えてまた現れた虎木《とらき》の顔を指さし絶句する。

「あんた運がいいぜ。偶然でも、この俺の隣の席に座るなんてな」

偶然。これは本当に偶然なのだろうか。

「比企《ひき》未晴《みはる》の縁談の相手は俺だ」

六科《むじな》七雲《なぐも》と名乗った、恐らく男性のファントムに対しどう行動してよいか分からずにいたアイリスの耳に、特徴のある車内アナウンスとメロディが入る。

「ご乗車、ありがとうございました。間もなく京都。京都に到着いたします……」

途端に車内がざわめき出す。

多くの乗客が、この京都で下車するのだ。

「さっきの様子じゃ、どうせこのあと行く当ても無いんだろ？　俺に着いてこないか。俺なら比企《ひき》家と六科《むじな》家がどこでどんな話し合いをするか知ってる。何せ、一番の当事者だからな」

「目的は何。修道騎士は、京都では歓迎されないんでしょ」

「あんたが未晴《みはる》ちゃんについてよく知ってるみたいだからだ。どうせ未晴《みはる》ちゃんは、俺との縁談をぶち壊すつもりなんだろ？」

七雲《なぐも》がそこまで前事情を理解していることにアイリスは驚いたが、その途端七雲《なぐも》は傷ついたような顔になる。

「分かってた。分かってたが、ここまではっきりだと、さすがに傷つく」

「えっ？　あなたまさか私の心を読んでるの⁉」

思えば妙なことは沢山あった。

アイリスの会話を先回りしたり異様に察しが良かったりするのは、もしかしてこれほどまでに正確に虎木《とらき》の外見を再現できる能力と何か関係があるのだろうか。

「縁談で呼ばれて実家帰るのに男連れとかありえないだろ」

「あっ」

アイリスがここまで来た理由の中に、未晴《みはる》がどういうつもりでいるのかの解説が意図せず含まれていただけだった。

「そうか……やっぱ、俺未晴《みはる》ちゃんに嫌われてるんや……」

本気で沈んでいるらしい七雲《なぐも》を見て、アイリスは問う。

「もしかして、ミハルのこと、好きなの？」

「小さい頃からずっと」

絞り出すような、だがはっきりとした表明。

アイリスは呆気《あっけ》にとられると同時に、未晴《みはる》が縁談の相手のことを悪しざまに言っていたことは黙っておこうと心に決めた。

「今なんか不穏なこと考えてへん？」

「いいえ何も」

「……今面倒くさい奴《やつ》って思ったやろ」

「思ったわよ！　もう！　一体何なの！」

明らかに新幹線が減速するのを感じたアイリスが焦《あせ》り気味にそう問うと、七雲《なぐも》はアイリスの目をひたと見据えた。

「あんた、虎木《とらき》が好きなんやろ」

「だっ……だからそれは!!」

「俺は未晴《みはる》ちゃんが好きなんや！　だから頼む！　この虎木《とらき》って奴《やつ》を連れ帰って、縁談が予定通りに進むよう協力してくれ！　この通り！」

「……ええ」

アイリスは顔を引きつらせる。

この京都行きが虎木《とらき》に対する想《おも》いと未晴《みはる》に対する嫉妬からきた無計画旅行であったことは間違いない。

だからといって、具体的にそこまでのことをするのは……。

「協力してくれんのやったら、六科《むじな》家を通じて名古屋の闇十字《やみじゆうじ》駐屯地に密告するぞ。騎士が協定を破って京都入りしたってな」

「わ、分かった、分かったわよ！」

アイリスは自分の軽率な行動を悔やむとともに、未晴《みはる》が七雲《なぐも》に対し辛辣なことを言うのはこういうところではないのかと思わざるを得なかった。

「とりあえず降りよう。発車しちまう」

「ちょ、ちょっと待ってよ！　その姿何とかしなさいよ！　ユラと鉢合わせたら……」

「おっと。だがどないしょかな。あんたが安心できる人間って設定で変身してるから、今はこの姿しか取りようが……」

ここでアイリスはまた顔が赤くなる。

「さっきの女の人でいいでしょ！」

「そうは言っても今はもうあんたの心、虎木《とらき》由良《ゆら》の姿でいっぱいで……」

「分かったからさっさと降りるわよ！　もう！」

これ以上七雲《なぐも》に話させていると羞恥で発火してしまうかもしれない。

アイリスは七雲《なぐも》の背を押して新幹線を降りようとして、

「……」

七雲《なぐも》の纏《まと》う虎木《とらき》のパーカーの匂いを嗅ぎ、顔をしかめる。

だが次の瞬間、決して目を離していたわけではないのに、意識の外側を刈り取られたように、最初に隣に座っていたスーツ姿の女性の姿になり、声も口調も『元に戻った』。

「タチの悪い能力ね。使ってる洗剤の匂いまで一緒だなんて」

七雲《なぐも》は苦笑する。

「ウチから虎木《とらき》さんの匂いがするのは、イヤやった？」

あり得ない場所から虎木《とらき》の気配がする。

そのことがたまらなく嫌だと感じたその瞬間、七雲《なぐも》の姿が変わったのだ。

「……降りるわよ。今の変身、誰にも見られてないわよね」

「大丈夫。そんなヘマはせんよ」

発車ベルが鳴る京都駅のホームの寒さに、アイリスは身をすぼめる。

その後ろから、七雲《なぐも》が呆《あき》れたような、褒めるような、複雑な色で言った。

「本当に虎木《とらき》さんのこと好きなんやねぇ」

「うるさい」

アイリスは立ち止まると、発車する新幹線を見送るように、ホームの端を見る。

自分達よりホームの中央に近い場所で降りる虎木《とらき》達に見つからないように。

そして『虎木《とらき》のことが好き』と指摘されそれを否定できない自分の心のせいで、顰《しか》め面《つら》のような、微笑《ほほえ》んでいるような赤くだらしなくなった顔を、誰にも見られないように。

※

京都駅前のタクシープールには、リムジンでこそないものの、明らかに常人が乗る機会も運転する機会もないような、妙に各所が分厚く作られているセダン型高級車が運転手と共に鎮座していた。

「あー……なんかこれ、海外のニュースとかで見たことあるな……」

「アメリカ大統領の専用車と同レベルの防弾性能を備えた日本仕様の要人護衛車両です」

「最近そのフレーズ聞いたな」

今後一生こんな車に乗る機会は訪れないだろうから、この旅の間は起こること全てを運命と思って受け入れようと覚悟を決めた。

「虎木《とらき》様。長旅お疲れ様でございました。私、本日はこちらで失礼いたします」

虎木《とらき》と未晴《みはる》が後部座席に乗り込むと、烏丸《からすま》が外から声をかけてきた。

「あ、そうなんですか」

「お嬢様。お手数ですが、宿泊の手続きをお任せしてもよろしゅうございますか」

「構いませんが、どうしたんです？」

「本当にたった今、緊急に私が対処せねばならない案件の連絡が入りまして。虎木《とらき》様、お荷物はトランクにお入れしてございます。明日の日の入り時刻にご宿泊先にお迎えに上がりますので、それまでしばし、失礼いたします」

烏丸《からすま》が一礼してドアを閉じると、リムジンとはまた違った乗り心地の車が重々しく京都の街へと繰り出す。

「未晴《みはる》、どうした？」

未晴《みはる》は車が見えなくなるまで頭を下げ続けている烏丸《からすま》を振り返った。

その横顔が、あまり見ないくらいに真剣だったので尋ねると、

「烏丸《からすま》があんな言い方をするのは珍しいです。本家や私の人生の方針に関わることよりも優先するべきことが烏丸《からすま》にあるなんて、滅多に無いことです」

「肝心の話し合いは明日なんだろ？」

「それでもです。烏丸《からすま》は代々比企《ひき》家当主一族の護衛の役割を負う一族です。それが私を送り届けることを部下に任せ、自分はその場に残るだなんて……」

未晴《みはる》の口調は真剣だった。

顔を前に戻してしばらく黙考してから、未晴《みはる》は虎木《とらき》を見る。

「もしかしたら、縁談で一悶着《ひともんちゃく》あるかもしれません」

「あ？」

そもそも悶着《もんちゃく》を起こしに来た未晴《みはる》が何を言いだすのか。

「私のところには、比企《ひき》家と六科《むじな》家の結びつきを強め国内ファントムの結束を固めるため、としか知らされませんでしたが、烏丸《からすま》の様子を見るに、この縁談を歓迎しない者がいるのかもしれません」

「まぁ、お前がその筆頭だよな」

「逆に私が虎木《とらき》様をお連れしたことを快く思わない者が、当主や本家の者達以外にもいるのかもしれません。比企《ひき》家は親戚衆も、関わるキョウも多いですから」

「きよう？」

突然耳慣れない単語が飛び出し、虎木《とらき》が思わず尋ね返す。

「貴《とうと》き妖《あやかし》、と書いて貴妖《きよう》と呼んでおります。西洋でも歴史ある吸血鬼のことを貴族と呼んだりするでしょう？　それと同じで、歴史の長い妖怪の名家を、今では貴妖家《きようけ》と呼んでいるのです。比企《ひき》家と六科《むじな》家の下に、烏丸《からすま》家を始め、多くの貴妖家《きようけ》が残っています」

「初耳の話ばかりだがやっぱ烏丸《からすま》さんもファントムなんだな。何のファントムなんだ？」

「苗字《みょうじ》でお察しいただけませんか？　比企《ひき》家並みに外見的特徴には乏しいファントムですが、ヤオビクニよりも有名どころだと思いますよ？」

「苗字《みょうじ》……まさか、天狗《てんぐ》か？」

「正確には烏天狗《からすてんぐ》、ですね。でも正解にしてあげます」

未晴《みはる》はここで、ようやく笑顔を浮かべた。

「こと妖術や異能という点に於《お》いて、烏《からす》丸家ほど人間と深く関わりながらその力を深めてきた貴妖家《きようけ》はありません。烏《からす》丸は今年六十ですが、一対一で斬り結んだら私一人ではきっと勝てません」

未晴《みはる》は自分の能力を謙遜するタイプではないので、その感想は真実なのだろうが、幾度もその剣術と異能を目にしてきた虎木《とらき》には、なかなかに信じがたい話だ。

「俺はお前と戦ったことがないから、お前の戦闘能力を正確に知らないいんだよな。烏《からす》丸さんがどれだけ凄《すご》いのか、いまいちピンと来ないな」

「ま、虎木《とらき》様、大胆ですね。もしかして、私と一手御所望《ごしょもう》ですか？」

赤らめた頬にわざとらしく上ずった声と流し目。

虎木《とらき》は急にどっと疲れて、首を横に振る。

「ファントム社会ってのは、愛花《あいか》がやってたみたいに、一番喧嘩《けんか》が強い奴《やつ》が頂点にいるものだと思ってたんだが、違うんだな」

「そういう側面もなくはないですし、私や比企《ひき》家の者が弱い、ということではないのですよ？ただ得意分野の違いで、一対一の戦闘能力なら烏丸《からすま》が上ですが、それ以外の力は比企《ひき》家の者が上なので、結果比企《ひき》家が最も尊ばれる地位を手に入れている、ということです」

「なるほどなぁ」

「でもまぁ、そんな血腥《ちなまぐさ》い話はいいでしょう。えいっ」

未晴《みはる》は虎木《とらき》の腕を取って、自分に引き寄せる。

「ご安心ください。京都ご滞在の間、目いっぱいリラックスしていただけるよう、心を尽くしておもてなしいたします！　虎木《とらき》様は誰が強い弱いなどといった無粋な話は、気になさらないでください」

「……まぁ、頼むぜ」

心づくしは理解できるのだが、やはり身に染《し》みたこれまでの人生と生活習慣的に、とてもリラックスはできそうにない。

考えてみれば、これから乗り込むのは日本のファントムの総本山だ。

魔の者、闇の者、モンスター、妖怪。

世界中で散々な言われ方をしている生き物たちの巣窟《そうくつ》だ。

そんな場所に飛び込むのに、危険がないはずがないではないか。

「虎木《とらき》様。あれが滞在していただくホテルです」

「おい、マジか」

都市部のホテルの格を判断する材料の一つに、ホテル本館の建物から最寄りの建物までの距離が基準になると、どこかで聞いたことがあった。

その基準で考えるなら、土地の利用制限が東京に輪をかけて厳しい京都市内で、これほど広大な敷地《しきち》に、視界を遮るものが一切なく、あまつさえ近隣の建物が一切視界に入らないこのホテルは、超一流のホテルだと言い切れるだろう。

このロケーションを作るのに、どれほどの資本が必要なのか、七十年熟成の庶民脳では考えるだけ無為であった。

「スイートフロアに完全暗室のベッドルームを用意してありますから、どうぞ今夜はぐっすりお休みくださいね？」

「なぁ、俺って確かお前にしてる借金返す代わりに来てるんだよな？　完全暗室のベッドルームなんてピーキーな施設がスイートフロアに常設されているホテルなんて存在してたまるか。まさか俺のためだけに作ったんじゃ……」

そこまで言って、未晴《みはる》が喜びつつも笑いをこらえるという器用な表情を浮かべていることに気付いた。

「虎木《とらき》様は私が虎木《とらき》様のためにそこまでするると思っておられるんですね。私の愛を、そこまで大きく受け止めてくださっているんですね？」

「えっ、い、いや、その、ここまでのことで、つい、そういうことかと」

池袋から東京駅までのほんの数十分の移動のためだけにリムジンと高級ワイン。

グリーン車に、高級折り詰め弁当。

ついにはアメリカ大統領が乗るような車が用意されてきたのだから、そう思っても仕方ないではないか。

「ふふふ、もちろん虎木《とらき》様のために用意したお部屋ですが、作ったわけではありません。このホテルには、海外のファントムのお客様も、よく宿泊されるのです」

「海外ファントム……の、お客様ぁ？」

「貴妖家《きようけ》は表向き人間の経済活動に食い込んでいますが、ファントム社会や裏社会とも少なからず繋《つな》がりがあります。あのホテルは、比企《ひき》家と関係のある太陽の光を苦手としている種族の方が日本にいらしたときに宿泊されるホテルなのですよ。もちろん、梁戸幇《リアンシーバン》の幇主《ほうしゅ》程度の格では、スイートになど宿泊はさせませんが」

大陸系ファントム組織の幇主《ほうしゅ》とコンビニ勤めのフリーター吸血鬼なら、さすがに尸幇《シーバン》の幇主《ほうしゅ》の方が格上ではないだろうか。

「虎木《とらき》様が望まれるなら、私達の新居には是非、暗室の寝室を作りましょう？」

もう何を言っても墓穴を掘ることにしかならない。

庶民の吸血鬼は墓穴もセルフで掘ってしまうのだ。

故無きことではないが、自らの思い上がりで恥じ入った虎木《とらき》に更なる追い打ちがかかる。

「いらっしゃいませ。ようこそヴァプンアーットホテルにお越しくださいました」

虎木《とらき》の人生の中で、ドアマンとポーターとコンシェルジュに同時に待ち構えられ揃《そろ》って一礼される機会など、今後二度と訪れないだろう。

未晴《みはる》は慣れたもので、コンシェルジュの男性とにこやかに話しているのに、虎木《とらき》は車から安物のトランクを丁寧な手付きで取り出すポーターに、ついつい頭を何度も下げてしまう。

「それでは比企《ひき》様、虎木《とらき》様、お部屋へご案内いたします。足元お気を付けください」

このコンシェルジュやドアマンやポーターも、もしかして何かのファントムだったりするのだろうか。

暖かいが乾燥していないホテルロビーのフロントを素通りし、クラシックな内装の広々としたエレベーターに乗って、最上階へ移動する。

「比企《ひき》様には『朝の間』を。虎木《とらき》様には『夜の間』をご用意いたしました。右手の扉が朝、左手が夜でございます」

エレベーターを出た長い廊下には、非常口を除けばコンシェルジュが指示した二つのドアしかなかった。

「あの、他の宿泊客って……」

「本日スイートフロアにご宿泊されるのは、比企《ひき》様と虎木《とらき》様のお二人でございます。どうぞ気兼ねなくお過ごしください」

「え」

「先に虎木《とらき》様の荷物を部屋にお入れして」

「かしこまりました、比企《ひき》様」

未晴《みはる》に促され、雰囲気に引っ張られるようにして入った『夜の間』の内装を一目見て、虎木《とらき》は立ち尽くす。

比べるだけ無意味だが、夜の間の玄関口に相当するスペースだけで、ブルーローズシャトー雑司《ぞうし》が谷《や》一〇四号室の倍はある。

室内の構造の一通りの説明は受けたのだが、一つ確実に言えることは、どれだけ滞在期間が延びようと、虎木《とらき》はこの部屋の半分のスペースも利用しないという予想しか立たなかった。

※

「さぁてと、さすがは週末やね。どこのホテルも満室で予約取れそうにないわぁ」

夜九時。

寒空の下の京都駅前で、アイリスと七雲《なぐも》は宿泊先が見つからず途方に暮れていた。

「まだトーキョー行きの新幹線あるわよね」

「ちょぉ待ちちょぉ待ち！　なんとかするから！」

「キョート駅を出たらいつ襲われてもなんて言ってるのに、安全に宿泊できる場所がないなんて状況で何も手伝いなんかできないわ。私がこのままここにいればあなたにだって迷惑がかかるだけなんじゃないの？」

「違うんよ。ここじゃ話せないんやけど、アイリスさんと知り合えたのは私にとっては千載一遇のチャンスなんよ。六科《むじな》もやし、比企《ひき》も……何より未晴《みはる》ちゃんを守るためにも……」

「ミハルを守る？　一体……っ!?」

そのとき、七雲《なぐも》とアイリスは同じ方向を振り返り、咄嗟《とっさ》に身構えた。

遅い時間ながらまだまだ多くの通勤客や観光客でにぎわう京都の駅前。

その中に、明らかに普通の人間とは異なる気配を持つものがいて、それが真《ま》っ直《す》ぐ二人に近づいてくる。

「アイリスさん、東京から来たのって、未晴《みはる》ちゃんと虎木《とらき》って奴《やつ》だけやなかったん？」

「違うわ。なんだかバトラー《執事》っぽい未晴《みはる》の部下みたいなお爺《じい》さんが一人……」

「うぇ、サイアク」

七雲《なぐも》の顔に冷や汗が浮かぶ。

やがてその気配が、四角四面の銀色の人影に凝縮され、二人の目の前に現れた。

「ご無沙汰しております。七雲《なぐも》坊ちゃま」

ダークスーツ姿の若い女性に向かって、その執事然とした男性は迷いなく『坊ちゃま』と呼びかけた。

オールバックに撫《な》でつけられた銀髪と、燕尾服《えんびふく》もかくやという上質なスーツ。

間違いなく、未晴《みはる》と虎木《とらき》をリムジンに乗せた男だ。

「こらどーもぉ烏丸《からすま》はん。こないなとこで会うなんて奇遇やないの」

「奇遇でございますね。失礼ですが、隣のお嬢様は、七雲《なぐも》坊ちゃんのご友人でいらっしゃいますか？」

「へ、へへ……」

七雲《なぐも》は緊張を誤魔化すためか、ぺろりと舌で唇を舐《な》めた。

「烏丸《からすま》はんそんな人の悪いこと言いなや。こんな風体《ふうてい》の俺を坊ちゃん呼ばわってからに」

ダークスーツ姿の女性をアイリスの目の前で堂々と『坊ちゃん』と呼ぶ時点で、この烏丸《からすま》という男は、アイリスが七雲《なぐも》の正体を知っているとあたりをつけていたのだ。

「万が一ということもございますので」

「その万が一や。この子ぉは私の友達でな。大学で知り合った留学生の……」

「左様でしたか。不勉強で存じ上げませんでしたが、最近の大学は、闇十字《やみじゅうじ》騎士団の修道騎士を留学生として迎え入れているのですね」

「……どういうこと」

アイリスはいよいよ警戒を濃くする。

名家出身ののっぺらぼうである七雲《なぐも》の付き添いとして相応《ふさわ》しくないと怪しまれるまでは分かる。

だがなぜ修道騎士であることまで看破されるのか。

「我ら京の妖怪、その中でも我が烏丸《からすま》家は世界でも一、二を争うほど『聖性』に対する嗅覚が鋭いと自負しております。ですがそれ以前の問題として」

烏丸《からすま》は、ぎろりとアイリスを睨《にら》んだ。

「アイリス・イェレイ様。あなた、サンシャイン60の未晴《みはる》様のオフィスで、幾度か私とすれ違っておられます。先日フロントマートに未晴《みはる》お嬢様をお迎えに上がったときにもお顔を拝見しましたので、どういうこともなにも」

「えっ？　あっ！」

「ちょっとアイリスさん⁉」

考えてみれば、この烏丸《からすま》氏は池袋からずっと未晴《みはる》と虎木《とらき》に付き添っているのだ。

この二か月弱の間、アイリスは幾度となくサンシャイン60の未晴《みはる》のオフィスを訪れたのだから、そのどこかの機会に顔を覚えられていたのだろう。

「何だか私、この旅の間にえっあっしか言ってない気がする！」

「修道騎士ってそんなマヌケな人らやったっけ⁉」

「未晴《みはる》お嬢様は、アイリス様のことを『闇十字《やみじゅうじ》きってのポンコツ』と仰《おお》せでした」

「『今度殴る』って思うときの気分ってこういうものなのね！」

「まぁ、冗談はともかく」

烏丸《からすま》は軽く咳《せき》ばらいをして、両の腕を腰の後ろに回す。

「『協定』はご存知ですね？　アイリス様」

表情も姿勢も変わらない烏丸《からすま》の空気が変わった。

ただでさえ凍えそうな冬の空気に、血まで凍結しそうな殺気が生じる。

「東京行きの新幹線はまだございます。素直にお戻りいただくのが、お互いのためかと存じます」

「はい、帰ります。申し訳ありませんでした」

「アイリスさん⁉」

「もう少し何とかなるみたいな空気出してたじゃない。いきなりこんなすごい人が現れたら何もできないわよ」

　アイリスは油断なく烏丸《からすま》の澄ました顔を見る。

「後からお詫《わ》びの手紙とか送った方がいいかしら」

「お互い面倒は抜きにいたしましょう。引き下がっていただければ、未晴《みはる》お嬢様のご友人相手に、こちらも大事《おおごと》にはいたしません」

「ありがとう。私はミハルの友達ではないけど、恩に着るわ」

「待った！」

　アイリスと烏丸《からすま》の会話が、緊張を帯びながらも落ち着きそうな様子を見せたそのとき、七《な》雲《ぐも》が割って入った。

　声は女性のままだったが、口調が明確に変化する。

「ちょお待って烏丸《からすま》はん！　烏丸《からすま》はんは未晴《みはる》ちゃんの縁談のこと、どう考えとんの⁉」

「どう、と仰《おつしや》いますと？」

「私……いや、俺は本気で未晴《みはる》ちゃんと結婚したいと思ってるよ⁉」

「左様でございますか」

「このアイリスさんは未晴《みはる》ちゃんが連れてきた虎木《とらき》って奴《やつ》の関係者なんよ！　彼女の協力があ

ればあの虎木《とらき》って奴《やつ》を引き下がらせて、比企《ひき》家と六科《むじな》家は円満に結ばれて、日本のファントム社会も安泰になるんやんか？」

「ですが、お嬢様にはそのつもりが無いようで」

「あんたに聞いとるんや、烏丸《からすま》はん。まさか、こないだのうちの親父《おやじ》の件、知らんとは言わんやろ？」

親父《おやじ》、という言葉に、烏丸《からすま》の眉がぴくりと動き、唐突に話題に上がった人物に、アイリスも怪訝《けげん》な顔をした。

「烏丸《からすま》はんはどう思ってんの！　六科《むじな》があんな状況なんに、どこの馬の骨かもわからん吸血鬼と未晴《みはる》ちゃんが付き合うってどない思ってん！」

「お嬢様が判断されることですから」

「ちょっとナグモ。聞き捨てならないわ。ユラは馬の骨なんかじゃないわ！」

「アイリスさん今ちょっと黙りよし！　なぁ、家同士が決めた許嫁《いいなずけ》なんて古臭いって未晴《みはる》ちゃんの気持ちも分かる。でも俺、絶対未晴《みはる》ちゃんと結婚するから！　すぐってわけにはいかんけど、両家もそれなら安心やろ？　そのためにはアイリスさんの協力が……」

「無用です。修道騎士の出る幕はございません。ましてそれがアイリス様などと」

烏丸《からすま》がそう答えるだろうことはアイリスでも分かった。

やはり自分は今京都にいるどの勢力からも招かれざる客だ。

新横浜で引き返すべきだった。京都になど来るべきではなかったのだ。

「ナグモ。諦めましょう。やっぱり私は協力はできない。どう考えても状況は……」

「そういうわけにいかんのよ」

だが七雲《なぐも》は、殊更低い声で言い切った。

「今の俺の味方は、アイリスさん一人だけなんよ。烏丸《からすま》さん。あんたは未晴《みはる》ちゃんの、敵か？　味方か？」

次の瞬間、ナグモは着ていたコートを派手に脱ぎ去り、烏丸《からすま》の顔に投げつける。

視界を塞ぐ幼稚な手にも烏丸《からすま》は微動だにせず、顔に投げつけられたコートを振り払った。

「おやおや」

時間にして視界を遮られたのは一秒も無い。

その僅か一秒で、七雲《なぐも》とアイリスの姿は烏丸《からすま》の前から消えていた。

「少し悠長に喋《しゃべ》りすぎましたか。腕を上げましたね、七雲《なぐも》坊ちゃん」

烏丸《からすま》はにこりともせず、構えを解く。

「聞こえておられるでしょうからお話しします。協定破りは協定破り。坊ちゃんがアイリス様と行動される以上、比企《ひき》家も京都のファントムも、それなりの対応をせざるをえません。どうぞお覚悟を」

烏丸《からすま》の周囲には、京都駅に向かう人出てくる人の波が押し寄せる。

独り言をつぶやく烏丸《からすま》を胡乱《うろん》な目で見つめる者もいるが、大半は気にしない。

「お嬢様のご友人だと思い遠慮が出ました。これはいけない」

烏丸《からすま》は目を伏せて首を横に振ると踵《きびす》を返《かえ》し、京都駅に背を向け歩き出す。

「京都の六科《むじな》本家におられるはずの七雲《なぐも》坊ちゃんが何故《なぜ》、東京からの新幹線で今日、お戻りになったのか。しかも、イエレイの騎士を伴って」

烏丸《からすま》は、歩きながら独り言を続けた。

「闇十字《やみじゅうじ》騎士団の動向はずっと摑《つか》んできたつもりではいましたが、六科《むじな》の能力を考えると、組織的な協定破りの可能性も否定できない……警戒する必要がありそうですね」

第三章　吸血鬼は金持ちの世界を知らない

DRACULA YAKIN!

「落ち着かねぇ」

この部屋に入って何度同じセリフを吐いただろう。

虎木《とらき》はキングサイズのベッドの端に座りながら、膝を抱えてテレビを眺めていた。

「落ち着かねぇ」

まずグランドピアノがある。これがもう分からない。

更に、椅子に分類される家具が、ざっとカウントしただけで三十席分ある。

カウンターバーのシートが五つに、横になって眠れそうなソファが二つ。

ＩＴベンチャー企業の会議室にありそうなテーブルの周囲に椅子が六席あり、それとは別にダイニングテーブルとチェアが八席分ある。

他にも京都の夜景を見下ろせる窓際《まどぎわ》にもデザインを凝らした椅子が並べられている。

それなのに、ベッドは最大八人分しかない。

その八人分もキングサイズのダブルベッドがツインで置かれている部屋が二部屋あるという意味不明の仕様であり、虎木《とらき》はもうこの部屋のパフォーマンスを最大限発揮できるのは一体どういう人間なのかまるで想像できなかった。

「世界的ピアニストになった、分身の術を使える酒豪のファントム」

自分でも何を言っているのか分からない。

きっとこういう部屋に多くの友人や家族や仕事仲間を招いてその中にピアノを弾ける人がいたり、ピアニストを呼んで生ＢＧＭを聞きながら仕事や金儲《かねもう》けの話をする人種が、この世界のどこかにはいるのだろう。

この想像も分身ピアニストファントム並みに貧困な発想だった。

「俺程度の吸血鬼には普通のシングルルームだって恐れ多いんだよ」

最初、グランドピアノの存在が意味不明すぎて、うっかり鍵盤の蓋に触れてしまい、艶《つや》めく黒い表面に虎木《とらき》の白い指紋がべったりついてしまった。

そのため七十余年の人生の中で、虎木《とらき》は指紋を拭き消すという行為に初めて本気で取り組んでしまったのだ。一応客なのに。

虎木《とらき》のいるベッドルームは、さすが未晴《みはる》が手配し『夜の間』と名付けられるだけあって一切の窓が無く、扉を締め切ると完全な闇を作ることができる。

科学的な理屈は不明だが、虎木《とらき》の実感として吸血鬼の全身には、光を感知する機能が備わっている。

その機能は夜間でも機能しており、一切の太陽光が遮られる環境が作られると、精神的な安定が得られるのだ。

未晴《みはる》はこの部屋に泊まった者は、いずれも名だたるファントムだと言っていた。

きっと吸血鬼も多くこの部屋に宿泊したのだろう。

人間なら、有名人や偉人が宿泊した部屋に宿泊したいという気持ちがあるものだが、虎木《とらき》の場合、世界の名だたる吸血鬼がここに泊まったと想像して、それが何になると言うのか。

「まぁ、何年ぶりかのまともな寝床だ。しっかり堪能《たんのう》させてもらおう」

夜風呂《ふろ》を浴びてから、足を伸ばして柔らかい布団《ふとん》の上で眠るなど、いつ以来だろうか。

「そうだ、風呂《ふろ》」

まだ浴室や手洗いの様子を確認していなかった。

「広いな!!」

洗面化粧台が二つ並んだ脱衣所兼洗面所。その奥の扉を開けると、大きな一枚窓から京都市街を見下ろす、大人が四、五人はゆうには入れそうな檜風呂《ひのきぶろ》が待ち構えていた。

カランとシャワーヘッドは、虎木《とらき》の中の『水道』の概念には無い洗練された形状をしており、どこをどう操作すると何がどこから出てくるのか一目では把握できない。

虎木《とらき》はふらふらとベッドルームに戻ってくる。

一体この部屋の宿泊料金がいくらなのか想像もできないし、迂闊《うかつ》に調べることもできない。

本当に自分は何事もなく東京に帰れるのか、と不安になったとき、突然インターフォンの音が鳴った。

予想外すぎる音だったので、発生源を探すのにしばらくかかり、その間にもう一度鳴った。

「こ、これか？　あ、未晴《みはる》」

リビングスペースには応答モニターがあり、その画面に未晴《みはる》が映っていた。

「も、もしもし」

『虎木《とらき》様。いかがですか？　夜の間は？』

「あー、その、凄《すご》い部屋だな。凄《すご》すぎて正直持て余してる」

『冷蔵庫の中やホームバーのものは全て召し上がっていただいて大丈夫ですからね。あと、私の部屋を訪ねていただくときには、このようにインターフォンがありますから』

「ああ、分かった」

正直もう部屋から出る気は全くなかったのだが、とりあえず頷《うなず》いておく。

『それで、虎木《とらき》様』

「ん？」

『入れていただけますか？　少しお話ししたいことがあるのです』

「あ……ああ、す、すまない。今行く」

虎木《とらき》は慌てて部屋の玄関に向かう。

扉を開けると、上目遣いの未晴《みはる》が立っていた。

「虎木《とらき》様っ」

「お、おう」

インターフォンのモニター越しには気付かなかったが、未晴《みはる》は普段の仕立ての良い和装ではなく、ホテルのものと思われるシンプルな浴衣姿《ゆかたすがた》だった。

日頃の和装は色柄が明るいものが多く、本人の性格や存在感も相まって体格以上に大きな印象を抱くのだが、今はいつもしている微《かす》かな化粧も落とし、細く小柄な体格がはっきり出る、ホテルの備品であろう薄手の浴衣《ゆかた》を纏《まと》っていた。

顔の肌が艶《つや》めき微《かす》かに赤いのは、もしかして風呂上《ふろあ》がりなのだろうか。

「上がってもよろしいですか？」

「ああ、悪い、ど、どうぞ」

「失礼します」

未晴《みはる》が跳ねるように虎木《とらき》の横を通って部屋に入ると、微《かす》かに石鹼《せっけん》の香りがした。

虎木《とらき》は扉を閉じながら、つい最近も香り関係でこんなようなことがあった気がした。

「荷物を解かれてなかったんですね。もしかしてまだおくつろぎでしたか？」

部屋の片隅に所在なさげに立っているキャスター付きトランクを見ながら未晴《みはる》が尋ねた。

「おくつろぎどころか、こんな豪華な部屋、何をどうしていいのか分からなくてな」

「なりが大きいだけで、普通のホテルと利用方法は変わりませんが、そうですね、とりあえずスーツやシャツを洗濯に出されてはいかがですか？　靴も磨きに出すことができますよ？」

「そういうの有料だろう？」

「ご遠慮なさらないでくださいとお話ししたはずですよ。一応本家に上がるための衣装も明日の日中には届きますが。虎木《とらき》様のお気持ちが入る衣装が今のスーツなら、ノリを利《き》かせた姿で出向くのがよいかと思います」

「そういうもんか」

虎木《とらき》を連れ出す方便だと分かっていても、改めてあの借金の具体的な金額は何だったのかと首をかしげてしまう。

「さ、そうと決まれば虎木《とらき》様。お召し物を脱いでください。ランドリーサービスを連絡しておきますから」

「ああ、そうだな。分かったよ。着替え出さなきゃな。ええと……」

スーツのジャケットだけは脱いでいたものの、ウォークイン形式のクローゼットが遠すぎて室内のコート掛けに適当にひっかけてしまっていた。

虎木《とらき》はネクタイを右手でネクタイを解き、左手でワイシャツのボタンを外しながら、ふと、未晴《みはる》が少し呼吸を荒くして、虎木《とらき》の着替えをじっと見ていることに気が付いた。

「ふふ、ふふふ……」

「電話してくれるんじゃなかったのか」

「失礼いたしました。虎木《とらき》様が首元を緩める姿にグッときてしまいまして」

「そういうことは思うだけにして口に出すな。どう反応すりゃいいんだ」

「鎖骨をサービスしていただいても」

「頼むから着替えの間だけでも見えないところにいてくれないか」

「どうぞお気になさらず」

「いいから出てってくれっての！」

「あん、もう！」

虎木《とらき》が無理やり寝室から押し出すと、変な声を上げながらも大人しく出て行く未晴《みはる》。

一応寝室の扉を閉めると、外でぱたぱたとスリッパの足音が遠ざかるのが聞こえ、電話をかけている気配がした。

虎木《とらき》はホッと一息つくと、シャツもズボンも脱いでまとめ、未晴《みはる》が着ていたようなホテルの浴衣《ゆかた》を探し始める寝室のチェストに目当てのものを発見する。

浴衣《ゆかた》を着終えたそのときインターフォンが再び鳴り、未晴《みはる》が応答する声。

「虎木《とらき》様。ランドリーサービスが参りましたが、お召し換えはよろしいですか？」

「ああ、これ、このまま渡しちゃっていいのか？」

雑な畳み方をしたスーツ一式を持って寝室を出ると、未晴《みはる》が玄関でホテルのスタッフに対応してくれていた。

「明日の夕方まででで大丈夫ですから、良《い》いコースでお願いしますね」

虎木《とらき》が預けたスーツについて、未晴《みはる》が一言注文をつけ、スタッフは恭《うやうや》しく一礼し、去っていった。

「こうしていると、本当の夫婦のようですね。私達」

妙齢の女性と揃《そろ》いの寝間着の浴衣《ゆかた》で、ホテルの同じ部屋にいるという状況では、確かにその感想もおかしくはない。

それこそ誰にも見せられるような有様《ありさま》ではなく、その上未晴《みはる》は常日頃から虎木《とらき》への好意を隠そうともしないので、

「年寄りをからかうな」

虎木《とらき》も、つい気恥ずかしくなってしまう。

そしてこういう場合、気恥ずかしくなってしまった方が負けなのだ。

「恥ずかしがらなくてもいいんですよ？　今日は烏丸《からすま》もう現れません。私達、二人だけなんですから」

怯《ひる》んで身を引いた虎木《とらき》を半ば追い詰めるように、未晴《みはる》は虎木《とらき》との距離をじりじりと詰める。

「未晴《みはる》、おい」

「ねぇ虎木《とらき》様。私達明日、仮初めとはいえ、恋人としてご親戚衆の前に出て参ります」

「そ、そうだな。そういう話だったな」

虎木《とらき》はじりじりと距離を取ろうとするが、未晴《みはる》は当然逃がさず距離を詰める。

「でしたら」

「うわっ！」

気が付くとベッドの淵《ふち》まで追いつめられていて、肩を突かれた虎木《とらき》は情けなくベッドに仰向けに落ちた。

未晴《みはる》はすかさず倒れた虎木《とらき》の上に覆いかぶさり、全身で虎木《とらき》の四肢を押さえ組み伏せる。

「少しくらいの既成事実は、作っておいた方が良いと思いませんか？」

「な、何だよ既成事実って！」

「お年を召されているのに、初心《うぶ》なこと仰《おつしや》らないでください。ほんの少しのことですよ」

「既成事実に少しもかかしもあるか！　待て未晴《みはる》！　それは駄目だ！　本物の許嫁《いいなずけ》でも既成事実を作らなきゃいけないなんてルールは無い！　むしろ結婚するまでは清く正しく……！」

「まぁ嬉《うれ》しい。虎木《とらき》様は私との将来をそこまで真剣に考えて下さっているんですね？」

「そ、そういうことじゃなくて、いやそういうことじゃないわけじゃないけど、でもこういうのは良くないって！」

未晴《みはる》は小柄で、体重も重くはない。

だがファントムの血が為《な》せるその膂力《りよりよく》と、名だたるファントムを切り伏せる武術の鍛錬からくる人体構造への的確な理解で、絶妙に調整された力で虎木《とらき》を組み伏せ逃がさない。

「私達は、本当には、そうではないでしょう？　なら、短時間で絆《きずな》を深めるためにも、必要なこと、あると思いませんか？」

未晴《みはる》の上気した顔が迫ってくる。

一体いつの間にそうなったのか、未晴《みはる》は浴衣《ゆかた》の帯を解き浴衣《ゆかた》の前をはだけていた。

吸血鬼の嗅覚が、肌に微《かす》かに浮かぶ汗の匂いを感じ取る。

「思わない！　自分を大切にしろ！」

「大切にしていますよ？　だから今こそ『その時』だと思っているんです。虎木《とらき》様」

未晴《みはる》の吐息が顔にかかる。

「嘘《うそ》から真実《まこと》を生み出しましょう？」

「み、みは……」

潤んだ瞳と紅潮した頬と唇から漏れる吐息が、目と鼻の先まで迫ったその瞬間だった。

「きゃっ⁉」

未晴《みはる》の手と体の下で、組み伏せていた虎木《とらき》の肉体が突然質量を失った。

バランスを失った未晴《みはる》がベッドに落ちると、視界の端に黒い靄《もや》が渦巻き、ベッドのすぐ横の床に力なく渦巻き、やがて顔面蒼白《がんめんそうはく》の虎木《とらき》の姿を形作った。

「誤解、無い、ように……言っとくが、な！」

息苦しそうにへたり込みながら、虎木《とらき》は未晴《みはる》を指さす。

「お前が、嫌いなわけじゃ、ないんだぞ！　だけど……物事には、やっぱ、じゅん……じょ、

が……責任、が、うぇっ……結婚……前は……よく……な……」

その瞬間、虎木《とらき》はのけぞり、柔らかい絨毯《じゅうたん》の敷かれた床に倒れ意識を失った。

「虎木《とらき》様……」

未晴《みはる》ははだけた浴衣《ゆかた》を整えながら、ゆっくりとベッドから降りる。

そして、浅い息をしながらも気を失っている虎木《とらき》の側《そば》に膝を突いた。

未晴《みはる》は口を尖《とが》らせながらも、愛おしそうに虎木《とらき》の前髪を指でいじる。

「今回ばかりは、本当にお年を召されている事実を甘く見すぎましたね」

気を失う前に言ったことは、まぎれもなく虎木《とらき》の本心だろう。

だからこそ血を吸ってもいない状態で、黒い霧に変身してまで未晴《みはる》の拘束から逃れたのだ。

血を吸わなければ、虎木《とらき》の膂力《りょりょく》や能力は一般的な成人男性より少し強い程度。

そんな状態で吸血鬼本来の能力を使えば、体力も気力も喪失して当然だ。

そしてそこまでしてでも、虎木《とらき》は未婚の男女がどのような形であれ、一線を越えてはならないという思いで未晴《みはる》の拘束から逃げた。

「でも」

未晴《みはる》は気を失っている虎木《とらき》をその細腕で抱え上げると、ベッドの上に横たえる。

「やっぱり私は、そんな虎木《とらき》様をお慕いしているのですから、困ったものです」

そして、虎木《とらき》の前髪をかきあげると、その額に、

「意地悪な方」

「……う」

軽いデコピンを見舞い、毛布をかけると未晴《みはる》は踵《きびす》を返《かえ》す。

「ゆっくりお休みなさいませ、虎木《とらき》様。明日の夕方、お迎えに上がります」

照明を落とし、未晴《みはる》が扉を閉めると、寝室は完全な闇となった。

そのまま虎木《とらき》は翌日の夕方まで、何年振りかで、ベッドで足を伸ばしたまま眠り続けたのだった。

※

揺蕩《たゆた》う靄《もや》を照らす朝日を浴びて、アイリスは瞼《まぶた》を開いた。

「ん……っ」

微《かす》かに残る薄暗さの中で、アイリスは寒さに身を縮こまらせると、

「んー」

すぐ隣から微《かす》かな寝息が立つ。

自分のすぐ隣で眠っていた者がいることに一瞬身を竦《すく》ませるアイリスだが、徐々に昨夜の記憶が戻ってきて、激しい頭痛と後悔に襲われた。

何故《なぜ》、あんなことをしてしまったんだろう。

何故《なぜ》、こんなことになってしまったんだろう。

「橋の下で野宿って」

目の前に流れる川のせいで明らかに街中より低い気温に震えながら、アイリスは怨嗟《えんさ》の息を吐いた。

着替えの服まで着込んでその上からコートを羽織ってもなお体が芯まで冷え、近所のコンビニからもらってきた段ボールの上に座っていても全身の関節が軋《きし》む。

隣で全身段ボールにくるまり眠る七雲《なぐも》も、耳を澄まさなければ寝息が聞こえないほど生命反応が乏しい。

「起こした方がいいのかしら」

いくら闇十字《やみじゅうじ》騎士団の修道騎士でも、ファントムが冬の河原で野宿して凍死するのを黙って見ているほど不人情でもない。

「起きないと死ぬわよ」

「あ……うう……」

アイリスがその肩を揺すると、七雲《なぐも》は身をよじりながらさび付いたブリキ人形のようにぎこちなく起き上がった。

「よぉ寝た……」

「本気で言ってるの」

喉の奥が凍り付いていそうなガラガラした声で七雲《なぐも》が唸《うな》り、アイリスは顔をしかめる。

起き上がった七雲《なぐも》の姿は、昨夜の女性の姿ではなかった。

鼻筋が通って妙に眉が太く声も相応に低くなり、服はスーツに、体格は筋肉質に変わっている。

切れ長の細い瞳が特徴的な端正な顔立ちは、虎木《とらき》がムービースターだと騒いでいた、未晴《みはる》の
スリムフォンに収められていたものと同じ顔だった。

「もしその姿で凍死したら、警察があなたの身元照会に困るでしょうね。昔のムービースター
の姿だって聞いたわ」

「何、知ってるん？　まあ身元照会できればやけどな。ふあぁ……」

七雲《なぐも》は大きくあくびをする。本来口は無いはずなのにどうやってあくびをしているのかとい
う疑問はとりあえず抱かない。

「それにのっぺらぼうにとって川岸はホームグラウンドやから。知らん？『置いてけ堀』っ
て昔話。まああれは東京というか、江戸の話やけど」

「今の私は状況から完全に置いてけぼりなんだけど」

「アイリスさん日本語よぉ分かっとるんやねぇ。うまい！」

凍った苦笑を浮かべた七雲《なぐも》は大きく伸びをした。

PET 2L
ミネラルたっぷり!

「どうしてこんなところで一夜を明かさなきゃならなかったの。一体何を警戒していたの」

「んー？　何アイリスさん、どこか一つ屋根の下で俺と一夜を明かした方がよかっごめんごめんウソウソお願い首絞めないで本当に事件になっちゃう」

アイリスに凍った顔で制裁を加えられた七雲《なぐも》は真剣に謝罪をすると、咳き込みながら周囲を見回す。

今更ながら、相手がファントムだと分かっていれば男の姿でも怖くもなんともないということをアイリスは自覚したし、ファントムに対し本気の殺意を抱いたのが結構久しぶりであることもまた自覚したのだった。

「まぁウチの連中も烏丸《からすま》はんも、まさか六科《むじな》の惣領《そうりょう》たるこの俺が橋の下で一夜を明かすとは思ってへんやろうからなぁ」

「要するにキョートのファントム達から身を隠したかったわけ？」

「せやねぇ。烏丸《からすま》はんに見つかった時点でもう迂闊《うかつ》に市内では動けなくなったようなもんやけど」

その言葉にアイリスは更に顔をこわばらせる。

「私もう、始発でトーキョーに帰るつもりなんだけど」

「頼むて！　今の俺にはアイリスさんしかおらんのよ！　アイリスさんも止めたいやろ！　未《み》晴《はる》ちゃんと虎木《とらき》の結婚をさ！」

「それは止めたいけど、ここで私達が下手な横やり入れる方が、ヒキファミリーの心象が悪くなるんじゃないの？」

「心象とかそういう問題でもないんよ！」

七雲《なぐも》は大きな声を上げてから、はっとなってまた周囲を警戒する。

「俺が未晴《みはる》ちゃんと結婚することは日本のファントムの未来のためでもあるんやって！」

「このままここにいたら二人揃って凍死して未来もクソもないと思うけど」

「アイリスさんドライやなぁ……っぶしっ！」

七雲《なぐも》は苦笑しつつも一つ大きくくしゃみをし、橋の外を指さした。

「確かにこのままじゃ本当に凍死するから、河岸《かし》変えて何か食べに行こうさ」

「ヒキファミリーの手が回ってるって話じゃなかったの？」

「ここは京都や。映画に出てくるようなマフィアに牛耳られてる田舎町とかとちゃうんやからいくらだって安全な場所はあるよ。昨夜の今日やしな。ほら、行こうさ行こうさ」

「分かったわ。流石《さすが》にお腹《なか》空いたし……」

ごく自然に、七雲《なぐも》はアイリスの手を取った。

アイリスははっと顔を上げ、乱暴な勢いで手を振り払う。

「っと……？　いらん世話やった？」

振り払われたことが意外だったのか七雲《なぐも》は目を瞬《またた》く。

「誰にでもそういうことするから、ミハルに嫌われるんじゃないの」

自分の男性恐怖症はファントム相手には適用されない。されないが、それでもまるで親しい間柄のように手を取られることに、アイリスは激しい嫌悪《けんお》感《かん》を覚えてしまった。

七雲《なぐも》が慣れた調子だったのも、外見が昔の有名人であるらしいという事前知識とあいまって、人間の男への感覚を想起させてしまったのかもしれない。

「ごめんて」

七雲《なぐも》もアイリスの心情を察したのか、珍しく特に茶化しもせずに再び詫《わ》びた。

「ま、新幹線の中で話したほど美味《うま》いもんとちゃうからそれは期待せんでね」

アイリスと七雲《なぐも》が潜んだのは、京都駅からそう離れていない、七条大橋《しちじょうおおはし》の下だった。

川端通《かわばたどおり》に面し、朝早い時間でも車通りは多く、京阪《けいはん》電車七条《しちじょう》駅もあって、そこそこ人通りがある。

また、河川敷《かせんじき》は遊歩道になっているので、僅かにある人通りも、アイリス達に注目したりはしない。

「とりあえず、あそこ」

川端通《かわばたどおり》に上がってすぐ七雲《なぐも》が指さしたのは、アイリスにとっても日本に来る前から馴染《なじ》みのある店だった。

「確かに、キョートらしくはないわね」

「新幹線でも話したやん。俺らにしてみれば地元京都のお店やって」

その店のロゴは、聖十字教徒の象徴よりも世界中の人々に知られていると、どこかで聞いたことがあった。

「でも、ここなら昨夜の間に入れたんじゃない？　二十四時間営業でしょ」

「こういうとこはそういう時間見張られとるかもしれんやろ。今ならお客さんが普通に入ってくる朝の時間やから」

なるほど、確かに出勤途中で朝食を取っているらしいお客が客席にちらほら見えた。

「でも、私達の今の服の取り合わせだとそれはそれで違和感があるんじゃない？」

「……それもそか。この顔と体でいるときは、スーツが楽なんやけどな」

七雲《なぐも》がそう呟《つぶや》いた瞬間には、いつの間にかセミカジュアルなパンツとジャケットの上にダウンコートという服装に切り替わっていた。

アイリスが驚き目を瞬《またた》くと、七雲《なぐも》は少しだけ得意げに微笑《ほほえ》む。

「ま、のっぺらぼうの変身能力は色々手を変え品を変えできるってこと。さ、そんなことよりはよ行こ。本当もう、寒さと腹ペコで死ぬから」

川端通《かわばたどおり》と橋を結ぶ十字路にあったのは、早朝から朝食メニューを展開しているマグロナルドであった。

「ん……くあ……」

朝食メニューに加え、Lサイズのホットティーを二つ注文したアイリスは、冷え切った体を芯から灼《や》くような熱さに体を震わせた。

「私達、本当に凍死寸前だったんじゃないの？」

店内の暖房と飲み込んだホットティーの熱さ、そして睡眠不足のせいで、閉じたまぶたの内側からじんわりと涙が浮かんでくる。

「いや、本当に。シャレんならんかったな」

七雲《なぐも》も、体を震わせながらしきりに溜《た》め息《いき》を吐《つ》いている。

「こんなところで襲われでもしたらそれこそシャレにならないけど、大丈夫なんでしょうね」

「烏丸《からすま》はんや比企《ひき》家も、こないな大勢の人のいるとこでアホはせんよ。ああ〜」

七雲《なぐも》はLサイズのコーヒーのカップを両手で包みながら唸《うな》る。

「それに、協定違反を理由にいきなり闇討ちされるようなんは、アイリスさんが一人でうろちょろしてる場合だけ。烏丸《からすま》はんは、俺がアイリスさんを引き入れたって分かってるから、もうちょっとこっちを警戒してくれるはずや」

「どういうこと？」

「六科《むじな》の嫡子の俺が、闇十字《やみじゅうじ》との協定をこっちから破るようなマネをしてまでアイリスさんを引き入れた。未晴《みはる》ちゃんと知り合いで、未晴《みはる》ちゃんと一緒に梁戸幇《リアンシーバン》の幇主《ほうしゅ》を捕まえた、闇《やみ》十字《じゅうじ》騎士団きっての名家出身のアイリス・イェレイをや。烏丸《からすま》はん、悩んでるで〜？　きっと闇十字《やみじゅうじ》が協定破りをしてでも京都に介入しようと思っとるみたいな疑惑を抱いたはずや。こっちが偶然で行き会っただけの無計画な二人組やとも知らず、きっとあれこれいらんこと考えとるはずや」

まだ震えている唇で、七雲《なぐも》は不敵な笑みを浮かべる。

「そういうことになっちゃうのよね。はあ……」

中浦《なかうら》から釘《くぎ》を刺されていたことなのに、いざこうなってみるまでそれが自分で分からなかったことが、悔やまれて仕方がない。

だが、それはそれで腑《ふ》に落ちないことがあったりもする。

「私とあなたが会ったの、本当に偶然なの？」

「へ？」

「いくら何でも都合が良すぎるわ。ムジナのあなたと、その、イェレイの騎士が……」

「あー、それについては偶然とも言えるし、ある意味で必然やな。あの新幹線で俺の隣に座れるのは、絶対に普通の人間やなかったから」

「は？」

「これもまぁ、置いてけ堀的な話なんやけどな……実は俺の隣、人が座ってたんよ」

「えっ？　誰もいなかったじゃない」

「そ、本当は誰もいなかった。でも、普通の人間には、あんときの俺と似た感じの女の子が座ってたように見えるんや。俺、窓際《まどぎわ》の席好きなんやけど、トイレとか行くとき通路側に人いると気ぃ遣うやろ」

「まさか幻術みたいな何かで、席に人が座らないようにしていたってこと？」

「ま、ＪＲさんにバレたら罰金ものやけどな。まぁバレへんし、それにアイリスさんみたいな素質ある人間やファントムには通用しない術だし、自由席でしか使えない技やし、まぁグレーってことで」

　のっぺらぼうの持つ代表的な怪談には、のっぺらぼうが蕎麦屋《そばや》の屋台を妖術で出現させ、男を驚かす、というくだりがある。

　これはのっぺらぼうの変身能力の延長線上にあるもので、自らの肉体だけでなく、自分の周囲の環境まで偽ることが可能なのだ。

「だから、アイリスさんがあそこに座ったのは俺にとっては幸運な偶然。そもそも今の俺はずーっと綱渡りしとるから、誰も座ってくれへんかったら、一人で話進める他無かったんよ」

　縁談自体は、虎木《とらき》というイレギュラーさえなければ円満に進むはずなので、それを綱渡りとは表現しないだろう。すると、七雲《なぐも》には未晴《みはる》と結婚すること以外の目的があることになる。

「あなたはミハルと結婚する以外にも動く目的があるのね？」

「一番はそれや」

茶化す七雲《なぐも》に、アイリスは真剣に問いかける。

「私はミハルの力をよく知ってる。あのカラスマって人があなたをミハルの縁談の相手だと認めたからには、あなたもミハルと並ぶ力を持ってると思ってる」

「んー。将来結婚したら、ミハルちゃんの尻に敷かれると思うけど」

「そんなあなたが協定破りをして、結婚したいはずのヒキファミリーの身内であるカラスマさんの機嫌を損ねてまで、一体何をしようとしてるの」

七雲《なぐも》の軽口を無視してアイリスは続けた。

Lサイズのコーヒーを飲み干した七雲《なぐも》は、摘まんだポテトで窓の外をさした。

アイリスも目だけでそちらを追うと、鴨川《かもがわ》の向こうに京都の中心街の街並みが見える。

「仇討《かたきう》ち、やね」

急に飛び出した物騒な単語に、アイリスは鼻白んだ。

「その前に確認しときたいんやけど、梁戸幇《リアンシーバン》の幇主《ほうしゅ》、梁雪神《リアンシユエシエン》をミハルちゃんが捕まえたって話、アイリスさんも関わってるんやよね？」

「え？　ええ、一応」

アイリスはその梁雪神《リアンシユエシエン》に捕まっていたクチなのだが、それは言わないでおく。

「おかしいと思わんかった？　梁戸幇《リアンシーバン》は何年も前から日本に侵入していたんにゃで？　しか

も都市部に潜伏して好き放題やってた期間もかなり長い。その上幇主《ほうしゅ》まで入って来た。真面目な話、今の六科《むじな》や比企《ひき》の当主が大陸に何の予告もなく渡ろうもんなら、現地のファントム組織に袋叩《ふくろだた》きにされるんは想像つくやろ？」

「まぁ、確かに」

「それにな」

客が増えてきた店内を警戒するように、七雲《なぐも》は声を潜める。

「アイリスさん、ストリゴイとも戦ったんやろ」

「ヒキファミリーと繋《つな》がってるあなたがそれを知ってることには驚かないわ。それが何？」

「そいつ、そもそも何で日本に来たん？」

「え？　それは……」

虎木《とらき》に会いに来た。

ストリゴイ本人から聞いたその答えを口に出そうとして、アイリスははたと止まる。

虎木《とらき》に会いに来た、本当にそれだけなどということがあるだろうか。

七雲《なぐも》の言う古妖《エンシェント・ファントム》ストリゴイ・室井愛花《むろいあいか》は、虎木《とらき》の吸血鬼としての『親』であり、虎《とら》木《き》が人間に戻るためには避けては通れない関門だ。

だからこそ虎木《とらき》とアイリスと未晴《みはる》は、愛花《あいか》が現れた横浜で死闘を繰り広げたのだ。

だが、一方で愛花《あいか》は多くのファントム組織を束ねる、世界のファントム界のフィクサー的存在でもあるという。

そんな愛花《あいか》が日本でやったことと言えば、本当にやってきて逃げただけだ。

何なら痛手を負った上に配下の組織が一つ崩壊した上での逃げだ。

愛花《あいか》は日本に来てから逃げ出すまで、とにかく損しかしていない。

あの底が知れない吸血鬼が、そんな旅をするだろうか。

酔狂な性格の裏に底知れぬ悪意と力を潜ませている愛花《あいか》の日本入国の情報を、虎木《とらき》にもたらしたのは未晴《みはる》だ。

だが、未晴《みはる》はどこからその情報を手に入れた？

『今の六科《むじな》や比企《ひき》の当主が大陸に何の予告もなく渡ろうもんなら、現地のファントム組織に袋叩《ふくろだた》きにされるんは想像つくやろ？』

直前に七雲《なぐも》が言った言葉が、アイリスの頭の中を駆け巡る。

「アイカは、日本に来ることを予《あらかじ》めヒキファミリーに通告していた？　一体何のために……」

その情報を、未晴《みはる》が何かのきっかけで摑《つか》んだ。

「ロクでもないことのためやろね。でもそのやりとりを知らんかった未晴《みはる》ちゃん達が追い返した。それから間を置かずにこの縁談や」

七雲《なぐも》は血色の戻りきらない厳しい顔つきで言った。

「未晴《みはる》ちゃんは十八。俺は二十やで？　元から将来一緒になるとは言われとったし俺もその気満々やけど、にしたって急すぎやろ？　年末まで、だーれもそないなこと言うてへんかったんにゃで？　それが年明けた途端にこれや。何か裏があると思って当然やろ」

「そうかもしれないわね」

「そんで、俺は東京に調査に行ってたんや。どーも比企《ひき》家の動向がちぐはぐやったから、ストリゴイが何のために日本に来たのか。誰がストリゴイとやり取りをしてたのか、ってな」

七雲《なぐも》は一段声を落とした。

そしてこのマグロナルドに入って最も厳しい顔つきになった。

「ストリゴイとやり取りしとったのは烏丸《からすま》はんや。しかも、一回や二回の話やないらしい」

「えっ」

大声を上げずにいるのが精いっぱいだった。

「しかもストリゴイと接触があったときには、京都の比企《ひき》本家と連絡を取ったり、烏丸《からすま》はん自身が京都に移動したりしてはる。これは比企《ひき》家に外患誘致の臭いがすると思わへん？」

未晴《みはる》に近しく、虎木《とらき》も知った顔であったらしいあの烏丸《からすま》が、愛花《あいか》と通じていたというのか。

だがそこまで考えて、アイリスは首を横に振る。

「私とユラにとっては、ストリゴイ……アイカは敵。でも、敵対勢力同士のトップが会談することは普通にあり得ることよ。そういう場を設ける場合、カラスマさんみたいなトップから少し下の、立場がある人や実務を取り仕切る人が交渉するのはよくあることじゃないの？」

「さらりと私とユラはって言うんやね」

「余計な茶々いれないで。どうなの」

「まぁ、確かにアイリスさんの言うことは俺も考えたし、俺がつかめたのはそこまでや。烏《からす》丸《ま》はんがコンタクトしてたことは分かっても、それを京都に持ち帰って誰に何の裁可を仰いでたかは分からんし、未晴《みはる》ちゃんが烏丸《からすま》はんから聞いたのかどうかも分からん。ただ、これだけは確かなことがある」

七雲《なぐも》はトレーの上にあるナプキンペーパーを手に取り、自分の額に当ててみせた。

「烏丸《からすま》はんと比企《ひき》の本家は、東京で僵尸《キョンシー》が好き勝手やるのを見過ごしてはったことになる。こないだの梁戸幇《リアンシーバン》の事件もな。これは京都にルーツを持つ妖怪にはあってはならんことや。比企《ひき》家の沽券《こけん》に関わる。海外ファントムに好き勝手さしたら日本のファントムの安全が脅《おびや》かされるし、闇十字《やみじゆうじ》騎士団が介入する隙にもなる」

「それだけじゃ、カラスマさんを怪しむにはちょっと弱い気もするわ。外からは分からない理由があったのかもしれないし、第一あなたどうやってそんなトーキョーのヒキファミリーの内情を探ったの」

「俺がどんな能力持ってるかもう忘れた？」

「あ、そうか」

のっぺらぼうの能力なら潜入などお手の物、というわけだ。

「何にしても、俺はこの縁談には裏があると思ってる。もしかしたら、未晴《みはる》ちゃんが京都に呼び寄せられたこと自体、何か裏があるのかもしれない……アイリスさん」

「……何」

「未晴《みはる》ちゃんに何か危険が迫っているのなら、俺は未晴《みはる》ちゃんを守りたいんや。今は誰が敵か味方かも分からへん。アイリスさん。頼む！　未晴《みはる》ちゃんを守ることは、最終的には虎木《とらき》を守ることにもつながるはずや！　俺に協力してくれへんか！」

即答しかねる頼みではあった。

単純に七雲《なぐも》が信用に足る相手かどうかはまだ判断がつかないし、信用したとしても、未晴《みはる》を心配し過ぎているようにも思えるし、未晴《みはる》が生半可な謀略でやられるとも思えない。

ただ、思わぬところで室井《むろい》愛花《あいか》や梁戸帬《リアンシーバン》の残り香が現れ、その二者が、未晴《みはる》と虎木《とらき》のすぐ近くにいるあの烏丸《からすま》という男に繋《つな》がっている。

確かに、この状況は気持ちが悪い。

もしこの状況を放置して未晴《みはる》はもちろん虎木《とらき》に何かあれば、後味が悪いどころの騒ぎではない。

「……分かったわ。何をすればいいの」

「おおきに！　おおきにな！」

七雲《なぐも》はぱっと顔を明るくしてアイリスの手を取ろうとし、はっと思い返してテーブルの向こうで何度も何度も頭を下げる。

その大袈裟《おおげさ》な様子に、アイリスは苦笑してしまう。

「オオキニって、何？」

「サンキューっちゅーこっちゃで！」

快哉《かいさい》を上げる七雲《なぐも》の笑顔を見て、アイリスは少しだけ考えた。

もし七雲《なぐも》が言葉通りのファントムではなく、彼こそが未晴《みはる》の敵である可能性を。

七雲《なぐも》が六科《むじな》の実力者であることは現状疑う余地は無いが、彼の行動を比企《ひき》家も未晴《みはる》も烏丸《からすま》も把握しておらず、彼自身はその稀有《けう》な変身能力でいくらでも他者を欺くことができる。

新幹線でも河原でも、目の前で言葉を交わしていながら、アイリスは変身の瞬間を知覚することができなかった。

肉体や容貌だけでなく、服装や持ち物を自由に変化させ、かつそれを知覚させないという物理法則を無視しているとしか思えない変身能力は、悪用しようと思えばどんなことでも可能になる。

ここまで複雑な事情を抱えている彼が、未晴《みはる》と虎木《とらき》が乗る新幹線に偶然乗り合わせたなどということがあるだろうか。

疑念は尽きないが、もし七雲《なぐも》が言葉通りの人物ではなく何らかの悪意を持って動いている場合、聖具の一切を東京に置いてきてしまったアイリスの現状は、如何《いか》にも心もとない。

もちろん、アイリスも日本ファントムの本拠に乗り込む以上、全く対策を取っていないわけではなかった。

だが、巻き込まれそうになっている状況が思いがけず深刻さを帯びてきており、京都に来るまでの僅か一日半で備えた付け焼き刃が、どれほどこの状況に対し切り札となり得るか、はなはだ心もとなかった。

アイリスは七雲《なぐも》に見えないテーブルの下で、ダウンコートのポケットに手を突っ込み、その中にある掌《てのひら》サイズの円盤状のものを、祈るように握りしめた。

「それで、この後はどうするの。あなたも随分無計画だって言ってたけど」

「俺自身は縁談の当事者やからな。未晴《みはる》ちゃんが虎木《とらき》を連れてこようと来まいと、俺も比企《ひき》家には呼ばれとるんよ。アイリスさんにはそこで色々手伝ってもらえそうなことがあんにゃ」

「聖具が無いってこと忘れないでよ」

「求めとんのは戦いとちゃう。そのために準備せなならんことがあるから、まずは出ようさ」

「え？　まだ全然食べ終わってな……」

お茶で体を温めてからしばらく話し込んでいたので、まだバーガーやポテトに手をつけていなかったアイリスだが、七雲《なぐも》は自分のバーガーやポテトもトレーにのせたまま席を立ってしまう。

「ちょっとナグモ！」

「今からお持ち帰りに変更しよな！」

「えっ？」

「逃げんで」

七雲《なぐも》が立ち上がった瞬間、店内の少し離れた場所で、同じように立ち上がったサラリーマン姿の男が二人いた。

それでアイリスも察する。

足元のリュックを手に取ると、トレーを抱えて既に走り始めている七雲《なぐも》を追って店内を飛び出した。

「お客様⁉　トレーはお戻しくださいっ！」

マグロナルドクルーの悲痛な叫びを聞き入れるわけにはいかなかった。

「追手はかからないって話じゃなかったの⁉」

「まさかマグドにまで張り込みさせとるとはなぁ！　流石《さすが》手ぇが早い！」

七雲《なぐも》はモデルにした人間の顔のせいなのか、このような状況なのに表情が笑顔に見えて、アイリスは苛立《いらだ》つ。

川端通《かわばたどおり》沿いを北方向に走るが、鴨川《かもがわ》沿いを走ってもいつかは追いつかれてしまう。

「どうするのよ！」

「ど、どっかで撒《ま》くしかないやろなぁ！　うう、寝起きの体には厳しすぎる！」

ただでさえ走りにくそうな革靴で、手にはマグロナルドのトレーを抱えたままなにをへらへらとしているのか。

「撒《ま》けるの⁉　私キョートの地理全然わからないわよ！」

「どやろなぁ！　烏丸《からすま》はんの手のモンやったとしたら、あの人ら目ぇの出来が他のファントムと段違いやから、ちょい難しいかも……」

「目⁉」

振り向くと、二人組はスリムフォンを片手にぴったりアイリス達を追走している。

もはや尾行がバレた以上、姿を隠す気はないのだろう。

目が特殊だというが、瞳の色などを見られるほど距離が近いわけでもなく、どんな種類のファントムなのか判別できない。

「ナグモ！　あなた、煙幕とか張れないの！　一瞬でいいから、後ろの連中の目をくらませるようなことできる⁉」

「い、意外と得意分野！　でもどないすんの！」

「いいから、できるならやって！」

「わ、分かった」

七雲《なぐも》は頷《うなず》くと、川沿いに立っている常緑樹の低木から器用に葉を一枚ちぎり取り、指で頭の上に乗せる。

「ちょっと煙いで！」

次の瞬間、二人の周辺に小さな破裂音とともに煙が噴出するが、冬の京都の木枯らしに吹かれ、あっという間に散らされてしまう。

背後の男達も、一瞬動揺したものの、すぐに晴れた煙の向こうにいる七雲《なぐも》とアイリスを追っていよいよ速度を速めた。

七雲《なぐも》とアイリスは煙が晴れたことにすぐに気付いたかのような動きで川沿いの住宅街の小道に入ってゆき、追っ手達もそれを追う。

そして、そんな追手の背を、アイリスと七雲《なぐも》は煙が起こった少し手前の小道に身と息を潜《ひそ》めながら見送った。

「……何今の。闇十字《やみじゅうじ》に幻術なんてあんの？」

小声で尋ねる七雲《なぐも》に、アイリスは首を横に振った。

追っ手達は、七雲《なぐも》の能力で出現させたものではないアイリスと七雲《なぐも》の姿を追って、どこかへ行ってしまったのだ。

アイリスの手は、片方だけポケットの中に入れられていて、本人はなぜか言いにくそうに顔を顰《しか》めている。

「本当に使うことになるなんて……」

「え？」

「そう、私の術。私の術よ。そういうことにしておいて」

「いやぁ、大したもんやなぁ、烏丸《からすま》はんの手のモンを誤魔化せる幻術て、なかなかやで」

七雲《なぐも》は感心しているが、アイリスはその誉《ほ》め言葉を素直に受け取れなかった。

「……ストリゴイに通じてたんだから、大体の相手には通じるわ」

アイリスは七雲《なぐも》には聞こえないように言うと、

「そんなことより、この後どうするの」

まだ追っ手が周囲にいる可能性を考え、周囲を最大限警戒しながら言った。

「今は誤魔化せたけど、いくら日中人が増えるからって、これ以上街中を歩けないわよ？　あなたはいくらでも姿を変えられるけど、私は顔が割れてるのよ」

アイリスの問いに、七雲《なぐも》はにやりと笑った。

「安心しや。俺の力で、アイリスさんを目立たんよう、ばっちり京都に溶け込ませてみせっさかい！」

その自信満々の顔に、アイリスは一抹の不安を覚えたのだった。

※

空気まで柔らかく温かい寝床は、掛け値なしに年単位ぶりのことだった。

それだけに、入眠直前の出来事が穏やかでなかったという記憶は虎木《とらき》を落ち込ませた。

流石《さすが》『夜の間』を冠する部屋の寝室だけあって、目覚めたときは吸血鬼の目でなければ見通せないほどの真の闇の中だった。

「次にこんな部屋で眠れるのはいつになるかな」

たとえ人間に戻ったとしてもこんな部屋で寝泊まりする日は二度と来ないだろう。

虎木《とらき》は名残惜しそうに手でベッドの柔らかさを感じてから寝室を出る。

ベッドサイドの内線電話に留守番電話のランプが灯《とも》っており、再生するとホテルのランドリーサービスからのメッセージが入っていた。

何となく未晴《みはる》の気配を気にしながら部屋の外に出ると、クリーニング店に預けた時と同じような仕上がりで、スーツ一式が届けられていた。

その隣には、未晴《みはる》が用意すると言っていたものだろうか、明らかに仕立てが違う上等そうなスーツ一式も用意されていたのだが、虎木《とらき》は首を横に振った。

「ま、自前の衣装ってもんだよな」

縁談を断るための偽りの恋人とはいえ、未晴《みはる》に用意された衣装に袖を通しても着られてしまうのがオチのような気がした。

どんなに見た目を着飾ったところで、日頃の生活から来る雰囲気は隠せない。

それに未晴《みはる》がどんな言い訳を並べようと、比企《ひき》家が虎木由良《とらきゆら》の身辺について調査していないはずがない。

烏丸《からすま》とも知り合って長いのだから、虎木《とらき》の基本的な情報は、ストリゴイ・室井《むろい》愛花《あいか》の子であることも含めて周知されていると考えてよいだろう。

脱衣所の洗面台で顔を洗い、髪を申し訳程度に整え、着なれないスーツに袖を通してから、虎木《とらき》はふとスリムフォンを手に取るが、着信も通知も無かった。

そのせいでアイリスが、今頃何をしているのか気になってしまう。

何だかんだと京都行きにもの言いたげな雰囲気だったが、最終的には特に止めるようなことも言わず、出発の際もいつもの夕刻のように言葉を交わしてから別れた。

とはいえ、完全に納得したかと言えばそれも違うだろう。

虎木《とらき》が未晴《みはる》の肩を持つようなことを言ったときには不機嫌そうな顔をしていたし、これで気を遣わずに帰宅して、後々闇十字《やみじゅうじ》騎士団からの締め付けが厳しくなってはたまらない。

今更ではあるが、ROPEでアイリスにメッセージを送ることにした。

『今はまだ無事。これから比企《ひき》の本家に乗り込む。土産は何がいい？』

画面をしばらく眺めているが、すぐに既読がつく様子は無い。

ほっとしたような、少し残念なような、そんな自分の気分に気付いた虎木《とらき》が、不安な気持ちを断ち切るようにスリムフォンをポケットにねじ込んだところでインターフォンが鳴った。

『虎木《とらき》様、お目覚めですか？』

　モニターからは、昨夜とは打って変わって如何《いか》にもよそ行きと言ったイメージの華やかながかっちりとした着物をまとった未晴《みはる》の姿があった。

「ああ、もう出かけるのか？」

『虎木《とらき》様のご朝食を用意させました。ご準備がよろしければそれを召し上がられた後に出掛けましょう。大きな荷物は部屋に置いたままで結構です。また戻って参りますから』

　比企《ひき》家に行くのは今日だけのはずだが、一体何日宿泊するつもりだったのだろう。

　虎木《とらき》は昨晩のことを思い出し、やや顔を青ざめさせるが、モニターの中の未晴《みはる》は、いつも通りの未晴《みはる》で、

『外でお待ちしていますね』

　というと、モニターから離れてしまう。

「全く、ガキでもあるまいに」

　未晴《みはる》に迫られた程度で動揺している自分が情けない。

　だが今未晴《みはる》が何も言ってこなかったということは『そういうことだ』と捉えるべきだ。

　虎木《とらき》は自分に気合いを入れるためにネクタイを締め直し部屋を出る。

「虎木《とらき》様。昨夜は虎木《とらき》様がつれなくされたせいで、私、寂しい夜を過ごしたのですよ」

「おい」

　そういうことだと心得た瞬間にこれである。

「一世一代の勇気を袖にされたのです。これくらいの意地悪はしても許されるでしょう？」

未晴《みはる》は艶然《えんぜん》と微笑《ほほえ》みながら、虎木《とらき》をエレベーターに誘う。

降りたのは直《す》ぐ下の階のレストラン。

「今夜のために、しっかり召し上がって精をつけてくださいね」

「おい未晴《みはる》……」

「そういうことではないのです。そういうことでも結構ですけど」

笑みを浮かべながらも、テーブルについた未晴《みはる》の口調は真剣だった。

「私達がこれから出向くのは日本のファントムの中心地。比企《ひき》の本家です」

「お前の実家だろう？　そんな仰々しい言い方しなくても」

未晴《みはる》は頷《うなず》いた。

「実家だから、厄介なのですよ。昨日も言いましたがこの縁談に対して他の貴妖家《きようけ》がどうお考えなのかは分かりません。中には虎木《とらき》様に露骨な敵意を向ける者がいないとも限らないのです」

話が分かる祖母と対面して挨拶するだけ、という話だったはずが、急に雲行きが怪しくなり
虎木《とらき》は喉を鳴らす。

すると未晴《みはる》は着物の袂《たもと》から、栄養ドリンクサイズの小さな瓶を取り出した。

「未晴《みはる》、お前それ」

虎木《とらき》の嗅覚は瓶の内容物を正確に感じ取り顔を顰《しか》めるが、

「人のものではありませんよ。使わなければ後で捨ててください。お守りだと思って」

未晴《みはる》は強く瓶を押し付けてくる。

「なぁ、俺達どこに何しに行くんだっけ」

「私の実家に、結婚の挨拶に参ります」

「縁談を断りに行くだけだろ。血腥《ちなまぐさ》いことは御免だぞ」

「私もです。そうならないためのお守りですよ」

サラダとスープが運ばれてきて、未晴《みはる》は瓶を虎木《とらき》の方に押しやると手を膝の上に置く。

「しっかり召し上がってくださいね」

「ああ、でも実家に帰るのに、夕食が出たりはしないのか？」

「縁談を壊しに来た者が何か食べさせてもらえると思ってるんですか？　今時ブブ漬けの嫌味も出てきません。昨夜の烏丸《からすま》の様子も気になります。何も無いとは言っていましたが、この縁談の成否を大勢のファントムが注視しているのです。話の分かるお祖母様でも、外聞はある程度気にされますから、形だけは強いことを仰《おっしゃ》って、他の貴妖《きよう》家に示しをつけることも十分考えられます」

「……そりゃそうか」

虎木《とらき》は瓶をちらちらと見ながら、諦めたように肩を落とした。

「分かったよ。お守り、な」

瓶を回収し、スーツの内ポケットに無造作に放り込む。

できればこんなものは、使わないで済むようにと願いながら。

※

虎木《とらき》の目には、まるでファントムの妖術によって時空が歪《ゆが》められたようにも見えた。

ヴァプンアーットホテルもそうだったが、盆地にあるこの限られた京都という街の中で、どのようにすればこれほど広大な敷地《しきち》を確保できるのだろう。

「堀かよ」

比企《ひき》本家の周囲は、まるで城のように堀で囲まれていた。

烏丸《からすま》の運転する車に乗り堀に渡された橋を渡る間、虎木《とらき》の体内になんとも言えぬ不快感が走った。

その感覚で、比企《ひき》家周囲の堀がただの水たまりではなく、流れ水であることが判明する。

それだけでも比企《ひき》家の財力が常識外れであることが分かるし、歴史的に多くのファントムと色々な意味で交流してきたことが窺《うかが》えた。

「やっぱお前らが影の存在ってのは無理あるだろ」

烏丸《からすま》に開けられたドアから降りた虎木《とらき》は、土地の中に造成された日本庭園に川まで流れているのを見て、呆《あき》れ半分に声を上げた。

見上げる二階建ての屋敷《やしき》は予想通りの純和風。

だが、虎木《とらき》の知る純和風の建物は、故郷の寒村のそれであり、目の前にあるのは和風の建築であること以外は一切の共通点が無いレベルの、城か大名屋敷《やしき》かと勘違いするほどの威容であった。

「いずれは虎木《とらき》様も比企《ひき》家の一員になるのですから、これくらいは慣れていただかないと」

「どさくさに紛れて何言ってんだ」

車の中の未晴《みはる》がいつも通りふざけて言っているものと考え適当に答えた虎木《とらき》に対し、

「虎木《とらき》様」

思いの外真剣な表情で、低い声で虎木《とらき》を嗜《たしな》めた。

「何をしに来たか思い出してください。烏丸《からすま》以外は全員事情を知らないのです。虎木《とらき》様は、私と結婚を前提にお付き合いをしている殿方として紹介されるのです」

「……あ」

昨日から異常なことの連続で忘れていたが、元々未晴《みはる》にもたらされた縁談を破談にするために来たのであり、ここでは虎木《とらき》は未晴《みはる》の恋人としてふるまわなければならないのだ。

「さ、虎木《とらき》様」

未晴《みはる》はそう言うと、手を差し出してくる。

虎木《とらき》はたどたどしい手つきで未晴《みはる》の手を取ると、未晴《みはる》は薄く微笑《ほほえ》んでその手を掴《つか》み、車から降りた。

「……あ、ああ」

「では参りましょうか」

烏丸《からすま》に連れられて屋敷《やしき》に向かうと、

『お帰りなさいませ！』

大勢の人間が一列に並んで待ち構え、一斉に虎木《とらき》達に向かって頭を下げたのだ。

「皆、出迎えありがとう。お祖母様はどちらに？」

虎木《とらき》は気配と声の圧力に動揺するが、未晴《みはる》は慣れたことのように軽くいなした。

「ご案内いたします。虎木《とらき》様、でいらっしゃいますね」

烏丸《からすま》よりも若いが、烏丸《からすま》と同じ気配を漂わせるスーツ姿の男性が前に進み出て一礼する。

「当主の比企天道《ひきてんどう》がお待ちです。どうぞこちらへ」

「よ、よろしくお願いします」

そう言って先導し始めたその男性の目に、微《かす》かな敵意が見えた。

ヴァプンアーットホテルのスイートルームすら霞《かす》むほどの広大な玄関で本革のスリッパをはき、外観を裏切らない広く長い廊下を通り過ぎる。

考えてみれば虎木《とらき》は、日本のファントムの今後を左右し得る縁談を壊しに来た張本人だ。

比企《ひき》家は古くからの名家であり、政略結婚を考えるあたり人間と考え方は変わらない。

そうすると、日本のファントム社会を安定させるための政略結婚を妨害する因子である虎木《とらき》が、歓迎されなくても仕方がない。

もし血《ち》の気《け》の多いタイプのファントムがいた場合、さしたる後ろ盾の無い虎木《とらき》は、抹殺される可能性すらある。

「ご安心下さい。そんなことにはなりませんよ」

するとまるで虎木《とらき》の心を読んだように小さな声でそう言い微笑《ほほえ》んだ。

「だといいがな、単純に緊張してきた」

虎木《とらき》は無理に笑顔を浮かべた。

いずれにせよ、これから会う相手に対しては、未晴《みはる》の恋人としてふるまわなければならないのだ。

「こちらです」

先導の男は、一目で高級な設《しつら》えと分かる障子戸のある部屋の前で立ち止まった。

「ありがとう」

未晴《みはる》は閉じた障子戸に向き直り、らしくもなく大きく深呼吸をした。

「未晴《みはる》です。ただいま戻りました」

「どうぞ」

すぐに、女性の厳しい声色の返事があって、未晴《みはる》は虎木《とらき》を促しながら障子戸を開いた。

「失礼いたします」

旅館の宴会場のような広大な座敷《ざしき》。

その一番奥に小柄な女性が一人。

その女性に臣従しているかのように、座敷《ざしき》の両脇に一列に並ぶ、大勢の正装の男女。

虎木《とらき》は未晴《みはる》に半歩遅れて、大勢の男女が見守る中、正面の女性の前へと歩み寄った。

だが、近づくにつれておかしなことに気付いた。

未晴《みはる》の祖母らしき人物がどこにもいない。

この座敷《ざしき》の一番奥で、脇息《きょうそく》に肘を置いて未晴《みはる》と虎木《とらき》を迎えるこの場の主らしき人物は、どう贔屓目《ひいきめ》に見たところで未晴《みはる》の姉だ。

一目見て未晴《みはる》と血のつながっていることが分かる、大人びた怜悧《れいり》な顔立ち。

細身な体格もよく似ていて、未晴《みはる》との違いは、髪の毛の全てが絹糸のような白髪であることくらいだった。

未晴《みはる》は、その白髪の女性の前に美しい所作で正座をし、両手をついて頭を下げた。

「ただいま戻りました。お祖母様」

虎木《とらき》は息を呑《の》んだ。未晴《みはる》の姉妹だと言われれば素直に信じられるほどのこの白髪の女性が、未晴《みはる》の祖母だというのか。

「虎木《とらき》様、ご挨拶を」

驚き立ち尽くしてしまった虎木《とらき》に、未晴《みはる》が少しだけ振り向いて注意を促す。

一瞬の驚きから立ち直った虎木《とらき》は、はっと我に返ってその場に正座すると、白髪の女性に頭を下げた。

「は、初めまして。私……」

「虎木由良《とらきゆら》はん、ですやろ。お噂《うわさ》は色々と伺っております。未晴《みはる》がお世話になっとるそうで」

「いえ、その、いつも私が未晴《みはる》さんにご面倒をおかけするばかりです」

「謙遜されんでもよろし。未晴《みはる》の方がいつもいらんお世話をしとると伺っとります。ほんまにすみませんなぁ。堀を越えるとき、ご面倒でしたやろ？」

「いえ、乗り心地の良い車を、用意していただきましたから」

堀を越えるとき、とは、要するに流れ水を越える時、ということだ。

虎木《とらき》が吸血鬼であることや、そうなった背景も全て知っているという示唆だろうか。

「で、未晴《みはる》。あんたは一体どうして、その虎木《とらき》さんをお連れしたん」

「お祖母様。虎木《とらき》様は、お祖母様と初対面です」

「それで？」

「比企《ひき》の当主は長生きが過ぎてご自分の名を忘れたと思われては、孫として不本意ですから」

伏した姿勢から顔を上げた未晴《みはる》は、顔は笑っていたが目は笑っていなかった。

そして、そこまで言われて虎木《とらき》は、白髪の女性が虎木《とらき》に対し自己紹介をしていないことに気付いた。

彼女にとって、虎木《とらき》は真剣に取り合うべき相手ではない、と言っているも同然だった。

「堪忍《かんにん》ね。日本に住んどるファントムが、比企《ひき》当主の顔や名前を知らんなんてことがあるとは思わへんかったんよ。虎木《とらき》はん」

「……はい」

「比企天道《ひきてんどう》。未晴《みはる》の祖母です。あんじょうよろしゅう」

「恐れ入ります。ファントムになって日が浅い若輩者です。不勉強をお許しください」

「不勉強も、許されるときと許されんときがありますけどね」

虎木《とらき》は大人の態度で遜《へりくだ》ったが、そんなことで未晴《みはる》の祖母、天道《てんどう》は微塵《みじん》も怯《ひる》まなかった。

「未晴《みはる》。一応もっぺん聞いとこか。虎木《とらき》はんをお連れして、何の話？」

眠たげに細められた目だが、天道《てんどう》の目つきの奥にある光の正体が分からず、虎木《とらき》は身を竦《すく》ませてしまう。

これが、日本のファントムを統《す》べる比企《ひき》家の当主か。

未晴《みはる》も時折底知れぬ力を湛《たた》えた目つきをするが、積み重ねた歴史は比べ物にならない。

話が大分違う、と虎木《とらき》は困惑する。

未晴《みはる》の言うことを素直に信じたわけではなかったにしろ、孫と祖母の関係は良好であり、未《み》晴《はる》の話をスムーズに聞き入れてくれるという話だったはずだ。

だが今虎木《とらき》の目の前にいるのは、旧家、名家の当主という表現から連想される、一般庶民とは全く異なる価値観を持つ、私より公を尊ぶタイプの人種だった。

少なくとも、ここで自分が未晴《みはる》の恋人でございますと言ったところで、鼻で笑われる未来しか見えなかった。

だが未晴《みはる》は全く怯《ひる》むことなく、祖母の目をはっきりと見返し告げた。

「六科《むじな》家の御嫡男、七雲《なぐも》様との縁談をお断りするために、参上いたしました」

場がざわめき、その内何人かが、比喩でなく『顔色を失った』のを見て、虎木《とらき》はまたひとしきり動揺した。

分かっていたことだが、縁談相手の六科《むじな》家はのっぺらぼうの一族。

何らかの理由で人間の顔を顕現させていたのが、未晴《みはる》の一言で動揺が走り、正体を現してしまったというところだろう。

「何をバカな！」

「天道《てんどう》殿！　どういうことか！」

「未晴《みはる》お嬢様！　一体何を！」

比企《ひき》家側と六科《むじな》家側。

それぞれに思惑を持つ者達がざわめく中、天道《てんどう》だけは微動だにせず、孫娘を真《ま》っ直《す》ぐ見つめていた。

　そして、天道《てんどう》がすっと右手を動かした瞬間、あれほど色を失っていた座の者達が一瞬にして鎮《しず》まる。

「皆、今がどういう時代かよぉ分かっとらんようやねぇ」

「何ですと？」

「どういうことですかな！」

　六科《むじな》側の実力者と思《おぼ》しきのっぺらぼうの老人の叫びに、天道《てんどう》は流し目をくれた。

「六科《むじな》の御老《ごろう》。あんさんは男だからよろし。せやけど女の身ぃで言えば、将来の旦那様を親や祖父母にあてがわれるっちゅーのは、これで結構堪《こた》えるものなんです」

「あてがうなどと！　これはお家のためで……！」

「好《す》き合《お》うた相手ならともかく、一族の都合で物のように知らん人の家にやられて名が変わる女に、お家の大事を問うことほど滑稽なことはありませんよって。なぁ、未晴《みはる》？」

「ええ……そう、思います」

　態度に反して思いの外未晴《みはる》の気持ちに寄り添ってくれるのかと虎木《とらき》は眉を上げるが、天道《てんどう》は声色を一切変えぬまま、鼻で笑った。

「せやけど未晴《みはる》。あんたはあかんよ」

「え？」

意外そうな声を上げたのは虎木《とらき》であり、未晴《みはる》はその言葉を予想していたかのように口を引き結ぶだけだった。

「あんたはあかんよ。あんたはずっと『当主』の振る舞いをしとったやろ」

天道《てんどう》は、より深く脇息《きょうそく》にもたれかかる。

「ヤオビクニの『力』と比企《ひき》家の『力』。あんたはちいちゃい頃からそれをうまく使っとったもんなぁ？」

「……」

「あんたは誰に教わるでもなく、あんた自身の力で比企《ひき》家と日本のファントム社会の中で、着々とあんた自身の人脈と影響力を作っていった。あんたの『社会』への影響力は、ちょっとしたもんやない？」

「……仰《おつしや》る通りです」

「もう一度聞くわ。未晴《みはる》。あんた虎木《とらき》はんを連れて、何しに帰ったん」

「私……は……」

虎木《とらき》は信じ難いものを見た。

未晴《みはる》が言葉に詰まった上に、目をそらしてしまったのだ。

常に自信に溢《あふ》れ、我が道を行くこと以外知らないかのような未晴《みはる》が、だ。

未晴《みはる》のことだから、どんな相手だろうといつものように高飛車に我を通してゆくのだと思っていたが、今や完全に蛇に睨《にら》まれた蛙《かえる》である。

この状況で、自分が未晴《みはる》の恋人だと主張したところで、とても空気が変わるとは思えなかった。

息詰まる緊張の中、沈黙を破ったのは天道《てんどう》の呆《あき》れた様子の溜《た》め息《いき》だった。

「さっき六科《むじな》の御老《ごろう》にはああ言うたけどもな、縁談の相手が六科《むじな》の惣領《そうりよう》なのは、私の精一杯の温情なんやで？　あんたと六科《むじな》の惣領《そうりよう》は知らん仲でなし、子供の時分は仲よう一緒に遊んでたやないか」

「でも、未晴《みはる》……未晴《みはる》さんは、そもそも縁談に乗り気ではなくて……」

「未晴《みはる》の意思は関係無いんよ」

「何を言ってるんですか！　結婚は本人同士の意思が一番……！」

孫娘の未来に関わることを鼻で笑った天道《てんどう》に、虎木《とらき》はこらえきれずに声を荒げるが、

「眠たいこと言いなや」

天道《てんどう》のその静かな声に心臓が縛られたように竦《すく》み上《あ》がってしまった。

そんな虎木《とらき》の姿を見て、天道《てんどう》は冷たく笑った。

「堪忍《かんにん》ね。たかだか七十年ばか生きとるだけの吸血鬼が分かったような口聞くっさかい、つい大人げのうして」

天道《てんどう》はここで初めて、脇息《きようそく》から体を起こした。

「比企《ひき》がこの地に根差して七百年。御所の鬼門を守護し、人と妖《あやかし》の均衡を保つ宿命を負った比企《ひき》の当主は『己』である前に『比企《ひき》家当主』でなければあきまへんのや」

天道《てんどう》が立ち上がり、正座する二人の前に一歩進み出る。

虎木《とらき》は気付いた。

今目の前にいるのは、未晴《みはる》の祖母などではなく、日本のファントム社会の頂点に君臨した古妖ヤオビクニの直系。

『比企《ひき》家当主』と言う名の怪物だ。

「……」

だからこそ違和感があった。

事によっては、愛花《あいか》すら凌駕《りょうが》しかねない妖気と威容。

七百年の歴史を持つ比企《ひき》家当主が、縁談相手の六科《むじな》家もいるこの場で、孫娘の相手となる六科《むじな》の惣領《そうりょう》を立てることをせず、虎木《とらき》に対し感情を露《あら》わにするのは、当主として明らかに冷静さを欠いた振る舞いではなかろうか。

虎木《とらき》が取るに足らないファントムなのであれば、これだけの力を持つ家だ、暴力的な手段を含め、いくらでも打つ手はあるはずだ。

天道《てんどう》には虎木《とらき》と未晴《みはる》が知り合ったそのときから、虎木《とらき》の一切合切を探られていたと考えるべきだろう。

日本のファントムの未来を左右する影響力を持つ比企《ひき》家の長子に近づくファントムが、調べられていないはずがない。

ましてその長子が、どこの馬の骨とも分からない吸血鬼に想《おも》いを寄せているとなれば……。

「納得できませんね」

虎木《とらき》の呟《つぶや》きに、座が再び凍り付き、天道《てんどう》の瞳がひと際厳しくなり、そして未晴《みはる》が意表を突かれたように虎木《とらき》を振り返った。

「俺は未晴《みはる》の恋人です」

「虎木《とらき》様っっっ!!」

平静を装《よそお》えと言っていたのは誰だと脳裏に突っ込みがよぎったが、スルーする。

「遠回しに別れろと仰《おつしや》るなら、納得のいく理由を教えてください」

「虎木《とらき》様……私、私……っ！」

虎木《とらき》の反撃に驚いたわけでもないだろうが、天道《てんどう》が沈黙している傍《かたわ》らで未晴《みはる》が滂沱《ぼうだ》に暮れている。

このまま放置すると未晴《みはる》の方からボロを出しかねないから早く天道《てんどう》に喋《しゃべ》ってほしいのだが、意外にも天道《てんどう》の瞳に迷いが浮かんでいるのが見て取れた。

「何故《なぜ》急に縁談を進めたんですか。未晴《みはる》が素直に聞くような性格でないことが分からないお祖母様ではないでしょう」

「何か未晴《みはる》の縁談を急に進めなければならないわけでもあったんですか」

「吸血鬼風情《ふぜい》が余計なことを言うでない！　そもそも六科《むじな》と比企《ひき》の間に西洋の妖《あやかし》が割って入るなぞ、身の程を知れっ！」

「へぇ？」

声を荒げたのは天道《てんどう》ではなく、天道《てんどう》に『六科《むじな》の御老《ごろう》』と呼ばれた老人だった。

不思議なもので、のっぺらぼうの顔つきながら顔に刻まれた深い皺《しわ》で彼が老人だということが分かったが、こうして向かい合って罵声を浴びせられても、一体どういう仕組みで声が出ているのか全く分からなかった。

「あんたそないにがなり立てたら探られる痛い肚《はら》がある言うてるも同然やないの」

だが意外にも六科《むじな》の御老《ごろう》を嗜《たしな》めたのは天道《てんどう》だった。

「ええよ。たかが吸血鬼一人に知られたところで何も変わらへん。せやろ？　御老《ごろう》」

「待て天道《てんどう》！　それは……！」

次の雷は、御老《ごろう》に落ちた。

「黙りよし。御老《ごろう》、七雲《なぐも》は何故《なぜ》今日ここにおらへんの」

「む、そ、それは……」

七雲《なぐも》とは、未晴《みはる》の縁談の相手の名だったはずだ。

「言い訳せんでもええようにしたるわ。京都におらんのやろ。こない大事なときに」

「え？」

この言葉に意外そうに目を見張ったのが未晴《みはる》だった。

虎木《とらき》も、この場に未晴《みはる》と同年代の男性がいないことは気になってはいたが、まさか京都にいないとは思わなかった。

「跡目の躾《しつけ》も満足にできんお家やから、こないなことになったんと違うの」

六科《むじな》の御老《ごろう》はのっぺらぼうの顔を真っ赤にしてわなわな震えている。

「比企《ひき》家が日本の妖、ファントムを統率していることはご存知やろ？」

つい御老《ごろう》に目をむけていたため、今の天道《てんどう》の言葉が自分にかけられたことに気付くまでにしばし要した虎木《とらき》は、一拍置いて頷《うなず》く。

「は、はい」

「なら六科《むじな》の『格』が比企《ひき》に並んどるのはどうしてやと思う？」

そう言えば、六科《むじな》家は比企《ひき》家と釣り合いが取れる家格があるということだったが、日本ファントムの頂点に立つ比企《ひき》家と取れるつり合いとは何なのだろう。

「未晴《みはる》」

「はい、お祖母様」

「将来の旦那様に対する教育が全く足りてへんね。一体普段どんなお付き合いをしとるのやら、今度私もサンシャイン60に寄してもらおか」

「……申し訳ありません」

教育ときたものだ。

何かと遠回しにあてこすられる虎木《とらき》だが、ここで怒っても仕方がないのでぐっと我慢する。

「御老《ごろう》。ご説明して差しあげ」

虎木《とらき》と同じくらいコケにされている六科《むじな》の御老《ごろう》は、身を震わせながらも、その怒りを虎木《とらき》にぶつけるように殊更居丈高に言った。

「六科《むじな》の勤めは、ヒトガタでない者達の統率だ！ そのようなことも知らんでよくも日本でファントムをやっておるな！ これだから東京の妖《あやかし》は信用ならんのだ！」

ここで東京云々《うんぬん》が関係あるかどうかはさておくとして、御老《ごろう》の端的な解説で虎木《とらき》は大きく頷《うなず》いた。

「つまり、人間に擬態できないファントム達を統率している、ということですね」

「その通りです。高位の能力者ならばのっぺらぼうご本人だけでなく、周囲の環境すら擬態することのできる六科《むじな》の家のお力があってこそ、生き永らえているファントム種は数多くいらっしゃいます」

未晴《みはる》が虎木《とらき》の言葉を補足するように口を開いた。

吸血鬼や僵尸《キョンシー》のように、ホモサピエンスとの外見的差異がほぼ無いファントムは、古くからその特性を生かして人間社会に潜伏し、勢力を伸張してきた。

だが、ファントムの世界には高い知性と能力を持ちながら、ホモサピエンスとは似ても似つかない姿の者も数多い。

「日本に古来より言い伝えられる唐笠《からかさ》お化けや提灯《ちょうちん》お化け、一反木綿のような、物品の姿に擬態する九十九《つくも》の御一族。広く水場に生息していた河童《かっぱ》の御一族。昔話に語られるような鬼の御一族は、皆様六科《むじな》家を頭領として仰いでおられます」

「御一族、なんていうほどそんな妖怪達が生きの……」

虎木《とらき》は日常の会話の流れで返事をしようとして、

「……妖怪の一族が、多くいらっしゃるのか」

今現在社会に根差して生活している以上、彼らを希少動物のように表現することはシンプルに失礼に当たると気づき、虎木《とらき》は注意して言葉を選んだ。

「ふん、物を知らん奴《やつ》め！」

御老《ごろう》はまた毒づくが、確かにこれは虎木《とらき》もファントムの一員である以上、知っていてもおかしくないことではあった。

とはいえ知らないことをここで適当に口にしても不興を買うだけだと思っていると、横から未晴《みはる》が静かに解説してくれる。

「六科《むじな》の御先祖は、ムジナ、の響きが示す通り、狐狸《こり》の御一族から出られました。妖狐《ようこ》や狸《たぬき》の仙人などと呼ばれる方々が、長い歴史を経てのっぺらぼうになられたのです」

「すまん、その進化論はちょっと俺には高度すぎる」

狐《きつね》や狸《たぬき》のファントムは古くから高度な能力と社会性を持つが、それがどうなると無貌のヒトガタに進化するのか、虎木《とらき》の貧弱な想像力では全く理解できなかった。

「六科《むじな》の変身や擬態の力は、狐《きつね》一族や狸《たぬき》一族の変身能力が進化したものだと言われているのですよ。とにかく、六科《むじな》はそういった人型を取れない方々を統べておられるのです」

なるほどそんな家の長男と風来坊の元人間の吸血鬼では、家格は比較にはならないだろう。

だがそれはそれとして、やはりそんな家同士の縁談がこれほど性急に進むはずがないという新たな疑念が湧く。

更には、肝心の未晴《みはる》の相手、六科七雲《むじななぐも》なる男がいないのはどういうわけなのか。

「それで、何で縁談を急がなならんのかっちゅー話やけどね」

唐突に座の空気に緊張が満ちてゆく。

「六科《むじな》の御当主で七雲《なぐも》の父親、六科興春《むじなきようしゆん》が、殺されたんよ。先月のことや」

「……え？　ころ……っ！」

天道《てんどう》が重大な事実をあまりに普通のことのように言うので、またも虎木《とらき》の反応は遅れた。

それはつまり、日本のファントムを治める二本柱の一角が崩れたということではないか。

「六科《むじな》の御一族は比企《ひき》ほどの長命ではあらしまへんのや。人間と大して変わらない時間で代替わりが必要になるんやけども……」

天道《てんどう》は、今度は完全に意気消沈して萎《しぼ》んだ風船のようになっている御老《ごろう》を見やる。

「先代の御老《ごろう》はもうお年を召されて、跡継ぎの七雲《なぐも》はあまりに若すぎる。要は、下の者の統制が取れんようになる事態なんよ。しかも当主が殺されたとなれば……」

比企《ひき》と比肩《ひけん》する六科《むじな》の当代となれば、相応の実力者であったはずだ。

それこそ天道《てんどう》と張り合えるほどの実力がないと、日本のファントムの半分を治めるなどできるはずがない。

中には六科《むじな》に対し反旗を翻《ひるがえ》す者もいるかもしれない。そうなれば単純に世の中が乱れることになるわけで、頂点の家同士が結びつくことで日本のファントム社会の政治的安定をもたらそうとする動きは理解できる。

だが、それならば……。

「ということは、六科《むじな》の御当代を殺害した犯人は、もう見つかっているんですね?」

当然この疑問が生まれることになる。

その疑問が自分の中に生まれた時点で、虎木《とらき》はそれに対する返答を半ば予想していた。

答えは、天道《てんどう》と御老《ごろう》の無言。

「見つかってないんですか⁉」

日本のファントムの半数を治めていた男を、この比企天道《ひきてんどう》と肩を並べるファントムを殺害できる何者かがいて、それが野放しになっている。

それを差し置いて、一体この両家は何をやっているのだ？

それこそ日本のファントム社会の危機ではないか。

「……いや、逆か」

状況を知ったばかりの虎木《とらき》でも考えられるようなことを、天道《てんどう》や六科《むじな》の御老《ごろう》が気付いていないはずがない。

古妖《エンシエント・ファントム》クラスのファントムを殺せるのは、同格のファントムしかいない。

そして、比企《ひき》と六科《むじな》が長らく統率してきた日本のファントム社会の中に、そんな存在は数えるほどしかいないだろう。

それこそ……。

「そこまで」

天道《てんどう》は、虎木《とらき》の思考を読んだように先回りし、念を押すような言い方をする。

「何にせよ、未晴《みはる》と虎木《とらき》はんが言いたいことは分かりました。とはいえ、七雲《なぐも》がおらんのやったら話は進まへん。虎木《とらき》はんも、そないに未晴《みはる》と結婚したい言うなら、しばらくは京都にいてもらうしかないなぁ」

「虎木《とらき》様……そこまで私と……」

未晴《みはる》は未晴《みはる》で天道《てんどう》の言葉を勝手に吸収してまた潤んだ瞳で虎木《とらき》を見るので、虎木《とらき》はつい目を逸《そ》らしてしまう。

　このままでは何も無いのに天道《てんどう》の言葉を言質《げんち》にされてしまいそうだが、それよりも京都に長《なが》逗留《とうりゅう》することになりそうなのが問題だ。

　代わってもらったシフトは三回だけ。

　それ以上の長逗留《ながとうりゅう》になると、シフトと村岡《むらおか》の胃に穴が空いてしまう。

　そう虎木《とらき》が思った時だった。

「七雲《なぐも》坊ちゃまなら、お戻りでございます」

　これまで沈黙を守り、虎木《とらき》と未晴《みはる》の背後に控えていた烏丸《からすま》が、よく通る低い声で言った。

「なんやて？」

「七雲《なぐも》が戻った？　本当か烏丸《からすま》殿！」

　天道《てんどう》も六科《むじな》の御老《ごろう》も烏丸《からすま》を見る。

「昨夜、京都駅前のロータリーで私、しばし七雲《なぐも》坊ちゃまと言葉を交わしました。少なくとも京都市内にはおられるはずです」

「七雲《なぐも》め、ワシにさんざん恥をかかせおって。家の一大事に何をしておる！」

　よく顔色の変わる六科《むじな》の御老《ごろう》はまた顔を赤くし、天道《てんどう》は烏丸《からすま》の言葉が意味することを吟味するように思案顔。

　未晴《みはる》は子供が嫌いな食べ物を見るように顔を顰《しか》めている。

「烏丸《からすま》殿！　七雲《なぐも》は何か言っておったか⁉」

「あまり良いご報告は出来かねます。七雲《なぐも》坊ちゃまは『協定』を破られました」

「な、何だと⁉」

六科《むじな》の御老《ごろう》はもちろん、天道《てんどう》に未晴《みはる》も驚いて烏丸《からすま》を見た。

「当代。御老《ごろう》。七雲《なぐも》坊ちゃまが姿をくらませたのは、興春《きょうしゅん》様が亡《な》くなられてすぐのことだったと記憶しております」

当代が殺されたと同時に姿をくらました後継ぎが、また秘密裏に京都に戻っている。

天道《てんどう》に遮られた虎木《とらき》の推測の続きを補強してしまうような、六科七雲《むじなななぐも》の挙動。

すなわち、六科興春《むじなきょうしゅん》を殺害したのが、比企《ひき》か六科《むじな》の、身内であるという可能性を。

「烏丸《からすま》。なんでそないなこと、黙っとったん？」

「協定破りには当たりますが、組織的な行動か否《いな》か判断しかねたからです。七雲《なぐも》坊ちゃまは、闇十字騎士団《やみじゅうじ》の修道騎士と行動を共にしておりました」

虎木《とらき》には天道《てんどう》達の言う協定というのが何なのかはよく分からないが、詳しい話以前に『闇《やみ》十字騎士団《じゅうじ》』という単語を聞いた瞬間、虎木《とらき》は嫌な予感に囚《とら》われていた。

そして思わず未晴《みはる》の顔を見ると、未晴《みはる》は先ほど七雲《なぐも》のことを聞いたとき以上に顔を歪《ゆが》めて溜《た》め息《いき》を吐《つ》いていた。

虎木《とらき》は、未晴《みはる》が同じ『修道騎士』を想像していることを確信する。

そして、京都のファントム達にとって、闇十字《やみじゅうじ》の修道騎士が京都にいるという状況が、重大なレギュレーション違反であるという認識があることも理解できた。

「そしてその修道騎士ですが、未晴《みはる》お嬢様と虎木《とらき》様のご友人なのです」

この流れで『虎木《とらき》と未晴《みはる》の友人』と烏丸《からすま》に認識され得る修道騎士など一人しかない。

「あいつ何考えてんだ！」

「烏丸《からすま》！　私と彼女は知り合いではあっても決して友人ではありません！」

「重要なのはそこでございますか」

大声を出す未晴《みはる》に、烏丸《からすま》はあくまで涼しい顔。

「七雲《なぐも》坊ちゃまは、修道騎士アイリス・イェレイと行動を共にしております。何をお考えなのかを聞き出す前に、姿をくらまされてしまいました。今もお二人は、京都市内に潜伏しているものと存じます。闇十字《やみじゅうじ》騎士団と通じて何かを為《な》そうとしておられるのであれば危険と思い、私の手の者で市内を捜索に当たらせております」

「ほぉ。アイリス・イェレイ。なるほど。イェレイの騎士」

天道《てんどう》が顎に手を当て呟《つぶや》いたその一言に、虎木《とらき》ははっと顔を上げた。

「イェレイの騎士をご存知なんですか？」

「当然やろ。世の中に幅きかせてるファントムでイェレイの騎士の名を知らん者はおらんよ。なるほど。烏丸《からすま》が悩むのも当然やね」

天道《てんどう》は頷《うなず》く。

「イェレイの騎士は闇十字《やみじゆうじ》の中でも一騎当千の実力者。七雲《なぐも》が何を考えとるのか知らんけど、興春《きようしゆん》のことを考えると放ってはおけんねぇ。烏丸《からすま》」

「は」

「七雲《なぐも》とイェレイの騎士を捕まえよし。殺さなければどんな手え使っても構へん」

「ま、待ってください！」

唐突に物騒なことを言いだした天道《てんどう》に、虎木《とらき》は思わず声を上げた。

「今のイェレイの騎士は驚くほどポンコツで、きっと深い考えも無しに京都に来たんです！」

「それは虎木《とらき》はんが言うとるだけやろ。京の妖衆《あやかししゆう》をそれで納得させられるとは思わんことやね」

だが天道《てんどう》は納得しない。

「烏丸《からすま》さん！　烏丸《からすま》さんはアイリスのこと、知ってますよね？　あまり乱暴なことは……！」

「申し訳ございません虎木《とらき》様。私は比企《ひき》の者で、当代の御判断に従う義務がございます。それにアイリス様は私のことをご存知ありませんでした。私もアイリス様のことを知っている、と言えるほど詳しくは存じ上げません」

「未晴《みはる》！　お前はアイリスがそういう奴《やつ》だってこと知ってるだろ⁉」

「ええ、まぁ、そうですね。イェレイの騎士の名にふさわしい器量があるとは思えませんし、六科《むじな》の当主をどうこうするような実力も意思もありません。東京のシスター・中浦《なかうら》が許可を出したとも思えませんし、一体何をしにきたのやら、きっと相当に浅はかで感情的な理由なのだと推察します」

「さ、左様でございますか……」

虎木《とらき》と未晴《みはる》の、アイリスを庇《かば》いたいのかけなしたいのか分からない弁護に、さすがの烏丸《からすま》も少し困惑している。

「その者の性格などどうでもよろしい。いずれにせよ闇十字《やみじゅうじ》騎士団側の協定破りは明らか。七雲《なぐも》とイェレイの騎士を捕まえんことには、興春《きょうしゅん》の話も未晴《みはる》の結婚話も進まへんね。今日のところは解散ということでよろしいな？」

天道《てんどう》の一言で、場に緊張と弛緩《しかん》が同居した空気が満ちる。

「虎木《とらき》はんも、ヴァプンアーットホテルからできるだけ動かんようにね。出かけたいときは未《み》晴《はる》か烏丸《からすま》に必ず連絡するように」

有無を言わさぬ命令口調でそう告げた天道《てんどう》は、颯爽《さっそう》と座敷《ざしき》から立ち去る。

虎木《とらき》は思わず追おうとするが、それを未晴《みはる》が止めた。

「虎木《とらき》様。今お祖母様に何を言っても決定は覆《くつがえ》りません。アイリス・イェレイの立場が悪くなるだけです」

六科《むじな》の御老《ごろう》を始め、座にいた者達は烏丸《からすま》も含め立ち去り、虎木《とらき》と未晴《みはる》だけが残された。

完全に状況から取り残された格好の虎木《とらき》は、思わず薫り高い畳を殴る。

「烏丸《からすま》さんが適当な嘘《うそ》をつくはずない。多分アイリスは本当に京都に来てる。しかも、六科《むじな》七雲《なぐも》って奴《やつ》と一緒に行動してる。……どうなんだ未晴《みはる》。前にも聞いたが七雲《なぐも》ってのはどんな奴《やつ》だ。父親を殺して何かしようとするタマか？」

「正直分かりません。中学を卒業して以来会っていないのです」

「割と最近じゃないのかそれ」

長い間会っていないみたいな空気を出す未晴《みはる》に、虎木《とらき》は眉根を寄せた。

「小さい頃はともかく高校生になってからは、私が東京に出てしまって、大して付き合いもなかったもので。それに、十代の三年間は大人の十五年に匹敵する時間です」

未晴《みはる》はいかにもな思春期あるあるで切り返す。

「ただ、ファントムとしての実力で言えば、六科《むじな》の後継ぎに相応《ふさわ》しい力はあるはずです」

暗に未晴《みはる》は、六科《むじな》七雲《なぐも》は、六科《むじな》興《きよう》春《しゆん》殺害の容疑者たりうると言っている。

「つまりは、何にも情報が無い状態だな。クソ、アイリスのバカ、何考えて京都に来たんだ」

アイリスの本心が全く理解できずに顔をしかめる虎木《とらき》だったが、その横で、未晴《みはる》は意外そうに虎木《とらき》を見た。

「虎木《とらき》様、本当に分からないのですか？」

「分からん！　まさか本当に……」

虎木《とらき》と未晴《みはる》が結婚すると思い込んでいるわけでもないだろうし、そう思い込んでいたとしても、この状況で京都までやってくる意味が分からない。

「……は〜あ」

「え？」

だが、未晴《みはる》は少し呆《あき》れたように聞こえよがしの溜《た》め息《いき》を吐《つ》いた。

「いえ、なんでも」

未晴《みはる》は立ち上がると、正座で強張《こわば》った足をほぐすように体を揺らす。

「さ、どうします虎木《とらき》様。縁談をわやにして私と虎木《とらき》様の仲を公認のものにしようと思ったのに、随分と話が変わってきてしまいましたね」

「一部賛同しかねるが、本当に訳が分からんことになったな……ん」

「何です？」

「わやにする、って何だ？」

聞きなれない言葉が混じっていたことに気付いて何の気なしに尋ねると、

「……」

未晴《みはる》はきょとんとして虎木《とらき》を見下ろし、すぐに顔を赤くして両手で自分の口を覆った。

「あっ!?　え……っと、その、めちゃくちゃにする、とか台無しにする、みたいな意味、です。あの、虎木《とらき》様？　私、今わやにする、って言ってました？」

「え、言ってた……と思うけど」

「そ、そうですか。あー、もう！　そんなことより虎木様《とらきさま》！」

「お、おう？」

「この後どういたしましょうか!?　思いの外あっさり解放されてしまいましたが、ホテルに戻りますか？　まだ時間も早いですし、折角なら近くの料亭で改めて夕食でも……」

まだらしくもなく顔を赤らめている未晴《みはる》は早口でこの後のスケジュールを提案してくるが、
虎木《とらき》は少し考えて、首を横に振った。

「あんまり肩凝ることはしたくないな。東京を出てからこっち、身の丈に合わないことばっかりで気が詰まってる」

「でしたら……」

虎木《とらき》はしばし考えると、ポケットからスリムフォンを取り出し、画面を見ながら言った。

時間は、十八時を少し回ろうかというところ。

「未晴《みはる》。デートするか」

「あ、そ、そうですね。デー…………………………え」

次の瞬間、未晴《みはる》は六科《むじな》の御老《ごろう》など比較にならない勢いで赤くなってゆく。

そして、耳と頭から湯気を出しかねない勢いで、ほぼ悲鳴のような声を上げた。

「えええええええええええええええええええええええええええええええええええ!?」

第四章 吸血鬼は中にいるようで蚊帳の外

DRACULA YAKIN!

虎木《とらき》と未晴《みはる》が比企《ひき》本家に上がった日の昼。

真冬の橋の下で一夜を明かしたアイリスと七雲《なぐも》は、市内東部の人気の観光エリアである東《ひがし》山《やま》区清水《きよみず》にいた。

平日の昼間ながら多くの観光客でにぎわっており、確かに紛れられる人ごみは多いが、それだけにどこに京都のファントムが潜んでいるか分からないという恐怖もあった。

「ちょっとナグモ。一体どこに行くつもりなの」

「うん。とりあえずアイリスさんはやっぱ目立つからね。目立たないようにって背中丸めてると余計に目立つ。修道騎士って隠密《おんみつ》とか索敵とか学ばないいん？」

「不特定多数のファントム相手に単独で都市に潜むなんて状況、修道騎士の戦略的にあり得ないもの」

「それもそっか。むしろ修道騎士が大勢でファントム単体を追い詰めることの方が多いか。せやったらアイリスさんは幸運やね。狙われるファントムの戦略をここで学ぶことができる」

「どういうことよ」

「隠密《おんみつ》行動の基本は二つ。潜伏地域の中の個体数の多い属性に同化すること、これは分かるやろ。そしてもう一つは」

言いながら七雲《なぐも》は、ある店の前で立ち止まった。

「探す側の意識の外に出ること」

アイリスは掲げられた看板を見て目を見開いた。

漢字が得意でないアイリスにも、その店がどんな店なのかすぐに理解できた。

何故《なぜ》ならその看板には、海外からの観光客向けに、いくつもの言語でその店の目的が表記されていたから。

それから三十分後。

「おー！　いけてるいけてる！　ええやんええやん！」

アイリスの瞳は戸惑いで激しく揺れていた。

「大丈夫大丈夫！　似合《にお》うとる似合うとる！」

「ええ、本当にお似合いですよ！」

「似合ってるとかそういう問題じゃなくて……」

七雲《なぐも》とともに店員が声をかけてきたため、アイリスは情けない顔で、店の姿見で自分の全身を改めて見る。

霞《かすみ》の中に冬の花をあしらった袷《あわせ》の着物。生地色は淡い鴇色《ときいろ》で、真冬ながらアイリスの髪色とマッチして暖かく柔らかい印象を抱かせる。

やや主張の強い着物の上からベージュのストールを羽織り、手には着物の色と同系統の雪模様の巾着。髪にはオプションで椿《つばき》の簪《かんざし》が挿さっていた。

七雲《なぐも》はアイリスに着物をレンタルし、全身をコーディネートして街に繰り出そうとしているのである。

七雲《なぐも》が支払いをして外に出ると、端正なジャケット姿の日本人男性の七雲《なぐも》に、着物姿のアングロサクソンの女性という組み合わせが、周囲から浮かび上がっているようにしか思えない。

「どういうつもり？　こんな動きにくくて目立つ格好で襲われたらどうにもならないわよ！」

「目立たないんよ。今の店の様子で気づかなかった？」

「何によ！」

「この京都に来て、着物レンタル利用する外国人がどれだけ多いかって話。探す側だってこっちがこんなに目立つ格好であちこちうろちょろしてるとは思わんやろ？　それに烏丸《からすま》はんにはこっちがどんな格好してるかバレてしもてるんやから、これくらい一気にイメチェンした方がええんよ」

アイリスは初めて履く草履の足元を見下ろした。

「歩くのも難しいわ。ミハルはよくこんな格好であれだけ動けるわね」

「未晴《みはる》ちゃんは凄《すご》いからな！」

急に語彙力を喪失した七雲《なぐも》を、アイリスは冷たい目で見る。

「何も本当にこんなもの着なくても、あなたの能力で擬態するわけにはいかないの？」

「自分一人ならともかく、他人も一緒に長時間ってなると負担がでかいんよ。力尽きて街中で俺の素顔晒《さら》すわけにいかんやろ」

「それは……そうだけど」

「大丈夫大丈夫、すぐに慣れっさかい。そんじゃ行こか」

「どこに行く気よ」

七雲《なぐも》の返事は、簡潔だった。

「親父《おやじ》の墓参り」


修道騎士も修道士の修行を積んだ聖職者なので、他国の墓参りの文化は学んでいたし、不謹慎ながら少し楽しみでもあった。

だが七雲《なぐも》が向かったのは着物レンタルの店から歩いてわずか二十分のごく普通のビルだった。足元が履きなれない草履でなければ、十分もかからない距離にある銀行だ。

池袋周辺で何度も見た看板が掲げられ、自動ドアの向こうにはＡＴＭが並んでいる。

七雲《なぐも》は当たり前のように建物に入って行くと、一階のＡＴＭも窓口も素通りし、建物の二階へと上がっていった。

行員の挨拶を適当にいなし、七雲《なぐも》は更に奥へと進んで行く。

アイリスは足を踏み入れたことのないエリアに若干おどおどしながら七雲《なぐも》に付き従うと、七《な》雲《ぐも》は巾着の中からカードと鍵を取り出した。

「貸金庫？」

特別な端末で七雲《なぐも》が操作をして入った場所は、銀行二階の貸金庫室だった。

貸金庫室に入るのが初めてだったアイリスは、床から天井までびっしり埋め尽くしている大小の銀色の引き出しの壁を見上げてしまう。

七雲《なぐも》は大きさが三段階ある引き出しの中から一番小さいものを引き出し、アイリスを手招きすると、入り口近くにある小部屋へと入って行った。

貸金庫室と言うだけあって室内は息が詰まりそうになるような静けさだった。

「お墓参りに大切なものがしまってあるの？」

「ちゃうちゃう。ここが墓」

「え？」

七雲《なぐも》はこともなげに言いながら、二重になっている引き出しの蓋を開くと、その中に手を突っ込む。

取り出されたのは、アイリスの片手で包み込めそうなほど小さな、表面が磨き上げられた大理石のような球体だった。

「それは……」

「親父《おやじ》の形見」

何かと明るい七雲《なぐも》の声のトーンが一段落ちる。

「お父様の……？」

七雲《なぐも》の父親ということは、六科《むじな》の現当主ということではないのか？

「俺と未晴《みはる》ちゃんの縁談が急に進んだって話はしたやろ。その理由の一つが多分コレ。日本ファントムを支える柱である六科《むじな》の当代が殺されたんや」

「えっ⁉」

あっさりと衝撃的な事実を告白され、アイリスは息を呑《の》む。

「比企《ひき》家のことはアイリスさんもよう知っとるやろ。でも六科《むじな》もちょっとしたもんや。人間型でないファントムは、大抵六科《むじな》の下についとるからな」

「知らなかったわ。日本に来る前には、ヒキファミリーのことばかり教えられたし、手ごわいファントムも大抵は人間型だったから……」

「それは間違いない。六科《むじな》だってパッと見は人間やしな。でもそんな連中を統率しとった男があっけなく殺されたなんてことになったら、世の中動揺するのは分かるやろ」

七雲《なぐも》は真剣な瞳で、父の形見であるという球体を見る。

「親父《おやじ》が殺されたんはなアイリスさん。あんたらが室井《むろい》愛花《あいか》と首都高で大立ち回りした、少し

いた。
そして七雲《なぐも》はつい昨日、比企《ひき》家の重鎮であるらしい烏丸《からすま》という男の不審な行動に言及して
関係者の誰かが横浜にやってくる愛花《あいか》とコンタクトを取ったことを摑《つか》んだのだった。
七雲《なぐも》が単独で東京に行っていたのは、東京の比企《ひき》家の内情の調査のためで、その調査の結果、
前のことなんや」

いや、場合によっては、自分の家さえも信用していないかのようなことも。

「あなたは、お父様を殺した相手が身近にいると思ってるのね」

「親父《おやじ》は単純な力だけなら未晴《みはる》ちゃんのお祖母《ばあ》ちゃん、比企天道《ひきてんどう》にも引けを取らん男やった。アイリスさんに分かるように言うなら、古　妖《エンシエント・ファントム》レベルやね。そんじょそこらのファントムが徒党を組んだってどうにもならない。だから、やれる奴《やつ》は限られとる」

七雲《なぐも》は、白い球体を握りしめる。

「比企天道《ひきてんどう》か、俺の祖父《じい》さん。そのどっちかだ。まぁ、比企天道《ひきてんどう》が黒幕で実行犯が烏丸《からすま》はん、ってことも考えられるがな」

「お祖父さまって……その人にとっては息子でしょう⁉」

「うちの祖父《じい》さんは、言うたら何やがボンクラでな。欲は深いのに考えは浅い。長く生きとるし前当主やから『六科の御老《むじなごろう》』なんてもてはやされてるけど、先祖の身代を食い尽くすだけしか能がない奴《やつ》や。いわゆる一族の老害やねん」

「お祖父さまのこと、そんなに言わなくても……」

「身内はさんざ苦労させられとるからね。ヨソの人には分からん。ただそれでも六科《むじな》の前当主。欲深なことも手伝ってやっぱり古　妖《エンシエント・ファアントム》レベルなのは変わりない」

「テンドウって、ミハルのお祖母様よね？　それはどういうこと？」

「アホの祖父《じい》さんが六科《むじな》の統制を失いかけた頃、世の中は相当に乱れた。戦後すぐの頃や。天道《てん》は祖父《じい》さんの尻を何度もぬぐったらしい。その頃の天道《てんどう》は、六科《むじな》側の勢力も取り込んで、日本のファントム全てを支配下に収めようとしていた」

「今でも実質そんな感じじゃないの？」

「反発が多かったんよ。六科《むじな》の支配下に元々いたファントムは狐《きつね》や狸《たぬき》、イタチみたいな動物型に、幽霊みたいな不定型。それに唐笠《からかさ》お化けみたいな九十九《つくも》型なんやけど、当時は比企《ひき》家側だった亜人型の連中が、天道《てんどう》に反旗《ひるがえ》を翻してこぞって六科《むじな》についた」

「アジン……オニやテングみたいなファントムのこと？」

学術的に分類が為《な》されているわけでもないし洋の東西でも微妙に分類は異なるのだが、闇十字騎士団は、ファントムを大別して人型、亜人型、オブジェクト型、ゴースト型、獣型の五種に分類していた。

人型は吸血鬼や僵尸《キョンシー》など一見して人間と区別がつかない者に加え、狼男《おおかみおとこ》に代表されるような、獣の姿も人間の姿もどちらも自然な姿であり、人間として生活が可能なファントムもここに加えられる。

のっぺらぼうや鬼や天狗《てんぐ》など、身体的特徴が標準的な人間の範囲に収まらず、人間の社会で生きるには何らかの擬態をしなければならないタイプが亜人型。

オブジェクト型は日本では九十九《つくも》型と呼ばれるタイプで、物品や自然物がファントム化したもの。

ゴースト型はそのまま実体を持たない幽霊タイプで、獣型は人間になることはできず、超常的な力を持った獣がファントムと呼ばれるようになる。

「鬼どもは特に反発した。歴史的に常に人間の隣にいた鬼達は、昔から比企《ひき》家が日本の妖怪の頂点にいるのが気に食わなかったらしいな。そういうこともあって天道《てんどう》は日本のファントムを完全に制することはできなかった。祖父《じい》さんの後継ぎである親父《おやじ》はまともに有能だったから、戦後しばらくして六科《むじな》は昔のように復権した。だが……俺が、二十歳になった」

ここまで言われれば、七雲《なぐも》がどうして天道《てんどう》を容疑者に加えているのか、アイリスでも理解できた。

「お父様を殺して、ムジナをあなたに継がせて、あなたとミハルを背後から操るってこと？」

「祖父《じい》さんも先は長くないし、元々天道《てんどう》の足元にも及ばない小物だ。それに……」

七雲《なぐも》は、真剣な顔のまま続けた。

「俺と未晴《みはる》ちゃんが結婚したら、絶対未晴《みはる》ちゃん、俺のこと尻に敷くし」

「…………は？」

「天道《てんどう》は俺がガキの頃から俺が未晴《みはる》ちゃんにぞっこんで、未晴《みはる》ちゃんの言うことならなんでもほいほい聞いてまうとこ見てたからな。俺と未晴《みはる》ちゃんが結婚すれば、さぞ六科《むじな》を御しやすくなるやろな」

それまで修道騎士なりに七雲《なぐも》の父を悼《いた》む気持ちがあったのに、急に醒《さ》めてしまった。

「ミハルがあなたのこと自分が無い人だって言ってたの、きっとそういうところね」

「んぐっ！」

七雲《なぐも》はなぜか表情を変えずに、心に穴の開いたような涙を流し始めた。

本来はのっぺらぼうなので一体この涙はどういう仕組みで流れているのだろうとか、旧《ふる》い時代の人間をモデルに変身しているせいなのか顔があるのに表情と感情が読みにくいとか、アイリスはそれまでの深刻な六科《むじな》家の事情を通り越して疑問を持つ。

「でもあなたはミハルと結婚したいんでしょ？　このままじゃテンドウの思い通りになっちゃうんじゃないの？」

「み……未晴《みはる》ちゃんの尻には敷かれるけど、て、天道《てんどう》の言いなりになるつもりはないし！」

まだ少しアイリスが不用意に与えた衝撃が残っていたが、七雲《なぐも》はとにかく言い切った。

「未晴《みはる》ちゃんだって、テンドウの思い通りになるようなタマじゃないしな！」

「ミハルがお祖母様の思い通りにならなかったら、あなたとは結婚しないんじゃない？」

「とにかく！」

七雲《なぐも》はアイリスの的確な突っ込みを無視した。

「俺は親父《おやじ》を殺した犯人を突き止める。そいつは日本のファントム社会を乱そうとする奴《やつ》で、海外の古妖《エンシェント・ファントム》を招き入れて人間にも害を為《な》そうとした可能性があるんやからな！」

「でも、どっちが犯人でも相手は古妖《エンシェント・ファントム》レベルでしょう。断定できていないってことは証拠も無いってことだし、何度も言うけど聖具の無い私は戦力にならないわよ」

「分かってる分かってる。俺も色々考えとるし、そのときのためにこれを取りに来たんよ」

そう言った七雲《なぐも》がアイリスに差し出したのは、父親の形見であるという白い球体だった。

手に取ってみろ、というアクションだったので素直に摘まみ上げると、大きさの割には重く、つややかな肌触りだった。

最初の印象通りの大理石か、はたまたアイリスの知らない特殊な鉱石なのだろうか。

摘まみ上げたそれを何気なく裏返して、

「ひっ⁉」

そこにあったものを見てアイリスは喉の奥で悲鳴を上げ、危うく取り落としそうになった。

何とか落とさずに済んだのは、どんな不気味なものであってもこれが亡《な》くなった者の形見だということをきちんと認識していたからだ。

だがそれはそれとして、不気味なことには変わりないので、摘まむ指の接触面積を極限まで小さくしながら、恐る恐る七雲《なぐも》の手に返した。

「な、な、何なのよそれ！」

七雲《なぐも》の掌《てのひら》の上の白い球体には、人間の顔が浮かび上がっていた。

それは苦悶《くもん》の表情をした男性のものであり、球体を裏返した途端、アイリスはそれと思いきり目が合ってしまったのだ。

その顔も、球体に刻まれた彫刻ではなく、球体の中で微《かす》かに蠢《うごめ》いているのである。

七雲《なぐも》はその顔を覗《のぞ》き込みながら、懐《なつ》かしそうな、悲しそうな顔になった。

「俺の親父《おやじ》、六科興春《むじなきようしゆん》の相魂石《そうこんせき》や。これ、親父《おやじ》の顔なんよ」

「ソウコンセキ？」

「何て言ったらええかな。ほら、のっぺらぼうって顔が無いやろ。でも、誰かをコピーしたり変身したりするときには、感情に合わせて自然に表情が出る。その大元ってとこやな」

「それが、顔の大元……？」

「俺達ののっぺらぼうにも、顔がある。でもそれは体の表面じゃなくて、魂の内側にあるんや。これは白い石に見えるけど、のっぺらぼうの力が凝縮されたガラス瓶みたいなもんなんよ。それで、のっぺらぼうの力が凝縮されてるってことは……あ」

相魂石《そうこんせき》を手にした七雲《なぐも》の姿が、突然おぼろげに歪《ゆが》み始め、七雲《なぐも》の周囲に靄《もや》がかかり、その靄《もや》が相魂石《そうこんせき》に吸収されてゆく。

「えっあ」

端正な男の姿が崩れ、無貌の男性ファントムが姿を現す。

「ちょ、あの、アイリスさん……」

顔があるときには、ジャケット姿がハマる渋い見た目だったのだが、のっぺらぼうに戻った途端、背中が少し丸まった上下ジャージのなで肩の体格に縮んだように見えた。

「ナグモ、それがあなたの正体なの？」

「いや、そう、そうなんやけども」

初めて見る七雲《なぐも》の素顔と本当の姿。

新幹線での女性の姿。虎木《とらき》の姿。端正な男の姿に比べ、全ての印象が曖昧に映る。

単純に姿勢に覇気がないことや無貌であることもそうなのだが、なにより気配が曖昧で貧弱で印象に残らない。

こうして対面して直視していてすら、アイリスは七雲《なぐも》の輪郭を見失いそうになってしまう。

「ご、ごめんアイリスさん、ちょっと、この親父《おやじ》持っててくれる？」

「って、本当に溶けてる⁉」

実際に七雲《なぐも》の輪郭が曖昧になりつつあるのを見てアイリスは慌てる。

差し出される相魂石《そうこんせき》に渦巻くエネルギーと恐怖を催す顔を見てしまっているので受け取りたくなかったのだが、

「お願い！　このままやと俺死ぬ！　親父《おやじ》に殺される！」

「わ、分かったわよ」

考えてみれば今いる場所は密室だが他にも銀行の利用者が入ってくる可能性のある場所である。

このまま七雲《なぐも》を溶かしておくのは得策ではないと考えたアイリスは、恐る恐る相魂石《そうこんせき》を摘まみ上げた。

「握って！　親父《おやじ》の目隠して！」

「ええ⁉」

アイリスは顔を顰《しか》めながら仕方なく両手で石を包むと、

「ぶはあっ！」

次の瞬間、大岩正敏《おおいわまさとし》に戻った七雲《なぐも》が大きく息を吹き返した。

「ぁあぁあ握ると分かる何か中で動いてるの分かる！　ちょっとこれどうすればいいの！」

明らかに意思を持った何者かが動く微《かす》かな振動が、アイリスの掌《てのひら》に伝わってくる。

「さっきレンタルした巾着に入れといて」

「ううっ」

アイリスは言う通りに、自分の巾着に石を投げ入れた。

「ほ、本当にこんなので大丈夫なの？」

「大丈夫大丈夫。はー、苦しかった」

七雲《なぐも》は冷や汗を拭いながら、首元のネクタイを少し緩める。

「のっぺらぼうは相魂石《そうこんせき》の目で周囲を見るんや。新幹線で俺、アイリスさんが安心できるキャラでおったやろ？　あれはああいう術ではあるんやけど、分析するとこの相魂石《そうこんせき》で対象の心を読み取ってるらしいんや」

「心を読み取るって、あまりいい気分はしないけど……」

「テレパシーとかとちゃうよ？　雰囲気で勝手に術がそうなるみたいな感じよ。大昔のご先祖が、初対面の人間相手に安心できる蕎麦屋《そばや》の屋台まで用意できたんは相魂石《そうこんせき》のこの力が原因なんや」

「蕎麦屋《そばや》さんの屋台って、何の話よ……」

「そういうのっぺらぼうの昔話と術があんの。体や顔だけやなくて、周囲のものまで作るって術がな。でも親父《おやじ》はもう死んだ。残った相魂石《そうこんせき》は、ただただ目に映った者を『吸収』することしかできない。命の殻《こぼ》から零《お》れ落ちた相魂石《そうこんせき》の力はむき出し故に強すぎる。特にファントム相手には、心を読み取る力が強力に作用しすぎるみたいでな。見られただけで命を落とす奴《やつ》もいるくらいなんやで」

「えっ!?　ちょ、ちょっとやめてよ！　そんなもの！」

アイリスは思わず巾着を放り出し、派手にテーブルの上に落下してがちゃんと音を立てる。

「ちょ！　人の親父《おやじ》粗末に扱わんといてくれる⁉　人間は大丈夫やって！　相魂石《そうこんせき》が吸うのはファントムの力だけ！」

「……本当でしょうね……のっぺらぼうはみんなその石が体の中にあるの？」

アイリスは巾着を拾い上げずに、顔をしかめて尋ねる。

「ああ。もちろん俺にもある。のっぺらぼうが死ぬと、必ず相魂石《そうこんせき》が残る。この石は、親父《おやじ》が今わの際に遺《のこ》したもんを俺がここに隠したんや。下手人に回収されたら息子としては洒落《しゃれ》んならんやろ」

「……お父様は、どんな状況で発見されたの？」

「六科《むじな》の屋敷《やしき》や。自分の城に踏み込まれて、その奥向きで親父《おやじ》は殺された。騒ぎを聞いて俺らが駆け付けたときにはもう事切れとってな……親父《おやじ》は……俺の手の中で相魂石《そうこんせき》だけを残して消失した」

これまで延々調子の良いことしか言わずにいた七雲《なぐも》が、初めて、ほんの一瞬だけ言葉を詰まらせた。

七雲《なぐも》のお気に入りであるらしいムービースターの顔は、アイリスの目には正直表情が読みづらいのだが、さすがに実の父のが殺害されたという思い出話には、忸怩《じくじ》たる思いが表ににじみ出ている。

迂闊《うかつ》な同情もしづらいアイリスは、敢《あ》えて平坦《へいたん》に質問を重ねた。

「残ったその石は、どうするの？　放っておいたらファントムには危ないものなんでしょ？」

「……ああ。昔はどうだか知らんが今は墓に納めて終わりや。ずびっ」

七雲《なぐも》は小さく洟《はな》をすすって、低い声で答える。

「そいつは親父《おやじ》の顔と力やけど親父《おやじ》やない。そばに置いておきたい気持ちはあるけど、置いとく場所もない。目が合《お》うたが最後力吸われるしな。一族が死ぬたび延々家の中に貯《た》めとくわけにもいかんから、石の顔が何も見ないように骨壺《こつつぼ》に収めて墓に入れるんや。したら何年かしたら、石の中の力も喪《うしな》われて、ただの玉になる。人間のお骨と一緒やろ。あ、聖十字教徒って土葬だっけ？」

「……最近は、火葬の方が多いわ。土地が無かったり、衛生的に問題になったりしてね」

淡々と父の死について語る七雲《なぐも》を見て、アイリスは大きく息を吐いた。

「ごめんなさい。あなたのお父様そのものなのに、気持ち悪がったりして」

「ええよ、他のファントムも気持ち悪がったりするし、のっぺらぼう特有のもんやしね」

七雲《なぐも》は微笑《ほほえ》む。

「でも分かったやろ。親父《おやじ》の相魂石《そうこんせき》なら、強力なファントムにもある程度効果を発揮する。天道《てんどう》や祖父《じい》さんが相手でも、この石に見せちまえば力をある程度は力を削れる。それ以上は、俺が何とかせなならんけど、俺もポテンシャル的には古妖《エンシエント・ファントム》レベルの力を持ちうるはずやしさ」

未晴《みはる》がそうであるように、七雲《なぐも》もまた強力なファントムであることは間違いない。

興春《きょうしゅん》の相魂石《そうこんせき》は、その七雲《なぐも》の力をも吸い取って見せただけでなく、術を無効にしてみせた。

すなわちのっぺらぼうの相魂石《そうこんせき》は、ファントムの根本的な力の部分に働きかけることのできる代物なのだ。

そこまで考えたとき、アイリスはふと、気付いた。

「ねぇナグモ。さっきもしあのまま、石にあなたを見せ続けたらどうなってたの？」

「えぇ⁉　恐ろしいこと言うなぁ」

七雲《なぐも》は太い眉をしかめる。

「そういや実家に、昔の当主の石を処刑に使ってたって古文書があったなぁ。さっきも言った通り人間相手なら効果は無いんやけど、ファントム相手だと覿面《てきめん》に効いて、弱いファントムなら妖力を吸い尽くして殺せたらしいわ」

「ファントムの妖力を吸い尽くす……」

「ま、最後の奥の手がこれやから、六科《むじな》が比企《ひき》には敵《かな》わへんかったってのはあるんやけどね。始祖のヤオビクニからして元人間のファントムだし、子孫も皆人間とのハーフだから、妖力を吸い取ったところで殺しきれへんねや」

「やっぱりそうなのね」

「何が？」

「ねぇ」

アイリスは真剣な顔で、七雲《なぐも》を見据える。

「事が終わったら、あなたのお父様を貸してもらえないかしら」

あまりに直截《ちょくさい》な物言いだったため、七雲《なぐも》は狭いブース内で身を引いた。

「まさか人の親父《おやじ》の魂を修道騎士のファントム退治に使う気やないやろな」

「今の話を聞いてそんなこと考えるわけないでしょ。人を何だと思ってるのよ」

そこまで非情な人間だと思われていたのかと心外な気持ちだったが、

「ファントムにしてみりゃ、人間なんかすぐこっちの住処《すみか》荒らそうとしたり、言いがかりつけて襲い掛かってきたり、不死の種だとか言って食おうとしたりする連中やからね。悪逆非道の歴史の末に今があんにやからしゃあないやん」

七雲《なぐも》のその一言に、はっとなる。


屋敷《やしき》を取り囲む怒りの炎。

悪魔に乗り移られたかのような、昨日まで優しかった隣人。

見慣れた夜が煉獄《れんごく》に変わったあの日。

あの日、自分が憎んだのは……。

「アイリスさん？　アイリスさんどした？」

「……私はね、ナグモ」

「ん？」

「大好きだったの、大好きだったのよ……もう二度と、あんな光景は、嫌」

うつむいてしまったアイリスは首を小さく横に振ると、軽く目じりを拭ってから改めて告げる。

「何でも手伝うわ。その代わり、全部が丸く収まったらそのソウコンセキを貸して。決して悪用しないと誓うわ」

「こっちも親父《おやじ》の形見を渡そうっていうんだから、使い道は予《あらかじ》め知っときたいなあ。こっちも何でもお礼するつもりではいたけど、これとなるとなぁ」

「あなたのソウコンセキは、私の心は読めないのね」

顔を上げたアイリスの目じりは微《かす》かに赤かった。

「ファントムだけを殺すその石の力で、ユラを人間に戻すのよ」

微《かす》かに薄暗いロビーに、控えめながら華やかなデザインのシャンデリアが淡く怪しげな輝きを添える。

そのロビーに腕を組んで現れた男女の会話は、微《かす》かに甘い。

「ふ、ふ、ふ、虎木《とらき》様ったら悪いお人ですね。最後の最後に私をホテルに誘うなんて……」

「宿泊先に帰って来ただけだからな?」

甘いのは片方だけだった。

※

虎木《とらき》と未晴《みはる》がヴァプンアーットホテルに戻ったのは、比企《ひき》家を辞して二時間後の午後八時を少し回った頃のことだった。

虎木《とらき》と未晴《みはる》は、帰りの車を断り、主に未晴《みはる》の案内で二人並んで市内を散策した。

比企《ひき》家を出た時間が遅かったので比企《ひき》家最寄りの京都御所や二条城といった観光スポットには入れなかったが、御所周辺の整備された街並みを堪能《たんのう》してから、一見《いちげん》さんは入れないような高級料亭でささやかな夕食を取った後、タクシーでホテルまで戻って来た。

ライトアップされた大庭園を望むロビーの窓際《まどぎわ》にあるカフェテリアのソファに並んで身を沈めた二人は、身を寄せ合う、というほどではないにしろ、少し距離が近い。

二人の前のテーブルには

「それで、実際どうだった？」

「それはもう夢のような時間でしたが、正直まだまだ足りませんし、この後のことも期待したいと思っています」

「それはよかった」

普段なら未晴《みはる》のボケているのかそうでないのか判断に迷う返事に突っ込むところだが、虎木《とらき》は話を合わせる。

「俺も楽しかったよ。初めての京都で誰にも邪魔されずにデートできたのは楽しかった」

「あら、虎木《とらき》様にしては珍しいことを仰《おっしゃ》るんですね。でも私はもっと邪魔の入らないところでゆっくりしたいところですが……？」

「邪魔の入らないところで、ねぇ。そんなに賑《にぎ》やかなデートだったか？」

「普段よりは人通りは多かったと思います。さすがにあの店はそんなことはありませんでしたけども」

「そうか……明日はどうする？」

「そうですねぇ。お祖母様からの呼び出しが無ければ、明日はもっとゆっくり二人きりで市内をご案内して差し上げたいのですが、虎木《とらき》様、どこか気になるところは？」

「あー、そうだなぁ」

どこからどう聞いても、翌日の旅行デートの計画を話し合うカップルの会話だ。

「まぁ、その話は部屋に戻ってからしないか？　ここじゃゆっくりできなさそうだ」

「そうかもしれませんね」

二人の目はあまり笑っていなかった。

「それじゃあ虎木《とらき》様、部屋まで連れて行っていただけますか？」

「はいはい。こういうとき、お嬢様の手を取ればいいのかな」

虎木《とらき》は、未晴《みはる》の手を取って立ち上がらせる。

未晴《みはる》は虎木《とらき》の腕を取って少し身を寄せるようにし、虎木《とらき》の体の陰に隠れながら素早く周囲に視線を走らせ、虎木《とらき》の腕を指先で軽く二度突く。

「ん」

虎木《とらき》は小さく頷《うなず》くだけ。

比企《ひき》家の監視役らしき者が二人いる、という合図だ。

賑《にぎ》やかなデートだったかの問いは、見張りがどれだけいたかの問い。

人通りが多く、店はそうではなかったという答えは見張りがそれなりにいたという答え。

その見張りの目的が、果たして二人の関係が本当に恋人かと疑っているだけなのか、はたまた京都のファントムにとってイレギュラーな虎木《とらき》を警戒しているためか。

いずれにせよ烏丸《からすま》以外には恋人であることを貫き通さねばならないのだから、ここは部屋に戻るまではその様子を見せねばならない。

比企《ひき》家からホテルに戻るまでのデートは、結局のところブラフの延長でしかなかったし、未《み》晴《はる》もそのことはよく分かっているからこそ、周囲の様子を油断なく観察してこうして虎木《とらき》に知らせてくれるのだ。

だが、わずかに視線を落とすと、そこに周囲を警戒しつつも楽しげな未晴《みはる》の顔があった。

「……」

罪悪感を覚えないでもない。

今回のこの無茶な旅程は未晴《みはる》の強引さに引っ張られたものではあるが、この二日間に限らず、虎木《とらき》の生活で未晴《みはる》の想《おも》いと財力に甘えてしまっている部分があるのは否定できない。

と言うか、この二日間だけ見れば完全なヒモである。

比企《ひき》と六科《むじな》の縁談を壊すことにしたって最終的には未晴《みはる》の自主性で押し通さなければどうにもならないことで、六科興春《むじなきようしゆん》の死の真相に至っては、それこそ虎木《とらき》には触れようもない他所《よそ》の家の話だ。

「……コーヒー代くらいは俺に出させてくれ」

最高級ホテルのカフェテリアのコーヒー。それでもたかだか一杯千円弱。

これまで未晴《みはる》が虎木《とらき》のために捻出したあらゆる費用を考えれば、塵《ちり》に等しい額である。

「あら。よろしいのですか？　じゃあここはご馳走《ちそう》になりますね？」

すると、これまであらゆる費用を自分が持つと主張していた未晴《みはる》がここではあっさり引き下がった。

「いいのか？」

「ええ。あまり私が好き放題して、虎木《とらき》様が居心地悪くなってもいけませんから」

全ては未晴《みはる》の掌《てのひら》の上か。

あっさり見透かされた自分の浅はかな内心に苦笑してしまった虎木《とらき》は、伝票をレジに出しながら、財布を取り出す。

「……ところで」

「ん？」

「今日外を歩いている間、市内の様子を見ているにしては少し不自然にきょろきょろしていましたけど、もしやよその女に目移りでもしていましたか？」

「あ？」

思わず財布を取り落としそうになった。

「その様子では図星のようですね。全く」

レジの店員が小さく笑っていたような気がするのは被害妄想かもしれないが、およそスマートな支払いとはならなかった。

「気持ちは分かりますが、少々気が抜けているのではありませんか？　ここは京都で、今私達の動向は比企《ひき》と六科《むじな》が注目しているのですよ？」

確かに、未晴《みはる》との『デート』に集中しきれていなかったのは事実だ。

アイリスが京都に来ていて、縁談の当事者である六科《むじな》七雲《ぐも》と行動を共にしているのなら、もしかしたら比企《ひき》家の周辺でうろついているのではないかという考えが頭から離れなかった。

もちろん協定破りをしている自覚はアイリスにもあるだろうから、京都の中心ともいうべき御所周辺にいるはずがない。

いるはずがないのにそれでもつい探してしまうのは……。

「あいつが街中で面倒を起こしてないかどうか、不安になっただけだ。もしあいつに何かあったら……」

「アイリス・イェレイにもし何かあって闇十字騎士団《やみじゅうじ》やシスター中浦《なかうら》に何か言われるのが怖いなら、比企《ひき》家の総力でお守りしますから」

未晴《みはる》の声色は、微《かす》かに固かったが、虎木《とらき》は気付かなかった振りをする。

「縁談壊しに来た俺を比企《ひき》家は守ってくれるか？」

「未来の当主の伴侶を守らずして何が比企《ひき》家でしょう。虎木《とらき》様」

支払いを終えた虎木《とらき》の肩を引っこ抜かんばかりに、未晴《みはる》はまた虎木《とらき》の腕を引き寄せた。

「今は恋人の私しか目に入れることは許しません。さ、部屋に参りましょう」

「外で誤解されかねないようなこと言うのやめろって」

「ふふふ」

顔を赤らめる虎木《とらき》と、それをからかう未晴《みはる》。

およそカップルとして完璧なリアクションでありテンションであった。

カフェスペースから一歩踏み出すその瞬間までは。

「ちょっと、本当にこんなところに踏み込んで大丈夫なの？」

「未晴《みはる》ちゃんが泊まってるならここしかない。何とか会えればえんやけどな」

「ほとんど敵地に乗り込むようなものでしょ？」

「大丈夫やって。なんやアイリスさん高級ホテル慣れてないん？　あんまり騒ぐと目立ってしゃあな……」

時が止まったような、とはその瞬間のためにあるような言葉だった。

腕を組んだ虎木《とらき》と未晴《みはる》の目の前に、何故《なぜ》か見知らぬ男性と並んで歩く和服姿のアイリスが現れたのだ。

「……え」

虎木《とらき》は二人の姿を見て息を止め、

「……ぉ」

男の方は心底驚いて目を見開き、

「……っ！」

アイリスは虎木《とらき》の姿を目にした瞬間、顔を深紅に染めた。

「あちゃー……こんなとこで……」

「ち、違うの！　これは……っ!!」

「お、大岩正敏《おおいわまさとし》……！」

そして三者が驚愕《きょうがく》の感情を抑えきれず口から迸《ほとばし》らせようとしたその寸前、

「んんんっ！！！」

「おっ」

「がっ」

「あっ」

満面の笑みを浮かべたままの未晴《みはる》が、大の大人三人の腰を抱えて猛スピードでロビーを横切り、スイートフロア行きエレベーターへと叩《たた》きこんだ。

まるで主《あるじ》の意向を酌《く》むかのように、エレベーターはロケットスタートして最速で最上階へと激突する勢いで上昇する。

そして。

「うべっ」

「うわっ」

「あうっ！」

虎木《とらき》と男とアイリスは、朝の間と夜の間の廊下に放り出された。

「お、おい未晴《みはる》……」

「黙っていてください虎木様《とらき》」

最後にエレベーターから出てきた未晴《みはる》は、その笑顔の背に鬼の気を背負っている。

虎木《とらき》の目には、未晴《みはる》の背にあるはずの無い刀まで見えるかのようだ。

何にせよ今の未晴《みはる》は、虎木《とらき》が見たことがないほどに怒り狂っている。

「お、おいアイリス！　なんだか知らんがとりあえず謝っとけ！　お前色々やらかしてるだろ！　何だよその格好！　あと何で大岩正敏《おおいわまさとし》がここにいるんだ⁉」

床にへたり込んだままの虎木《とらき》は未晴《みはる》が不測の行動に出る前になんとかアイリスから事情を聞こうと慌てるが、

「ち、違うのユラ！　これは違うの！　私そんなつもりじゃなくて、お願い信じて！　こいつはオオイワマサトシじゃないの！」

アイリスは顔を真っ赤にしたまま必死で腕で着物を隠そうとして、まさに話にならない。

「アイリスさんそれはあかんて。ホテルで他の男と一緒にいるとこ見られて違うの信じては悪手《あくしゅ》やって」

「黙ってナグモ！　冗談じゃないわ！　こ、こんな、こんな、こんなはずじゃ……！」

「ナグモ⁉　え⁉　大岩正敏《おおいわまさとし》は六科七雲《むじななぐも》⁉」

「お黙りなさいっっ!!」

「「ひっ!!」」

そこに雷の如き、次代の比企《ひき》を担《にな》う古妖《エンシエント・ファントム》クラスの怒声が響き渡った。

虎木《とらき》も虎木《とらき》の顔をした男もアイリスも、身を竦《すく》ませて未晴《みはる》を見る。

「み、未晴《みはる》、お、穏便に、穏便に……な？」

「黙ってください虎木《とらき》様」

「はい」

未晴《みはる》は間違いなく天道《てんどう》の後継者だと確信させるその気迫に、虎木《とらき》はあっさりと屈した。

背筋を伸ばして廊下の壁に退避した虎木《とらき》には目もくれず、未晴《みはる》は毛足の長い絨毯《じゅうたん》をみしみしと踏みしめて、二人の前に仁王立ちした。

「アイリス・イェレイ」

「あ、あ、あのミハル、私、その……」

流石《さすが》のアイリスも、自分がやらかしている自覚からか未晴《みはる》に強く出られないようだ。

「私、昨夜虎木《とらき》様とベッドを共にしました」

「…………は？」

「っ、お、おい未晴《みはる》!?」

「虎木《とらき》様、それはそれは可愛《かわい》らしかったですよ？」

「ばっ……！　お、お前！」

「ユラ……何それ、一体どういうこと……？」

「ち、違う！　誤解だ！」

嘘《うそ》ではないが断じて本当でもない未晴《みはる》の物言いをどう受け取ったのか、へたり込んだままのアイリスは、暗く光る眼《め》で虎木《とらき》を睨《にら》んだ。

「虎木《とらき》様。ホテルで違う誤解だは悪手《あくしゅ》だと思いますよ」

そして未晴《みはる》は未晴《みはる》で、先程アイリスにナグモと呼ばれた男が言ったようなことを、まるで意趣返しのようにアイリスに聞こえるように言う。

「う、嘘《うそ》やんミハルちゃん……と、虎木《とらき》なんかと、そんな、そんな……」

同時にナグモと呼ばれた男、恐らく六科七雲《むじななぐも》がずるずると崩れ落ち、そのまま顔を絨毯《じゅうたん》に埋めて倒れ伏してしまう。

「お、俺という男がありながらっ!!」

そして次の瞬間はっと起こした顔は大岩正敏《おおいわまさとし》のそれではなく、無貌ののっぺらぼうだった。

顔が消えると同時に体や服もいつの間にか溶け消え、昭和の名優、大岩正敏《おおいわまさとし》の若かりし頃を彷彿《ほうふつ》とさせる偉丈夫は、上下揃《そろ》いのジャージのような何の変哲もない服と体格へと変わってしまった。

「やっぱりお前が未晴《みはる》の許嫁《いいなずけ》だっていう……！」

初めて見るのっぺらぼうにギョッとした虎木《とらき》だったが、次の瞬間、更に予想を超えることが起こった。

「黙りよしっ！」

「ひぃっ！」

古　妖《エンシエント・ファントム》の逆鱗《げきりん》から発する雷が、哀れなのっぺらぼうを貫いたのだ。

「七雲《なぐも》！　あんたどん立場で物言うとるん！　えんばんとあんたなんかうちの人生設計にいーひんのよ！」

「み、未晴《みはる》ちゃ……」

虎木《とらき》もアイリスも聞いたことの無い未晴《みはる》の怒号にただ目を瞬《またた》かせるだけ。

六科七雲《むじななぐも》はと言えば、無貌に入る色々な筋のせいで何となく悲しげで戸惑っている表情が分かってしまうのが不思議で、何ならすこし涙ぐんでいる。

虎木《とらき》は、一体どこから涙が出ているんだと不思議に思わずにはいられなかった。

雷撃でのっぺらぼうを黙らせた未晴《みはる》は、そのままジャージの胸倉をつかみ上げる。

「おいないや七雲《こなさいなぐも》！　あんたがこれまでどんないらんことしよったかしっかり聞かせてもらうさかい、きりきり吐きよし！」

「ぐえっ！　ちょ、ちょ、未晴《みはる》ちゃん待って、待って！　話聞いて！」

懇願する七雲《なぐも》は最後の矜持《きょうじ》か、必死で大岩正敏《おおいわまさとし》の姿を取り戻すが、その瞬間未晴《みはる》は七雲《なぐも》の胸倉をつかみ上げると、容赦ない平手打ちを見舞う。

「へぶっ」

「きちんとあんたの顔見せよし。どない男前の人間の顔借りたってあんたはあんたや！」

その瞬間、大岩正敏《おおいわまさとし》の顔はしおれたピーマンのように消失し、再びのっぺらぼうに戻ってしまう。

変身能力が七雲《なぐも》の精神力に依存しているのだろうか。そのまま未晴《みはる》は自分より大柄なのっぺらぼうを片手で宙に摑《つか》み上げ、朝の間の中に叩《たた》きこんでしまう。

「はぁ」

そして小さく溜《た》め息《いき》を吐《つ》くと、疲れた目つきで虎木《とらき》を見た。

「申し訳ありません虎木《とらき》様。昨夜の続きをと思ったのですが、少し七雲《なぐも》と話をして参ります」

「あ、ああ……その、ごゆっくり」

虎木《とらき》は完全に未晴《みはる》の迫力にしり込みしており、

「昨夜の続き……！」

アイリスはアイリスで、動揺が収まらないところに未晴《みはる》から二重三重に食らったせいで、もはや焦点も定まっていない。

「それと、アイリス・イェレイ。夜の間は、虎木《とらき》様のためだけのお部屋です。あなたが入ることは許しませんからね。さて七雲《なぐも》。しっかりじっくり話を聞きましょうか……!?」

雷神が朝の間に消えてから、アイリスはゆるゆると立ち上がり、

「あっ」

慣れぬ着物と草履で立ち上がろうとしたアイリスはふらついてバランスを崩し、

「っと」

虎木《とらき》に受け止められて危うく転倒を免《まぬが》れる。

「あ、ありがとう……」

虎木《とらき》はアイリスを支え起こしながら、複雑な顔でアイリスの顔を真《ま》っ直《す》ぐ見る。

するとアイリスははっと顔を赤くして俯《うつむ》いてしまった。

「お、怒ってる……わよね」

蚊の鳴くような声とはまさにこのことだった。静かなフロアなだけに余計にアイリスの声の震えが際立《きわだ》つ。

「どっちかと言うと戸惑ってる」

「え？」

「お前、元々変な奴《やつ》だったけど今回はそれに輪をかけて変だからな」

「そんな、変へン言わなくても……」

うつむいたまま口を尖《とが》らせるアイリスだったが、

「お前何で京都に来たんだよ。どういう経緯であののっぺらぼうと行動することになったんだ

よ。あと何だよその着物」

「っ〜……」

虎木《とらき》に面と向かって言われてしまうと、どれ一つとして説明のつかないことばかりだと思い知ってしまう。

いや……一つだけ、答えられることがあった。

「……似合って、ない？」

「え？」

「キモノ……」

「あ？　あー……」

普段ならああ言えばこう言うで何かと図々《ずうずう》しい物言いが多いアイリスが、今日に限って妙にしおらしい。

こう来られると虎木《とらき》としてもアイリスの意図が分からないだけにあまり強く出られなくなってしまう。

「まぁ、似合ってるんじゃ、ないか。お前普段モノトーンしか着ないから、新鮮だし」

「本当⁉」

戸惑いながらもそう答えた虎木《とらき》に、アイリスははっと顔を上げた。

その目が思いがけず輝き、喜び方があまりにこの状況にそぐわなかったので、虎木《とらき》の戸惑いは加速した。

「本当だけど……まさかお前、本当に観光に来たわけ……じゃ、ないよな？」

京都や奈良を始め、外国人に人気があり古都や古刹《こさつ》を売りにしているような場所では、着物をレンタルして観光できるという話は虎木《とらき》も聞いたことがあった。

だがさすがにこのタイミングでアイリスがただ京都に観光に来たのだと思うほど虎木《とらき》も浅はかではない。

そう言えば未晴《みはる》は、アイリスが何故《なぜ》京都に来たのか推測できているかのようなことを言っていたが、あれはどういうことなのだろうか。

アイリスも浮かれたことをしている場合ではないとすぐに気付いたのか、また悄然《しょうぜん》として項垂《うなだ》れてしまう。

「その……ごめんなさい。心配かけて……」

「いや、心配っていうか、烏丸《からすま》さんからアイリスが来てるって聞いた時は驚いたし、それに本当に訳が分からないんだ。まさかとは思うが、俺が本当に未晴《みはる》と結婚させられると思ったわけじゃないだろ？」

「う、うん……」

「俺は詳しくは知らなかったけど、闇十字《やみじゅうじ》の修道騎士が京都に来るのって結構な大事らしいじゃないか。比企《ひき》家の連中が協定破りだって大騒ぎして、お前とあののっぺらぼうを探し回ってるんだぞ」

「……そう、なんだ」

煮え切らない。

これは本当にアイリスなのだろうか。

虎木《とらき》は戸惑いを通り越して心配になり、朝の間の方を窺《うかが》いながら声を低くする。

「それに、今こっちのファントム連中の状況がきな臭い。あののっぺらぼう、六科七雲《むじななぐも》だよな？　未晴《みはる》の縁談の相手だっていう」

「ええ」

「古妖《エンシエント・ファントム》レベルのあいつの親父《おやじ》が最近誰かに殺されたらしい。比企《ひき》家ではあの七雲《なぐも》って奴《やつ》も、容疑者リストに入れてるんだ」

「えっ⁉」

再び顔を上げたアイリスの顔には、純粋な驚きが浮かんでいた。

「ナグモはミハルのお祖母様か、ナグモのお祖父様が怪しいって言ってたわ」

「この話知ってるのか」

「ナグモから直接……お父様が殺されたのは、シーリンの騒ぎが起こった少し前のことらしいわ。それに……アイカの日本入国は、ヒキ・ファミリーの手引きかもしれないって……」

「何⁉」

これは虎木《とらき》には初耳の話だった。

まさかまたここで室井《むろい》愛花《あいか》の名を耳にすることになるとは思いもしなかった。

「東京で梁《リアン》戸帮《シーバン》が何年も前から暗躍していたのも、もしかしたらヒキ・ファミリーが目こぼししていたかもしれないって。しかもカラスマさんって人が、アイカとヒキ・ファミリーのパイプ役だったかもしれなくて……」

「待て、待て待て待て話が飛躍しすぎだ。お前それ、あの七雲《なぐも》から聞いた話か？」

「ええ……」

「こっちにしてみりゃ、七雲《なぐも》は得体が知れない。愛花《あいか》が比企《ひき》家の手引きで入国したってのは、どういう根拠で得た情報だ？」

「のっぺらぼうの能力を使って変身して、サンシャインの比企《ひき》家に潜り込んで色々探っていたらしいけど」

アイリスは、これまでのことをかいつまんで虎木《とらき》に説明した。

新幹線で偶然七雲《なぐも》と会ったこと。着物を着なければならなくなった理由。七雲《なぐも》から聞いた比企《ひき》と六科《むじな》の過去の確執。

そして七雲《なぐも》が調査した、烏丸《からすま》と比企《ひき》本家の、室井《むろい》愛花《あいか》に関わる不審な行動を。

「……なんだってんだ」

思わぬところから愛花《あいか》の名が出て動揺したが、単純に七雲《なぐも》が話したことをそのまま信じるわけにはいかないし、たとえ真実だったとしても、六科興春《むじなきようしゆん》の死の謎は虎木《とらき》が首を突っ込んで良い問題でもない。

虎木《とらき》はあくまで、未晴《みはる》が七雲《なぐも》との縁談を断るための道具である。

それ以上の部分は比企《ひき》家と六科《むじな》家の問題で、そこに人間が考える正義の裁きが為《な》されるかは、虎木《とらき》の責任に拠《よ》るところではないのだ。

もちろん、六科興春《むじなきようしゆん》の死以外の部分については、無視しづらい部分もある。

その中でも烏丸《からすま》が愛花《あいか》とコンタクトを取れるという点が、最も見逃せない。

未晴《みはる》が愛花《あいか》の情報を虎木《とらき》にもたらしてくれることは度々あったが、その調査方法まで確認したことはなかった。

勝手に未晴《みはる》が配下の調査員を使ってくれていたものだと思ったが、烏丸《からすま》が愛花《あいか》と直接コンタクトを取れるとなると、話が根底から変わってくる。

「比企《ひき》家が愛花《あいか》と繋《つな》がっている？」

その結論は、そう突拍子の無いものではないだろう。

比企《ひき》家は人間社会にも深く進出してはいるが、ホテルで未晴が言っていたように、表に出てこない多くのファントム社会と繋《つな》がっていることも確かだ。

愛花《あいか》は大陸で多くの組織を抱えているらしいから、比企《ひき》家が経済的、あるいは政治的な結びつきを愛花《あいか》に求めている可能性は否定できない。

だが、そうなると未晴《みはる》の行動が分からなくなる。

少なくともここ最近、愛花《あいか》と相対した未晴《みはる》は命がけで愛花《あいか》と戦い、愛花《あいか》を敗走させている。

未晴《みはる》も比企《ひき》本家の意を酌《く》んで戦闘に見せかけて愛花《あいか》を逃がしている、とは考えなかった。

横浜での戦いで、未晴《みはる》は一切の事情を知らないアイリスと真剣に共闘していたし、これはうぬぼれになってしまうが、日ごろの様子を見ていれば、未晴《みはる》が虎木《とらき》に対してそんな不義理を働くはずがなかった。

「比企《ひき》本家、烏丸《からすま》さん、それに未晴《みはる》……この三者は、一枚岩じゃない。誰かが、はみ出している。そのはみ出し方は、どっちがどっちだ？」

虎木《とらき》の扱いに関して、未晴《みはる》の前言と大きく違う態度を見せた比企天道《ひきてんどう》。

未晴《みはる》の意思とは違う行動を取っているらしい烏丸《からすま》。

横浜と首都高で、はっきり愛花《あいか》と敵対し虎木《とらき》とアイリスの味方に立った未晴《みはる》。

こう考えると未晴《みはる》一人が比企《ひき》本家の意向を知らず、虎木《とらき》に肩入れしているのを比企《ひき》本家に快く思われていないというのが最もあり得る筋だ。

では未晴《みはる》が完全に虎木《とらき》の知る未晴《みはる》そのままであるとして、何故《なぜ》比企《ひき》本家と烏丸《からすま》は愛花《あいか》とコンタクトを取った？

「……おいおい」

戦後すぐの混乱期、比企《ひき》と六科《むじな》が日本ファントムの統治でもめたという事実。

比企《ひき》天道《てんどう》と比肩《ひけん》するほどの実力者である、六科《むじな》の当主六科《むじな》興春《きようしゆん》殺害事件。

愛花《あいか》が横浜から消えて、梁戸幇《リアンシーバン》とともに池袋に姿を現すまでの空白期間。

ピースが嵌《はま》ってしまう。

未晴《みはる》の知らないところで招聘《しようへい》されていた室井愛花《むろいあいか》。殺される有能な当代と、残された無能の先代と若すぎる次代。

降って湧いた比企《ひき》家主導の縁談。

六科興春《むじなきようしゆん》殺害とこの縁談の真の目的は、比企《ひき》家、つまりは比企天道《ひきてんどう》と烏丸《からすま》による、六科《むじな》家勢力の吸収にあるのではないか。

考えれば考えるほど、この想像が正しく思えてしまう。

そして今のこの環境を見ると、横浜に室井愛花《むろいあいか》が来たことを知っている虎木《とらき》とアイリスを、東京から遠く離れた闇十字騎士団《やみじゆうじ》の目から見えない場所で処分する絶好の機会だ。

「いや……」

客観的な情報だけ見れば、ピースは綺麗《きれい》に嵌《はま》る。だが、虎木《とらき》の中で大きな違和感が、どこかのピースに異常が発生していると警告している。

何か一番おかしいかといえば、あの愛花《あいか》がたかだか日本の一ファントムの思惑に、律義《りちぎ》に乗る性格だとはとても思えないということだ。

乗ったら乗った分だけ幾何級数的に相手に代償を求めそうだし、比企《ひき》家や烏丸《からすま》がそんな面倒な性格の愛花《あいか》と面倒なやりとりをするのも妙に思えた。

「やっぱ俺も、六科七雲《むじななぐも》から直接話を聞く必要があるな……」

しばらく腕を組んで考え込んでいた虎木《とらき》が朝の間のインターフォンを鳴らそうとして、思わずその指が止まる。

「ユラ？」

「……」

人間よりもはるかに高性能な吸血鬼の耳は、スイートルームの厚い壁の向こうで行われてい
る凄惨な尋問の様子をまざまざと捉えていた。

「もう少し後にするか」

「え、ええ」

「それで、だ。話を最初に戻すが、何で京都に来た」

虎木《とらき》は朝の間側の壁に背をもたせかけながら、仕切り直した。

アイリスの目が、再び泳ぐ。

「えっと、その、タクシーと、新幹線で……」

「お前の日本語能力なら、俺が手段じゃなくて目的を聞いてることくらい分かるよな」

「うん……えっと……あのね」

アイリスは、まるで人間の男性を前にしたときのように冷や汗を浮かべ、顔を赤くする。

「それは……その……えー」

アイリスはもじもじしながら、左手首につるされた巾着をいじっていたが、

「あ」

ふと、何かを思い出して動きを止めた。

「ねぇユラ、あなた、ソウコンセキって知ってる？」

「いや」

アイリスは、巾着の中にある何かを外側から握りなら、虎木《とらき》とは目を合わさずにまるで自分に言い聞かせるように続けた。

「驚かないで聞いて。そのソウコンセキを使えば……もしかしたらあなたを」

そこでゆっくりと虎木《とらき》と目を合わせる。

「人間に……」

「虎木《とらき》様っ！　アイリス・イェレイ！」

その瞬間、突然朝の間の扉が内側からはじけ飛ぶように開き、七雲《なぐも》の首根っこを摑《つか》んだ未晴《みはる》が飛び出して来た。

「ミハル⁉」

「ど、どうし……」

「逃げてくださいっ‼」

「「へ？」」

「ぐぎゃっ」

踏みつぶされた蛙《かえる》のような声で七雲《なぐも》が廊下の床に叩《たた》きつけられた次の瞬間、閉じかけていた朝の間の扉が轟音《ごうおん》とともに内側からはじけ飛んだ。

「なっ⁉」

身構える間もなく衝撃で虎木《とらき》とアイリスは吹き飛ばされそうになり、七雲《なぐも》は床でのたうち回っている。

「ガス爆発か⁉」

スイートルーム内にキッチンがあったことを思い出して叫ぶ虎木《とらき》だが、答えは吹き飛ばされたドアの中からやってきた。

「え……！」

現れたのは、虎木《とらき》とさして変わらない体格の人型をした、スーツとネクタイと革靴姿。

だが纏《まと》う空気が決して人ではない何かが三人。

没個性の体に乗っている頭は、梁戸幇《リアンシーバン》の僵尸《キョンシー》達を思わせる黒頭巾《くろずきん》だ。

「流行《はや》ってんのかよ！」

「中身が何だか知りませんが、私を比企未晴《ひきみはる》と知っての狼藉《ろうぜき》ですか！」

「……」

未晴《みはる》の堂々たる名乗りに男達は答えない。

だがその身構えと身のこなしは明らかにこのような襲撃行動に慣れている者の動き。

「どうやらやる気のようですね。刀が無いからと言って、私がそんじょそこらのファントムに格闘で負けると思ったらおおまちが……」

不敵な笑みを浮かべていた未晴《みはる》の顔が一瞬強張《こわば》り、目だけで左右を見る。

「虎木《とらき》様。血、飲まれてます？　夕方渡した瓶……」

「……いや、まだだ……あいつら、飲むの待っててくれっかな」

虎木《とらき》はひきつった笑みを浮かべ、

「アイリス・イェレイ。あなた聖具は……」

「持ってきてないわよ！　キョートにリベラシオンなんか持ち込めないわ！」

アイリスの顔には焦《あせ》りがありありと浮かんでいる。

「……七雲《なぐも》……は今私が痛めつけましたから……」

「ちょっとミハル！」

「死にたくなければポンコツ騎士は引っ込んでいなさい！」

「アイリスさんその着物あとで返さんといかんから傷つけないで！」

「七雲《なぐも》は黙っていな……さいっ!!」

忍者リーマンとしか言いようのない男達が、一斉に虎木《とらき》達に襲い掛かってくる。

明らかに殺意をはらんだ動きでそれぞれに未晴《みはる》、七雲《なぐも》、そして虎木《とらき》に向かってくる。

手袋さえしていない素手の拳。

「くっ！」

「わあっ！」

「ぐっ！」

未晴《みはる》は難なく受け止めるが、人の膂力《りょりょく》とは思えぬその威力に、七雲《なぐも》は慌てて四《よ》つん這《ば》いで回避したものの、虎木《とらき》は受け止めきれず無様に膝を突いてしまう。

「虎木《とらき》様っ！」

「大丈夫だ！　折れちゃ、いない、が、これは、ぐ！」

虎木《とらき》の腕に食い込む拳の色が、熱された鉄のように赤くなってゆく。

「くっそ、これはっ！」

一方の七雲《なぐも》に襲い掛かった男の拳は凍り付いたように青く透き通り、廊下の絨毯《じゅうたん》を無残に氷で切り裂き霜を下ろしていた。

「赤と、青の、鬼の拳！」

未晴《みはる》が組み合っている男の拳はやはり青かった。

赤の拳に炎を纏《まと》わせ、青の拳に氷を纏《まと》わせ戦う近接戦闘を得意とするファントムを、未晴《みはる》はよく知っていた。

「七雲《なぐも》！　鬼族です！　火赤鬼《かせつき》と氷青鬼《ひょうせいき》！　一体これはどういうことですか！」

「鬼っ⁉　知らん知らん！　何で鬼が俺と未晴《みはる》ちゃん攻撃してくんの？」

角《つの》こそ頭巾に隠れて見えないが、赤鬼青鬼を髣髴《ほうふつ》とさせる拳の色を見せる男達は組み合う未《み》晴《はる》、逃げ回る七雲《なぐも》、何とか回避しようとする虎木《とらき》に襲い掛かった。

「うぐっ！」

「がっ！」

最初から体勢不利の七雲《なぐも》と虎木《とらき》はすぐにその拳に捕えられる。

虎木《とらき》は壁に叩《たた》きつけられ、七雲《なぐも》は足を氷で縫い留められてしまった。

「ユラ！　ナグモ！」

「アイリス・イエレイ！　非常通報ボタンを押しなさい！　それくらいできるでしょう！」

「あ、う、うんっ！」

ファントム御用達《ごようたし》のホテルにも消防法を守るために消火器が設置され、廊下の隅に非常ベルのボタンがあった。

アイリスは草履を脱ぎ棄《す》て足袋だけで駆けだすが、

「っ‼」

七雲《なぐも》を氷で絡《から》め取った青い拳の鬼が壁に手を当てると、その手から走った氷が壁を走り、アイリスを追い抜いて非常通報ボタンを覆い隠してしまう。

「あっ！」

「ここまでの氷術を持つ青鬼を……七雲《なぐも》！　これは六科《むじな》の反乱と捉えますよ‼」

「し、知らんて！　あぐっ！　ちょ、ちょっと……！」

青い氷の鬼は足を縫い留めた七雲《なぐも》に覆いかぶさり、その首に手をかける。

「ま、待てお前ら！　俺は六科《むじな》の……！」

「うおおっ⁉」

古妖《エンシエント・ファントム》レベルとは何だったのか、顔を隠した鬼に命乞いをしている七雲《なぐも》の横で、虎木《とらき》が赤い拳の鬼に激しく殴打《おうだ》され、防御するだけで手いっぱいになってしまっている。

赤い拳は青い拳と同じように色だけではないようで、虎木《とらき》のスーツのあちこちが焦げて繊維の焼ける異臭を放っていた。

未晴《みはる》は動きにくい着物で相変わらずよく一人を押さえているが、七雲《なぐも》と虎木《とらき》を助けに行けるほどではないようだ。

明らかな劣勢。

誰か一人でも倒されれば、レンタル着物に締め付けられてまともに走ることすらおぼつかないアイリスなど、今この場で最も捉えやすい獲物となる。

相手が今、アイリスを侮《あなど》って何もしないと言うのなら、その状況を利用するしかない。

アイリスは敵三人の視線が切れた瞬間、巾着に手を突っ込み、中に入っている物を掴《つか》んで引き抜く。

「ちょ、アイリスさん⁉」

声をかけるな！　とアイリスは内心毒づいたが、七雲《なぐも》が叫んだ理由も分かっている。

興春《きょうしゅん》の相魂石《そうこんせき》はアイリスの巾着に入ったまま。三人の鬼に対して興春《きょうしゅん》の相魂石《そうこんせき》の顔を向けると思ったのだろう。

確かにろくに戦えないアイリスが相魂石《そうこんせき》を使えば、効果が出るより前に奪われてしまうことは想像に難《かた》くない。

だが、アイリスが取り出したのは相魂石《そうこんせき》より一回り大きい、金色の分厚い円盤だった。

「む！」

七雲《なぐも》を組み伏せていた鬼が、頭巾の中で驚いたようなうめき声を上げるが、

「封固音《フェングウィン》！」

アイリスの叫びとともに、七雲《なぐも》を組み伏せた鬼はもちろん、虎木《とらき》にラッシュをかけていた鬼すら驚愕《きょうがく》で体が、文字通り凝固した。

虎木《とらき》は急に殴打《おうだ》が止まって、防御する腕の中でおっかなびっくり様子を見ると、アイリスの手の中で鐘のような共鳴音を発している、見覚えのあるものを見つけて息を吞《の》む。

「羅戸盤《らしばん》……⁉」

それは、詩澪《シーリン》が僵尸《キョンシー》の道術を用いるのに使っていた羅戸盤《ルーシーバン》だ。

何故《なぜ》アイリスが羅戸盤《ルーシーバン》を持っているのか、何故《なぜ》道術を用いているのかまるで分からないが、少なくとも彼女の術が今、三人の敵の動きを止めたことだけは間違いない。

そして、古　妖《エンシエント・ファントム》クラスのヤオビクニの子孫には、その一瞬があれば十分だった。

「せあっ‼」

自分が組み合っている鬼を裂帛《れっぱく》の気合いと共に弾《はじ》き飛《と》ばすと、未晴《みはる》の全身が、赤い鬼とは比べ物にならないほどの熱を帯びる。

そして絨毯《じゅうたん》を破りその下の床すらくぼませる圧力で足を踏み込み、虎木《とらき》に迫っていた赤い鬼の側頭部に草履のつま先を蹴り込み昏倒《こんとう》させ、返す足でその背を踏みつけ弾《はじ》き飛《と》ばす。

その勢いで七雲《なぐも》に覆いかぶさっている青い鬼の顎に向けて、容赦なく膝を叩《たた》きこんだ。

あっという間に二人を昏倒《こんとう》させた未晴《みはる》は最初の鬼に身構える。

未晴《みはる》から距離を取ってしまったために仲間二人が無力化された青い鬼は、攻め続けるべきか退くべきか、逡巡《しゅんじゅん》しているようだった。

「逃げたいなら逃げても構いませんよ。かかってくるならば、誰に喧嘩《けんか》を売ったのかを改めて思い知ることになりますが」

全身からあふれる熱気で髪すら逆巻く未晴《みはる》の挑発に、残りの鬼は乗らなかった。

仲間を見捨てて爆発した朝の間へと飛び込んで行こうとして、

「ここまでやられて逃がすかよ」

視界を遮る黒い霧の網に絡《から》めとられ、もんどりうつ。

「スーツダメにしやがって、そこそこしたんだぞ！」

「あがっ！」

霧の網が細く青い鬼の首と関接に巻き付き、一瞬で昏倒《こんとう》させた。

三体の鬼の無力化を確認した虎木《とらき》は、霧から人の姿へと戻る。

そのスーツの焦げた胸元には、赤黒い染《し》みがじわじわと広がっていた。

「あーくそっ！」

虎木《とらき》は焦げた上着を脱ぎ棄《す》てるが、その下のワイシャツも赤黒い血で染まっている。

「ゆ、ユラ！　大丈夫なの⁉」

致命傷を受けたとしか思えない血の広がりにアイリスは青くなるが、虎木《とらき》の足取りはしっかりしており、ワイシャツのボタンもてきぱきと外してゆく。

「大丈夫だ、怪我《けが》した血じゃない。ああ。くっそ。肌着もダメかこりゃ」

ワイシャツの下の白い肌着まで染めた血は、比企《ひき》家に上がる前の夕食の席で、未晴《みはる》が虎木《とらき》に渡した『お守り』が、鬼の攻撃によりポケットの中で砕けたせいだった。

突然の襲撃で取り出す暇もなかったが、鬼のラッシュで血が滲《にじ》み、アイリスの道術で動きが止まれば、一舐《ひとな》めするくらいは造作もない。

「うふふ、眼福ですね」

「ちょっとミハル」

「未晴《みはる》ちゃん……」

　血で汚れた上半身の衣類を全て脱ぎ捨て顔をしかめる虎木《とらき》を見て、未晴《みはる》は先ほどまでの怒気はどこへやら、少しうっとりした顔になっていて、アイリスはつい突っ込みを入れ、二人の後ろで七雲《なぐも》が情けないうめき声を上げる。

「い、言っておきますけど」

　アイリスは横目だけで上半身裸の虎木《とらき》を見ながら、小さく呟《つぶや》く。

「私はユラの全裸、見たことあるから。ほぼ初対面の頃！」

「はぁ？　何を言っているのです。私もメアリ一世号で見ましたが？」

「世の中間違ってる！　何であんな吸血鬼がモテてるんだ！」

「「あなたよりはマシ」」

「そんなっっ！」

　未《いま》だに青鬼の氷から脱出できていない七雲《なぐも》に、女子二人の容赦ないとどめが刺された。

　虎木《とらき》はそんな会話を一切聞かないふりをしながら、足元に倒れた青い鬼の覆面を剝がす。

「……氷青鬼《ひょうせいき》、か」

　顔に青い入れ墨のような紋様が刻まれ、両のこめかみからは猛牛を髣髴《ほうふつ》とさせるような角《つの》が二本、生えている。

「氷の術を使ってたのが青鬼。炎が赤鬼か。京都のファントムだよな」

「ですね。このスーツの仕立ては、比企《ひき》家も懇意にしている京都市内のオーダースーツ店のものです」

未晴《みはる》が倒れた赤鬼のスーツの襟を裏返しながら頷《うなず》く。

「ファントムの正体ってそういうところから割れるのか」

「社会性と知能があるファントムなら、人間社会と関わらないでいるのは不可能ですから。このスーツ、色々なファントムの体質に合わせた生地を作ってくれることで人気なのです。雪女は九割がこの店でスーツを仕立てるのです。断熱生地をおしゃれに仕立ててくれるので」

ファントム社会のスーツのトレンドなど知ったことではないが、いずれにせよ、未晴《みはる》が見れば一発で正体が割れるようなものを纏《まと》ったファントムが、比企《ひき》家の長子と七雲《なぐも》家の長子を手にかけようとしたのだ。

アイリスの道術が無ければ、未晴《みはる》はともかく七雲《なぐも》はいつやられてもおかしくなかった。

「み、未晴《みはる》ちゃん、アイリスさん、ちょ、ちょっと助けて……」

虎木《とらき》は未《いま》だに氷から逃げられずにもがいている中肉中背ののっぺらぼうを見る。

七雲《なぐも》はやられておかしくなかったが、結果としてやられていない。

虎木《とらき》はゆっくりと七雲《なぐも》に近づくと、ジャージの胸倉をつかんだ。

「な、なんだよっ！」

「もしこれがお前の狂言だったりしたら、それ相応の落とし前、つけてもらうからな」

「な、きょ、狂言⁉」

「そうですね」

七雲《なぐも》は心外そうな声を上げるが、未晴《みはる》もさもありなんと頷《うなず》く。

「私と七雲《なぐも》が揃《そろ》ったところに丁度良く襲撃があるのはあまりに都合が良すぎます。興春《きょうしゅん》様を手にかけたのが何者であれ、そいつは今の比企《ひき》と六科《むじな》の支配体制に不満がある者でしょうから」

「ま、待て、待って？　なんや二人とも、まさか俺が親父《おやじ》を殺してミハルちゃんを襲わせたって言いたいのか⁉」

「可能性の問題だが、俺と未晴《みはる》の目線では、その可能性も捨てきれない」

「いやいやいやいや！　親父《おやじ》はともかく、俺がミハルちゃんの不都合になるようなことするわけないやんか！」

「そもそも私達が京都に来ることになった縁談そのものが私の人生に不都合ですし」

「これそこまで巻き戻るレベルの話⁉　おいちょっと離せて！」

「離すか。お前にはまだまだ聞きたいことがあるんだ。何で大岩正敏《おおいわまさとし》の顔選んだ！」

「それが最初なん⁉」

「あっ！　てめぇ！」

虎木《とらき》の目の前で、瞬《まばた》きする間に七雲《なぐも》の姿かたちが大岩正敏《おおいわまさとし》に変貌する。

「親父《おやじ》の映画コレクション見て、一番かっこええて思っただけや。こん顔持ってたらええなってガキの頃から思ってただけなんやけど……」

「何を見た」

「『網走《あばしり》の咆哮《ほうこう》　吹雪に散る緋色《ひいろ》の刃完結編』」

「……ガキにしちゃいい趣味してるじゃねぇか！」

「虎木《とらき》様、何の話をしてるんです？」

「んはっ」

大岩正敏《おおいわまさとし》トークを展開しそうになった虎木《とらき》は、未晴《みはる》の冷たい突っ込みで慌てて軌道修正する。

「真面目な話するぞ。何でアイリスを巻き込んだ。闇十字《やみじゅうじ》と比企《ひき》家の協定の話はお前だって知ってるんだろ。アイリスにもし何かあってみろ。俺が闇十字《やみじゅうじ》から詰められるんだぞ」

「理由そっちなんや!?　アイリスさんが心配とかやなく!?」

「ねぇよ。アイリスは俺よりずっと強いからな」

「いやぁ……だとしてもその物言いはどうかと思うよ？　ほら見てみ？　アイリスさんちょっと傷ついた顔しとるやん」

七雲《なぐも》が言うように、確かにアイリスは少し傷ついたような顔をしてはいるが、虎木《とらき》は今更そんなことで動揺するほどアイリスとは浅い付き合いではない。

「俺や未晴《みはる》みたいにファントムの力を使わなくても古妖《エンシェント・ファントム》とやり合えるんだぞ。戦闘面でアイリスを心配する要素なんかどこにもねぇ。そこは信用してるんだ」

「っ……ユラ！」

「その信用を日常生活の中で考え無しのポンコツ行動するから全部台無しにして、しかもそれを俺におっかぶせてくるのがアイリスだ。だから俺はお前がアイリスを巻き込んだこと、許さんからな」

「……ユラ……」

虎木《とらき》からの評価の乱高下にアイリスの顔色も鬼の如《ごと》く赤青を往復する。

「虎木《とらき》様。その辺りにいたしましょう」

未晴《みはる》が真剣な顔で虎木《とらき》の肩に手を置く。

「緊急車両のサイレンが近づいています。ホテルが事態に気付いて通報したのでしょう」

虎木《とらき》が耳を澄ますと、確かに遠くから消防車のサイレンの音が聞こえてきた。

「大丈夫か？　結構派手にやったが」

「ヴァプンアーットホテルは比企《ひき》家が出資していますし、経営もファントムが行っています。この者達と七雲《なぐも》を尋問するスペースは直《す》ぐに確保させましょう。フロントに連絡いたします。」

「え⁉　俺も⁉」

またも資本力の差を見せつける未晴《みはる》は、虎木《とらき》が持っているはずのカードキーを当たり前のように袂《たもと》から取り出し、夜の間に入ってゆく。

「おい……」

　未晴《みはる》がいつでも虎木《とらき》の部屋に入れたという事実に顔を引きつらせる虎木《とらき》は、とりあえず七雲《なぐも》から手を離す。

「えっと……疑いは……」

「未晴《みはる》の話聞いて、疑いが解けたと思うか？」

「思わん」

　がっくりと項垂《うなだ》れる七雲《なぐも》から目を離さないまま、

「アイリス。今のうちにここを出て東京に戻れ」

「えっ？」

「羅戸盤《ルーシーバン》の件も含めてお前が何しに京都に来たのか本当に分からんが、これ以上は冗談じゃすまない。理由は東京に帰ってからゆっくり聞く。元々お前には関係ないことだ。面倒なことになる前にか……」

「もう関係なくないわ！」

「……おい」

　真剣な顔で叫ぶアイリスに、虎木《とらき》は眉を顰《ひそ》める。

「意地張って言ってるんじゃない。これは、これはその」

アイリスは羅尸盤《ルーシーバン》を握る手に提げられた巾着の口を握りながら、目の端で七雲《なぐも》を見た。

「わ、私が日本で修道騎士としての役目を全うできるかどうかの分かれ目なのよ！」

「一体いつの間にそんな壮大な関わり方したんだよ」

虎木《とらき》の目から見たアイリスは、虎木《とらき》に内緒で京都に来た後烏丸《からすま》に発見され、着物レンタルを利用して七雲《なぐも》と市内観光をしていた以上のことは察することができないのだが。

「と、とにかく！　私の、ぱ、ぱ、ぱ、パートナーファントムであるあなたにも重要なことなの！　ここで帰るなんてありえないわ！」

ぱ、と発するたびに一段階ずつ顔が赤くなってゆくアイリスに首をかしげる虎木《とらき》だったが、虎木《とらき》が何か発するより早く、足元でのっぺらぼうが呻《うめ》いた。

「パートナーファントムぅ⁉　虎木《とらき》お前！　アイリスさんという人がありながらミハルちゃんに手ぇだしてがだば！」

「余計なこと言わないで！」

「パートナーはそういう意味じゃねぇ！」

頭と足を踏みつぶされて七雲《なぐも》は今度こそノックダウンし、

「死ねばいいのに」

更に夜の間から戻って来た未晴《みはる》が犬の糞《ふん》でも見るような目で見下ろすものだから、今度こそ七雲《なぐも》の心は砕かれた。

「さ、もうすぐフロントから人が来ます。一つ下の階の部屋を押さえましたので、一旦そちらに……あら」

そのとき、エレベーターの到着チャイムが鳴り、七雲《なぐも》以外の全員がエレベーターに目を向けた。

「早いですね。虎木《とらき》様、お手数ですが鬼を一人運んでください。私は七雲《なぐも》の氷を……っ」

未晴《みはる》の言葉が途切れた。

「なっ」

「えっ」

「へ？」

虎木《とらき》もアイリスも息を呑《の》み、七雲《なぐも》は寝転がったまま首だけエレベーターを見て、

「えええええええええええええええ⁉」

今日一番の悲鳴を上げた。

エレベーターの扉が開いたら、顔を隠し、銃を構えた男達が十人以上。

まるで昭和のヤクザ映画のような光景がそこにあった。

「待て待て待て待てっ‼」

虎木《とらき》は叫びながら一瞬で全身を霧に変化させ、アイリス達とエレベーターの間に霧の幕を展開する。

一瞬遅れて日本ではまず聞かないはずの銃声の大合唱に、アイリス達は身を伏せることしかできなかった。

「ユラあっ！」

「未晴《みはる》ちゃんっ！」

「虎木《とらき》様っ！」

『俺は大丈夫だ！　二人とも七雲《なぐも》連れて窓から逃げろ！　できるだろ！　うぐっ！』

「わあっ!!」

霧の幕を貫いて銃弾が七雲《なぐも》を縫い留めている氷に当たり、七雲《なぐも》が情けない悲鳴を上げる。

「ああっ！　全く足手纏《あしでまと》いが二人も！」

「ちょっとそれ誰のことよ！」

「あなたと七雲《なぐも》のことです他にいますか!!」

未晴《みはる》が拳を握ると、赤い鬼の拳もかくやというほどに一瞬で白熱し、

「ふっ!!」

妖術の氷を、細腕の未晴《みはる》が拳を一撃振るうだけで打ち砕く。

「さあ！　あとは勝手にしなさい七雲《なぐも》！　アイリス・イエレイ、逃げますよ！」

「ま、待って未晴《みはる》ちゃん！」

『話してる場合か！　もうもたな……！』

「こういうときこそ俺の出番なんやって‼」

立ち上がった七雲《なぐも》は、低い姿勢から虎木《とらき》の霧の幕を通り抜け、銃弾の雨が降り注ぐ方へと駆けてゆく。

『おいっ！』

「ナグモ‼」

七雲《なぐも》の行動に目を剝《む》いた虎木《とらき》とアイリスだが、変化はすぐに起こった。

「うおおおおおあっ！」

襲撃者に向けて七雲《なぐも》の全身が、爆発したとしか思えなかった。

瞬《まばた》きする間に虚空《こくう》から廊下の幅いっぱいにブルドーザーが出現し、轟音《ごうおん》と排気ガスを唸《うな》らせて、排土板をかざしながら廊下を押し込んだ。

「ぎゃっ」「ぐっ！」「があっ！」

排土板の向こうで男達が悲鳴を上げる声が次々に聞こえるが、ブルドーザーの姿を取った七《な》雲《ぐも》はそのまま廊下の端を駆け抜け、エレベーターと壁に激突する。

「……そんなもんにまで変身できるのかよ」

あまりの暴威に虎木《とらき》が呟《つぶや》くと、また一瞬にしてブルドーザーは掻《か》き消《き》え、それでも、新聞紙に叩《たた》き潰された家庭内害虫の如《ごと》く、男達が床や壁に埋まり床に折り重なり倒れていた。

「がはっ」

いつの間にかまたそこに現れた七雲《なぐも》もまた力尽きたように膝を突きその場に倒れる。

「ナグモ！」

アイリスが駆け寄り助け起こすと、無貌の口元から微《かす》かに血が流れていて、

「一体どうなってるのこれ⁉」

七雲《なぐも》の容体よりものっぺらぼうの吐血の仕組みが気になって叫んでしまう。

「さ、さすがにしんどかった……吐きそう……」

「凄《すご》かったわ、あんなものにまで変身できるなんて、少しだけ見直したわ」

「へ、へへ、せやろ。で、でもお、俺は、いいから、あいつらの、武器を……」

「分かったわ！」

「ごふっ！」

抱き上げた七雲《なぐも》の頭は哀れ落とされ、アイリスはそんなことは気にせずに倒れた男達の周囲に落ちた銃を回収する。

オートマチック型の拳銃が大半だが、二丁だけ短機関銃があった。

「一体何なのこいつら」

アイリスがハンドガンの弾倉を外して中を見ると、見たところデウスクリスのような特殊な弾丸を使っているわけでもない。

「トカレフ弾ね。普通のハンドガンだわ」

虎木《とらき》もよろよろと倒れた男達に近づき覆面を剝がすと、出てきた顔は人間に近く、最初の鬼達とは違って角《つの》も入れ墨のような紋様も無い。

「最初の三人とは違うな。人間か？」

「どうでしょう。まぁ私達レベルのファントム相手なら、下手な術を使うよりも、銃を使った方が効果的だというのは間違いありませんからね……」

未晴《みはる》は言いながら、別の男の覆面を無造作に剝ぎ取るが、

「……え」

やはり鬼とは違う、虎木《とらき》の目には人間にしか見えない顔。

だが未晴《みはる》は見てはいけないものを見たかのように目を見開き言葉を失っていた。

「……そんな、そんなバカな……」

未晴《みはる》は気絶した男の閉じたまぶたを開いている。

そして一人、また一人と倒れた男達のまぶたを開いて覗《のぞ》き込み始めた頃には、未晴《みはる》には似つかわしくない、冷や汗をかいていた。

「未晴《みはる》？　どうした？」

「消防車」

「え？」

「消防車はまだ来ないのですか？　あんな爆発があって、私もフロントに連絡したのに……」

虎木《とらき》の耳には確かに消防車のサイレンの音は届いている。

だが耳を澄ましてみると、届いているだけで近づいている気配がせず、それどころかホテルからはかなり遠いように聞こえる。

「おかしいぞ。消防車が近づいてきてない。どこか、離れたところに……」

「どこです⁉」

未晴《みはる》が虎木《とらき》に突然縋《すが》りつく。

「な、な、な……！」

裸の胸に縋《すが》りつかれて一瞬動揺した虎木《とらき》だったが、見下ろす未晴《みはる》の顔が、見たことの無いほどに余裕を失っているのを見て、すぐに気持ちを切り替える。

「多分、こっちの方だ」

虎木《とらき》はもう一度きちんと耳を澄ませて、消防車のサイレンが向かっている方向を指さすと、未晴《みはる》は虎木《とらき》から離れ、爆発のあった朝の間に駆けこむ。

虎木《とらき》とアイリス、そして這《ほ》う這《ほ》うの体《てい》で起き上がった七雲《なぐも》も顔を合わせて未晴《みはる》を追って朝の間に入ると、鬼三人によるものか、リビングスペースいっぱいに広がる展望窓が粉砕されており、その砕けた窓の前で、未晴《みはる》が呆然《ぼうぜん》と外を見ていた。

虎木《とらき》達も未晴《みはる》の横から外を見て、すぐに未晴《みはる》が何を見ているのか理解した。

ヴァプンアーットホテルの最上階から北西の方向の空が明々と燃えている。

夕焼けなどではない。京都の夜の空を、地上で揺らめく炎が照らしているのだ。

「あれは……あれは比企《ひき》家の方角です！」

「何だって⁉」

比企天道《ひきてんどう》は、比企《ひき》家の位置を御所の鬼門と言っていた。

つまり、ヴァプンアーットホテルからは北西方向にあり、確かに消防車のサイレンはそちらに向かっているようだ。

「くっ‼」

「おい未晴《みはる》‼」

「ミハルちゃんっ！」

止める間もなく、未晴《みはる》は砕けた窓から外へと飛び出した。

二十階建ての窓から身を躍らせるなど正気の沙汰ではないが、虎木《とらき》達が見下ろす前で未晴《みはる》はひらりと地面に降り立ち、草履とは思えぬ足さばきであっという間に姿が見えなくなってしまった。

「おいどういうことだ！　比企《ひき》家も襲われてるってのか⁉」

「し、知らんて！　こんなこと俺は……！」

「こっちはもっと何も知らねぇんだよ！　ただでさえお前らの家の事情に巻き込まれて、肩身の狭い思いして、いらん嫌味言われて、スーツも台無しにされちまった！　その上お前んちの殺人事件にまで巻き込まれて！」

「え、ええと……」

「俺はお前に何の感情も無い。俺の目からはお前だって最悪に怪しいんだからな！」

「え、ええ!?」

「この場でお前の首を絞めて突き落としたって、なんの良心の呵責《かしゃく》も無い！　あれはどういうことだ！　どうして未晴《みはる》の実家が燃えてる！」

「うわっ!?」

「ちょ、ちょっとユラ落ち着いて！」

虎木《とらき》は七雲《なぐも》の胸倉をつかんで割れた窓からその体を突き出してやる。

七雲《なぐも》ものっぺらぼうなのだから、こんな高さから落ちた程度で死んだりはしないだろう。

「フザけんな！　こっちは親父《おやじ》殺されてミハルちゃんをお前に取られていい加減腹立ってんだよ！　その上俺がどうして比企《ひき》家を燃やさなあかんのや！　未晴《みはる》ちゃんの実家やぞ！」

「知るか！　こっちはお前らについて何の予備知識も無いんだぞ！　一体あいつら何なんだ！　鬼は六科《むじな》の範疇《はんちゅう》なんだろ！」

「こっちこそ知るか！　俺だってワケ分からんのや！　何で俺が襲われなあかんねん！」

「ちょ、ちょっと落ち着いてよ二人とも！」

激昂《げっこう》する男二人に、アイリスが割って入った。

「ナグモが嘘《うそ》を言ってても本当のことを言ってても、今の私達にそれを判断する材料はないでしょう！」

「……！」

虎木《とらき》は歯噛《はが》みするが、アイリスの言うことも正しい。

「まずは襲って来た連中を何とかしましょう。気が付いて逃げられたら後が面倒よ。ナグモを問い詰めるより、あいつらを問い詰めた方がよっぽど簡単よ」

「……分かった」

「わわっ」

部屋に引き入れられて七雲《なぐも》はもんどりうちながら、恨めしげに虎木《とらき》を睨《にら》む。

虎木《とらき》はそれを気にせず廊下に戻り、未《いま》だに目覚めないエレベーターからの襲撃者の覆面を順々に剝がしていった。

「人間にしか見えないわね」

アイリスが言ったように、現れたのは人間の男にしか見えない顔ばかり。

試しに袖やズボンのすそをまくってみたり、シャツのボタンを開けてみても、ファントムの特徴は見当たらなかった。

「ああ。でも未晴《みはる》はこいつらの何かを見て驚いてたみたいだった。最初の鬼三人に比べてそんな分かりやすい特徴は無いよなぁ……ん？」

虎木《とらき》とアイリスが首をかしげている横で、七雲《なぐも》が一人の顔を覗《のぞ》き込んだ。

そしておもむろに、閉じたまぶたを指でこじ開ける。

「……マジか」

そして目を見開く……ことができなかったことが自分で分かったのか、すぐに大岩正敏《おおいわまさとし》の顔に戻って深刻な表情を浮かべた。

「あかん……こらあかん……ミハルちゃんが危ない……！」

七雲《なぐも》は他の襲撃者のまぶたも順々にこじ開け、その度に顔色を青くしていった。

「これ、見てみ」

しびれを切らした虎木《とらき》が尋ねると、七雲《なぐも》は最後の一人のまぶたをこじ開けたまま、虎木《とらき》達に見るよう促す。

「えっ……こ、これ……」

外観は人間と変わらない襲撃者達はしかし、眼球だけが明らかに人間とは違っていた。

人間の白目に当たる部分が金色。黒目は虹彩《こうさい》らしきものがなく、文字通り黒一色なのだ。

東洋のファントムについても学んでいるアイリスは、この特徴を持つ人型のファントムを一種だけ知っていた。

「何だ？　この目は？」

虎木《とらき》はその特徴的な目を見たことがなかった。

だがその目を持つファントムの名は、ヤオビクニよりも、吸血鬼よりも、ことによればのっぺらぼうよりも、日本人にとっては馴染《なじ》みのある種族。

それは、天狗《てんぐ》の瞳だった。


虎木《とらき》を連れてここに来たのがほんの三時間前のこと。

最愛の男性を連れ、祖母に面通しした誇らしさを覚えた部屋が、家が、燃えている。

「み、未晴《みはる》……あんた、なんで……」

その祖母が、燃え盛る部屋の中で額から血を流し倒れている。

更に祖母の周囲には、比企《ひき》も六科《むじな》も関わりなく、日本ファントムの重鎮達が血を流し倒れ伏していた。

「お祖母様！」

未晴《みはる》は肌をちりちりと焼く炎の熱を感じてなお、どこか目の前の光景を信じられていない己を自覚していた。

全てがあり得ない光景だった。

比企《ひき》と六科《むじな》の実力者達が悉《ことごと》く打ち倒されていること。強力なファントム種の反逆、攻撃に備えて対ファントム能力対策機構をふんだんに盛り込んだはずの比企《ひき》の屋敷《やしき》が、木造家屋のように当たり前のように火事になっていること。

六科《むじな》ののっぺらぼう達が自分を騙《だま》すために一芝居打っているとすら思えた。

そうでなければ。

「これは……これはどういうことですか」

倒れ伏した日本ファントムの重鎮の中で、拳を血に染め、ただ一人立っている烏丸《からすま》鷹志《たかし》など という光景がこの世に存在するはずがない。

「答えなさい烏丸《からすま》っ!!」

「お嬢様がこれほど早くいらっしゃるとは、少し驚きました」

烏丸《からすま》は右手で銀縁の眼鏡を軽く上げた。

そのレンズの奥で光る瞳は、濁った金と黒の色をしている。

未晴《みはる》の、比企《ひき》家の、良き右腕として、未晴《みはる》の行いを時に受け入れ、時に諫《いさ》めた気の良い烏《からす》天狗《てんぐ》の姿は、もうそこには無かった。

※

燃え盛る炎の蛇は畳を、襖《ふすま》を、欄間《らんま》を、天井を舐《な》め、その場にいる生命全てを焼き尽くさんばかりに猛《たけ》り狂《くる》う。

その中で烏丸《からすま》鷹志《たかし》の周囲だけが、猛暑の中に利《き》かせたエアコンの如《ごと》く、周囲の炎の影響を一切受けず、冷涼な空気を保っていた。

「ゆっくり話す時間は、設けていただけるのですか」

「比企《ひき》と六科《むじな》の皆さまが助かる確率は減少しますが、お嬢様がそれで納得されるのであれば」

烏丸《からすま》は普段彼がそうしているように鷹揚《おうよう》に頷《うなず》く。

今この状況で、烏丸《からすま》の正義や正気を問うことに意味はない。

未晴《みはる》は腹心の配下の裏切りに動揺する心を抑えつつ、最低限の問いで烏丸《からすま》の目的を暴《あば》くべく冷徹に計算を始めた。

「何のために？」

「その問いは実に良い。お嬢様は言葉の経済効率をよくお考えだ」

烏丸《からすま》は柔和な笑みを浮かべ、そしてシンプルな問いに対してシンプルに答えた。

「多くのファントム達のために、です」

「興春《きょうしゅん》様やお祖母様を殺《あや》めれば、多くのファントム達は混乱するのでは？」

「革命に混乱はつきものです」

「テロリズムを伴う革命は短命で終わるのが常識ですよ？」

「何を以《もっ》てテロリズムと言うかは議論の余地がありますが、私はこの行いはテロには当たらないと考えております」

烏丸《からすま》は軽く眼鏡を持ち上げる。

「比企《ひき》家でも、ヴァプンアーットホテルでも、人間はいの一番に退避させました。ファントムも、比企《ひき》と六科《むじな》の直系以外には決して手を出してはならないと厳命しています」

「ホテルでは虎木《とらき》様とアイリス・イェレイも襲われました」

「虎木《とらき》様はお嬢様の恋人で、将来比企《ひき》に入られるのでしょう？　それにアイリス様は協定違反の修道騎士で、排除する理由があります」

「修道騎士が襲われたとなれば、闇十字《やみじゅうじ》も黙ってはいません」

「それこそ協定違反で黙らせれば済むことです。アイリス様が組織の命令ではなく単独で行動していらっしゃることは、虎木《とらき》様とお嬢様が仰《おっしゃ》ったことですから、アイリス様を排除する道理はこちらにあります。それこそ、闇十字《やみじゅうじ》が本格的に乗り出してくる前に、『イェレイの騎士』を排除できる絶好の機会です」

「み、未晴《みはる》……早よ……逃げ……そいつは、うちらの知る……烏丸《からすま》と、ちゃう……」

まるで普段のオフィスでのやりとりのように静かに話す未晴《みはる》と烏丸《からすま》のすぐそばで、血みどろの天道《てんどう》が呻《うめ》く。

「お祖母様、烏丸《からすま》は私を逃がさない。逃がすのなら、お祖母様を殺すでしょう。逃げたところで烏丸《からすま》の思惑がつかめなければ、反撃も復讐《ふくしゅう》もままなりません。今はここで話し続けるのが最善手です」

「私もそれが良いと存じます」

烏丸《からすま》は、これまた普段通り、未晴《みはる》の発言を恭《うやうや》しく肯定した。

「七雲坊《なぐも》ちゃまや虎木《とらき》様、アイリス様もじきにお見えになるでしょう。私はお三方も亡《な》き者にしたい。お嬢様はお三方を援軍にしたい。私とお嬢様の利害は一致しております。しばし、このまま語らいあいましょう」

「虎木《とらき》様を殺せば、東京の警察が黙ってませんよ？」

「存じております。ですが虎木和楽《とらきわらく》様は退官されておられますし、虎木良明《とらきよしあき》様は、一個人で動くには立場が上すぎます。虎木由良《とらきゆら》様の死体でも見つかれば動きようもあるでしょうが、行方不明にでもなれば、吸血鬼の存在が公に認められていない現在、京都府警を動かすほどの影響力は持ち得ません」

「烏丸《からすま》……！」

「横浜のメアリ一世号での一件で彼らが動けたのは、やはり豪華客船での襲撃という事件性に加え、乗客に外国人はもちろん、多くの都道府県から日本人が乗っていたことが大きいのです。そういう意味で、室井《むろい》様が日本に来る手段としては、少々悪手《あくしゅ》であったかとは存じますが」

「室井愛花《むろいあいか》が日本に来ると……私に知らせたのは、あなたでしたね」

「それが先方からの御依頼でしたので」

烏丸《からすま》は全く悪びれない。

「室井《むろい》様が虎木《とらき》様の『親』であることは存じておりましたが、あれほどまでにこだわられていたのは意外でしたし、計算外でした。おかげで計画に少々狂いが生じました」

「……それは、興春《きょうしゅん》様殺害の計画ですか？」

「いいえ。六科《むじな》家の壊滅です」

「なっ……！」

流石《さすが》の未晴《みはる》も、平静ではいられなかった。

「横浜で室井《むろい》様があれほどの重傷を負うのは想定外のことでした。アイリス様さえいなければ……お嬢様と虎木《とらき》様だけであれば、あのようなことにはなっていなかったでしょう。イエレイの騎士。闇十字《やみじゅうじ》騎士団は、どこまでも我々ファントムの敵ですね」

「私には、分かりません。六科《むじな》の壊滅？　御老《ごろう》や七雲《なぐも》もその時点で殺す気であったということですか」

「そう申し上げております」

事も無げ、とはこのことを言うのだろう。

一切の抑揚なく答える烏丸《からすま》に、未晴《みはる》は大きく息を吸って改めて問いかけた。

「もう一度聞きます。……何のために」

「説明しても、お嬢様にはご理解いただけないと存じます。比企《ひき》家の次代であった、お嬢様には」

烏丸《からすま》は未晴《みはる》の未来を過去形で評した。

「むしろ、虎木《とらき》様の方が私にご賛同いただけることでしょう……私の目的は、虎木《とらき》様のようなファントムを、救うことにあるのですから」

「何ですって……？」

「虎木《とらき》様だけではない。今この日本に生きる多くのファントムを救うために、これは、避けては通れないことなのです。さて」

これまで一切姿勢を崩さなかった烏丸《からすま》の影が、揺らめいた。

「しばし語らいましたが、虎木《とらき》様はいらっしゃらないようですね」

「……私を、殺すのですか」

「必要なことですので。最初に申し上げましたが、これは革命なのです。比企《ひき》家と六科《むじな》家の血は、ここで途絶える必要がある」

「……私を簡単に殺せると思っているのなら、大間違いですよ」

未晴《みはる》も徒手空拳で身構える。

「当代も口ほどにもございませんでした。当代の足元にも及ばない素手のお嬢様が、私相手に長く保《も》つとは思わないことです」

身構えた烏丸《からすま》の右の拳に炎が、左の拳に氷が宿り、瞳の金色が炎の如《ごと》く明々と燃え始める。

未晴《みはる》の構えた拳もまた熱を帯びるが、烏丸《からすま》の炎には遠く及ばない。

「お嬢様の熱は、当代に比べてあまりにぬるい」

撫《な》でつけられた白髪が、炎の中で流星となって足元に飛び込んできた。

「なっ⁉」

未晴《みはる》は慌てて迎え撃つが、烏丸《からすま》の拳に難なくはじき返され大きくガードを開いてしまい、がら空きになった体の中心を、磨き上げられた革靴の踵《かかと》が容赦なく撃つ。

「ぐふっ！」

未晴《みはる》の肺から空気が全て絞り出され、小さな体が部屋を仕切る襖《ふすま》を突き破り、廊下の柱に叩《たた》きつけられる。

「き、効きませんよ、こ、この程度……」

「存じております。比企《ひき》家の長所は何よりその頑丈さと生命力ですから」

未晴《みはる》は全身のバネを総動員して二撃目を回避するが、搾り取られた酸素が呼吸を乱し、烏《からす》丸《ま》の歩幅であっという間に肉薄されてしまう。

「お嬢様の戦闘技術は刀に頼りすぎなのです」

剣士が剣を失ったからといって、その膂力《りょりょく》は決して侮《あなど》れるものではないが、最初から格闘を生業としてきた拳闘士相手の格闘戦で敵《かな》うはずがない。

烏丸《からすま》の殴打《おうだ》が骨に軋《きし》み、肉を揺らし、心を揺さぶる。

未晴《みはる》はどこかで信じられない思いがあった。

貴妖家《きようけ》筆頭格の烏丸《からすま》が、比企《ひき》や六科《むじな》に反旗を翻《ひるがえ》すなど想像だにしていなかった。

彼は公私にわたり未晴《みはる》を支えた善き配下であり理解者であった。

いざ日本のファントム社会が乱れたときは、その高い能力を未晴《みはる》を助けるために振るうと信じて疑わなかった。

「信じて、いたのにっ‼」

「む！」

未晴《みはる》の拳が、逆手に握った何かを振るい、烏丸《からすま》は軽く身をのけぞらせるが、それだけのことで、烏丸《からすま》は全くひるまなかった。

未晴《みはる》はといえば、烏丸《からすま》の猛攻撃がほんの一瞬止《や》んだその隙に逃げようとするも、足に力が入らずその場に膝を突いてしまう。

着物の端々が焼け、また凍り付き、殴打《おうだ》によって顔が腫れ、骨が軋《きし》む。

未晴《みはる》のその手に握られた小さな小さな刃物は、烏丸《からすま》の頬に一筋の朱色を刻んだが、それによって状況は覆《くつがえ》りはしなかった。

「懐剣を忍ばせておられたとは……それは一般的には花嫁衣装《はなよめいしょう》の小物でございますよ？」

「と、当然で、しょう……私は、と、虎木《とらき》様と結婚、すると、言いに来たのですから」

かつて武家の花嫁衣装《はなよめいしょう》であった打掛《うちかけ》の懐《ふところ》に忍ばせる魔よけのお守りたる懐剣。

昨今の花嫁衣装にあるそれはガワだけのレプリカであることがほとんどだが、今でも刀工が鍛造した懐剣を忍ばせる向きはあり、比企《ひき》家のような名家ともなれば、花嫁必携の品と言ってよい。

「そこまで虎木《とらき》様に本気だったのですね」

「あなたに、それを、疑われていたとは……ね。本気でなければ、こんなこと、する、わけがないじゃや、ないですか」

「残念です。お嬢様が比企《ひき》家の後継ぎでさえなければ、こんなことにはなりませんでした」

「一体……何故《なぜ》、比企《ひき》家まで……何が、不満だったのです？」

「それをここで聞かれるのですね」

烏丸《からすま》は小さく微笑《ほほえ》んだ。

「全て、です」

「全て……？」

「今の比企《ひき》家、六科《むじな》家を頂点として人間社会に溶け込み隠れ、協定などと言うものに縛られるこの日本のファントムの現状全てを、変える必要があるのです。それが、今なのです」

烏丸《からすま》は静かにそう告げると、目にもとまらぬ速度で未晴《みはる》の短刀を蹴り飛ばしてしまった。

「これまでです。お嬢様」

烏丸《からすま》の手が未晴《みはる》の首にかかり、体が持ち上げられる。

未晴《みはる》は抵抗するが、烏丸《からすま》の握力がそれを許さない。

「く……か……あ！」

「これまでお世話になりましたお嬢様。どうぞ、安らかに」

どこまでも平坦《へいたん》に、どこまでもいつも通りの烏丸《からすま》の声が、比企《ひき》家の焼け落ちる音に飲まれようとしたそのときだった。

「冗談でも笑えねぇよ」

それは焼け落ちた家屋の灰と霧が逆巻いたものかと思われた。

「む！」

だがすぐにそれが漆黒の霧であると分かり、烏丸《からすま》と未晴《みはる》を取り囲むように渦巻いて、未晴《みはる》の首を絞める烏丸《からすま》の腕を絡《から》め取った。

「これはっ！」

烏丸《からすま》は未晴《みはる》から手を離し、大きく距離を取る。

落下しかけた未晴《みはる》の体を黒い霧が包み込み、そのまま燃える家の中を抜け、外へと運び去ってしまう。

「逃がしません」

わずかに驚く様子を見せた烏丸《からすま》だったが、持ち前の冷静さを一瞬で取り戻し、霧の渦を風のような足で追跡する。

渦巻く霧は広大な中庭に未晴《みはる》を運び、池のほとりに横たえていた。

「ミハル、大丈夫？」

「こんな程度で死んだりしないだろ。なぁ？」

二人がそこにいることについて、烏丸《からすま》は特に驚かなかった。

「もう少し早くいらっしゃるかと思っておりました。虎木《とらき》様、アイリス様。七雲《なぐも》坊ちゃまは、どうされたのです？」

鬼との戦いですすけて血で汚れたシャツを纏《まと》う虎木《とらき》と、火を切り抜けてきたため、纏《まと》った着物のあちこちがすすけているアイリスが未晴《みはる》を介抱していた。

「七雲《なぐも》の野郎は、あんたが差し向けたらしい連中を潰すためにブルドーザーに変身したせいでホテルでへばってるさ……色々聞きたいことはあるが、素直に話してくれるか？」

「先ほどお嬢様にあらかたお話ししましたので、お知りになりたければ私を倒してお嬢様にお尋ねください。まぁ」

轟音《ごうおん》とともに中庭の土と石が巻き上がり、烏丸《からすま》の姿が掻《か》き消える。

「それが可能ならば、ですが」

完全に虎木《とらき》の背後を取り、脇腹を貫かんとする烏丸《からすま》の炎の右腕はしかし、空を切った。

「おや？」

いや、虎木《とらき》の脇腹を貫いたのに、その手ごたえを一切感じ取れなかった。

貫かれた部分だけが黒い霧となってわだかまっている。

虎木《とらき》は最初から烏《からすま》丸《》がそうすることが分かっていたように体の一部分だけを霧に変化させ、烏《からすま》丸《》の剛腕を動かずして回避したのだ。

あるべき抵抗が無ければ烏《からすま》丸《》とてわずかに姿勢が崩れる。

「爺《じい》さんに革命は荷が重いぜ」

貫かれた霧が虎木《とらき》の全身を包み、竜巻となった次の瞬間、具現化した拳の裏が烏《からすま》丸《》の顎を直撃し、銀縁眼鏡が宙を舞い、烏《からすま》丸《》は派手に吹き飛んだ。

庭石に叩《たた》きつけられる直前、烏《からすま》丸《》は空中で身を捻《ひね》り空に身を躍らせた。

その背からは、まるで神話の天使のような光る翼が出現している。

「へぇ、天狗《てんぐ》ってのは空を飛ぶのにそんな翼が必要なんだな！」

空中で制動をかけた烏《からすま》丸《》を、虎木《とらき》はなおも追撃した。

一瞬で全身が黒い霧となり、それが凝縮した一筋の槍《やり》となって、一直線に烏《からすま》丸《》の体を狙い飛《ひ》翔《しょう》する。

「くっ！」

烏《からすま》丸《》は霧の槍《やり》を氷の拳で砕こうとするが、霧は霧。

烏《からすま》丸《》の拳が叩《たた》きつけられる度に砕け、小さな矢となって分裂し烏《からすま》丸《》を襲い続ける。

「お、おおおおっ！」

烏《からすま》丸《》が初めて怒号を発した。

両の拳が炎を纏《まと》い、襲来する霧の矢を全て迎え撃たんと流星の如《ごと》く暴れまわる。

だが、虎木《とらき》の霧の矢は砕かれてはまとまり、まとまっては砕かれ、烏丸《からすま》を狙う手を決して緩めない。

ついに霧の矢が烏丸《からすま》の天狗《てんぐ》の翼を貫き、烏丸《からすま》は空中でバランスを崩し、空中で実体化した虎木《とらき》の蹴りをまともに脇腹に受け、地面に叩《たた》きつけられた。

「いよいよ打ち止めか？」

「殺しはせん。あんたには聞かなきゃならんことがアホほどあるからな」

「く……い、意外でしたね。虎木様《とらき》の全力が、これほど、とは」

流石《さすが》の烏丸《からすま》も、未晴《みはる》を相手にしていたときのような余裕はなく、息を切らし血を滴《したた》らせながら虎木《とらき》を睨《にら》みつけた。

「腐っても、ストリゴイの、子、というわけですか。あなたがそれほどに血を吸われていることが、意外ですよ」

「まぁな。我ながら恐ろしいと思うぜ」

虎木《とらき》は瞳を赤く光らせ、口腔《こうこう》からあふれる鋭い犬歯を隠そうともせずに笑った。

炎が照らすその顔は正に、吸血鬼と呼ぶにふさわしい残虐さを秘めている。

「……アイリス……イェレイ？」

アイリスの腕の中で、未晴《みはる》が呻《うめ》く。

「ミハル？　大丈夫？」

「……私は……いいの、です。それより、虎木《とらき》様は、一体……」

未晴《みはる》は全身の痛みをこらえ、身を起こし虎木《とらき》の様子を見ようとする。

今の虎木《とらき》の力は、明らかに異常だ。

未晴《みはる》が知る虎木《とらき》の力ではない。

「降参するなら今の内だ。比企《ひき》や六科《むじな》の老人達が気に入らないのは分からんでもないが、これは明らかにやりすぎだ。未晴《みはる》に手を出したことについても、しっかり詫《わ》び入《い》れてもらう案件だぜ」

「……虎木《とらき》様がそこまでお嬢様に入れ込んでおられるとは予想外でした」

「世話になってるからな。それに、これだけ分かりやすい悪人をほっとくほど人間できちゃいないんだ。さぁ」

虎木《とらき》の深紅の瞳が、更に昏《くら》く光る。

「洗いざらい吐いてもらうぜ。一体どこから、あんたの仕込みだったのかな」

「最初からですよ。虎木《とらき》様。横浜に室井《むろい》様をお招きし、比企《ひき》と六科《むじな》が治める日本ファントムの秩序を破壊するよう依頼したのはこの私。全ては、無辜《むこ》のファントムを救うために！」

「無辜《むこ》のファントムを救うだぁ？」

「比企《ひき》家が日本に君臨している限り、全てのファントムは人間に隠れ、人間に頭を垂れ、闇に生きなければならない。そうでしょう？」

虎木《とらき》は呆《あき》れたように顔を歪《ゆが》める。

「おいおい、まさか『ファントムの方が人間より優れてるから、人間の世界を壊してファントムの世界を』みたいな浅いこと言い出すんじゃないだろうな」

桃から生まれた英雄が鬼退治をしていた時代ならまだしも、これほどまでに人間の文明が星を覆った状態でファントムが人間に取って代わるなど、たとえ愛花《あいか》クラスの古　妖《エンシエント・ファントム》が何人いようと絶対に不可能であると断言してよい。

何故《なぜ》なら、既にファントムの社会そのものがそのような目的を達成できない構造になっているからである。

愛花《あいか》はもちろん、梁戸幇《リアンシーバン》や比企《ひき》家、六科《むじな》家に連なる者達も、全て現在の人間社会をベースに社会基盤が出来上がってしまっている。比企《ひき》家や六科《むじな》家は言うに及ばず、烏丸《からすま》自身、日本の資本主義社会の中で成長した比企《ひき》家にあやかって存在してきたのだ。

ファントムが大勢結託して日本の国会なり自衛隊なりを破壊し、その妖力でもって日本を制圧したとしても、それでファントム太平の世が作られたことにはならない。

ファントムなどという存在が公に周知されれば、その脅威を恐れた諸外国から攻撃の対象にもされるであろう。

そのとき烏丸《からすま》は、諸外国のファントム組織からの援助は絶対に得られない。

何故《なぜ》なら諸外国のファントム達は人間社会からうまみを得ることで生きている者達がほとんどだからだ。

ファントムにはファントム同士で相争った歴史があり、今それが表立っていないのは人間社会に拠《よ》って立っている部分が大きい。

働いて、金を得れば、生きていくだけの糧《かて》を得られる。

その事実でもって、ファントム同士の争いは古代や中世とは比べ物にならないほど減少し、平和がもたらされたのである。

それを転覆させてしまえば、烏丸《からすま》に待っているのは果ての無い戦いの後の、疲弊による全滅だ。

現代日本のファントム社会で、ファントムとしても人間としても上位に属していた烏丸《からすま》が、そんなことを理解していないはずもない。

ましてそんな計画に、あの愛花《あいか》が何の見返りも無しに協力するはずもない。

だが現実には愛花《あいか》は烏丸《からすま》の招聘《しょうへい》に応じ、烏丸《からすま》はこのような暴挙に出ている。

「きっかけは、室井《むろい》様配下の梁戸帮《リアンシーバン》でした……大陸のファントム組織の中でも随一だったはずの尸帮《シーバン》も、僵尸《キョンシー》の個体数の不足と組織の弱体化に悩まされてきた。そこで梁戸帮《リアンシーバン》が考え出したのが、人間のファントム化でした。今の虎木《とらき》様の同僚……梁詩澪《リアンシーリン》といいましたか」

「……何ですって」

烏丸《からすま》が、人間のファントム化の具体例として、詩澪《シーリン》の名を挙げたことに未晴《みはる》は驚く。

「尸帮《シーバン》がそのような変化を起こしていると聞いて、私は目の覚める思いがいたしました。そして虎木《とらき》様、あなたご自身は、世の中に人間と認められている元人間のファントムだ。私は」

烏丸《からすま》は口《くち》の端を上げて、掠《かす》れる声で言った。

「ファントムを『人間』に……今のこの世界に、あるがままの姿で組み込みたいのですよ。そのためには、己を人間と偽って人間社会に根を張る比企《ひき》と六科《むじな》は邪魔なのです」

「なんだと……？」

「お嬢様、虎木《とらき》様、あなた方は想像したことがございますか？　人型を取れないが故に己が姿を表に出せない者達の生活を。人間と同じか、人間を凌駕《りょうが》する能力を持ち、知恵や文明を持ちながら、闇に生きなければならない者達のことを！」

烏丸《からすま》の瞳がひと際強く光る。

「比企《ひき》と六科《むじな》の統制の下では、貴妖家《きようけ》ですら名ばかりの存在として、緩やかに淘汰《とうた》されてゆくことでしょう。比企《ひき》と六科《むじな》は、ファントム統制の名目で人間側の理屈でファントムを長年弾圧し続けてきた。その間、どれほどのファントムがこの世から消えたことか！」

かつて未晴《みはる》は虎木《とらき》に獣型と九十九《つくも》型に分類されるファントムである『野鎌《のがま》』の話をしたことがあった。

野鎌《のがま》も現在では絶滅したファントムであり、その原因は人間のライフスタイルの変化に伴ってのことだった。

「それが、室井《むろい》……愛花《あいか》を、招くことと、どう、繋《つな》がっている、と」

「室井《むろい》様は大陸で多くのファントム組織を従えています。彼女と連携し、これから百年、二百年の時をかけて、ファントムという存在を人間の世界に周知する、その前段階として、二つの世界の境界を曖昧にする。そのためにはもはや『人間』になり果てた比企《ひき》と六科《むじな》は不要なのです！」

「そんなこと、できるはずが……」

「ほんの数十年前、そのチャンスはあったのですよ。戦後すぐ、国内は混乱し、比企天道《ひきてんどう》は当代を継いで間もなく、六科《むじな》は無能の御老《ごろう》の治世だった。当時烏丸《からすま》家を預かっていた私の父が、室井《むろい》様を招聘《しょうへい》したのがその頃でした」

「な……んですって……」

「ですが当時頭角を現し始めていた興春《きょうしゅん》様が六科《むじな》を瞬く間《またたくま》にまとめ、天道《てんどう》様と協力し、室井《むろい》様を打ち破った。室井《むろい》様は命からがら逃げだしましたが、相当長い間、日本国内を逃げ回っていたと聞いております」

未晴《みはる》は初めて聞く話に衝撃を受けていた。

虎木《とらき》が吸血鬼となったのは、その時代のはずだ。

ということは、虎木《とらき》が吸血鬼になった原因は、間接的には六科《むじな》家と比企《ひき》家、そして烏丸《からすま》家にあることになる。

　だが、虎木《とらき》の背からはいささかの動揺も見られない。

「なるほど。理屈は分かった」

　虎木《とらき》は小さく呟《つぶや》く。

「あんたなりの正義と理由があった末の行動だってこともな」

「む」

「ただ……正義のためって言って殺しをやる奴《やつ》がロクでなしなのは、人間もファントムも変わらんだろう。その話をされて、俺をあんたの計画に寄してなんて言うとでも思ったか」

「……！」

「もちろん、思ってはおりませんよ。虎木《とらき》様はお嬢様とアイリス様を、私の想像以上に大切に思っておられるようですから」

　虎木《とらき》の言葉に未晴《みはる》は目を見開き、烏丸《からすま》は忌々《いまいま》しげに笑う。

「ですから、これ以上邪魔されるわけにはいかないのです。この世界は……」

　烏丸《からすま》の面差しが、叫びと共に変わってゆく。

　烏天狗《からすてんぐ》の名にふさわしい鳥面の嘴《くちばし》の内には拳の炎など比べ物にならない灼炎が渦巻き、それがぴたりと虎木《とらき》を狙う。

「人間だけのものではないっ‼」

烏丸《からすま》の嘴《くちばし》から、炎と呼ぶには強烈すぎる熱線が放たれた。

「くっ！」

虎木《とらき》はレーザーの如《ごと》き熱線を回避できず、鉄をも貫く烏天狗《からすてんぐ》のエネルギーは虎木《とらき》の霧の幕を掠《かす》める。

普段の虎木《とらき》ならその程度はダメージにもならないはずだが、烏丸《からすま》の熱線はわずかではあるが霧そのものを焼き尽くし、一片の塵《ちり》すら残さず消失させてしまった。

肉体が貫かれたも同然のダメージを負った虎木《とらき》が膝を突き、その口から血がこぼれる。

「こ、この飛び道具は、予想外だ」

「カルラの閃熱《せんねつ》……烏天狗《からすてんぐ》の、虎の子、です……屋敷《やしき》に、火を放ったのも、きっとこの、力」

「ミハル……」

「道理で、炎が収まらない、はずです、とっくに、消防車は到着しているのに」

屋敷《やしき》を焼く炎の音に紛れているが、既に消防車は比企《ひき》家周囲を取り囲んでいた。

だが、比企《ひき》家を囲む堀が消火活動を阻《はば》み、炎そのものもただの火ではなく烏丸《からすま》の術によるものなのだ。

「お祖母様が、やられたのも、天狗《てんぐ》の集中砲火による、先制攻撃の、せいでしょう……」

未晴《みはる》は目だけで、虎木《とらき》を見る。

「どうするのです？」

「へ、へへ……こっちもそろそろ限界なんだよなぁ。早いとこ……」

「逃げられるとは思わないことです」

霧で全身を包み起き上がろうとする虎木《とらき》に、烏丸《からすま》は再び照準を合わせる。

「カルラの閃熱《せんねつ》は我らの始祖が大陸より渡った古代より受け継がれた烏天狗《からすてんぐ》の秘伝。神の時代の技。比企天道《ひきてんどう》や六科興春《むじなきようしゆん》ですら正面から防ぐことは叶《かな》いません。ストリゴイの室井《むろい》様すら不可能でしょう。昨日今日吸血鬼になったような者に、対処できるような代物とは思わないことです」

「だろうな。ところで口ん中そんな状態で喋《しゃべ》って舌火傷《やけど》しねぇの？」

「戯《たわむ》れはここまでです。虎木《とらき》様の実力には驚かされましたが、ストリゴイの子といえど吸血鬼。室井《むろい》様には、計画の障害になりやむを得ず処分したと言い訳いたしましょう」

烏丸《からすま》の嘴《くちばし》にエネルギーが凝縮され、太陽の如《ごと》く光り輝く。

「冗談キツいぜ。生き物がやっていいことじゃねぇっての」

貫かれた霧が肉体に戻り、口から血を吐く虎木《とらき》はぼやく。

「さらばです、お嬢様」

太陽から放たれる極限の熱線が今、虎木《とらき》も未晴《みはる》も、そしてアイリスもろとも蒸発させようとしたそのときだった。

「準備、できたわよ」

それまで未晴《みはる》を抱えたまま事態の行く末を見守っていた……否、虎木《とらき》と烏丸《からすま》の戦いに眉一つ動かさなかったアイリスが、突然そう言った。

その瞬間、

「っ⁉」

烏丸《からすま》の背後で、暴風と共に轟音《ごうおん》が逆巻き、その衝撃で烏丸《からすま》は僅かにバランスを崩す。

虎木《とらき》はその隙を見逃さず、全身を霧に変えて未晴《みはる》を絡《から》め取り、上空へ逃げようとする。

「逃がさんっ‼」

もちろん烏丸《からすま》はそれを見逃しはしない。

自分も傷つき未晴《みはる》まで抱えた虎木《とらき》の霧の動きは格好の的であった。

嘴《くちばし》に貯《た》められたエネルギーを容赦なく虎木《とらき》に向かって撃ち出すが、

「早く行って‼」

そんな虎木《とらき》と烏丸《からすま》の間に飛び込んだ影があった。

「なっ⁉」

これに驚いたのは烏丸《からすま》だった。

アイリスが、何の躊躇《ちゅうちょ》もなく熱線の射線に飛び込んだのだ。

直撃すれば死ぬどころか、死体すら残らないほどのエネルギーを、人の身で受け止めたところで無駄死にである上に、アイリスを貫いて熱線は容易に虎木《とらき》と未晴《みはる》を貫く。

はずだった。

アイリスに直撃した熱線はアイリスを焼かなかった。

それどころかアイリスの体を傷つけることすらせず通過し拡散した。

「何っ！」

その隙を見て虎木《とらき》は未晴《みはる》を全力で抱え上げ、夜空に舞い上がる。

少しだけ体の痛みが引いた未晴《みはる》が眼下を見ると、あれほど燃え盛っていた比企《ひき》の屋敷《やしき》の炎がほとんど消えている。

先ほどの爆音と暴風が、ほとんどの炎をかき消したようだ。

カルラの閃熱《せんねつ》を消失させるほどの爆風を起こしたのが何なのか、未晴《みはる》の目は、焼け落ちた屋《や》敷《しき》の中を歩く二つの影を捉えていた。

『未晴《みはる》！　ホテルまで退避だ！　支配人に話はつけてある！　すぐに治療しないと……』

「ええ、お願いしますね。七雲《なぐも》」

冬の京都の空の冷たい風の中で、未晴《みはる》がそう呼びかける声ははっきりと、彼の耳に届いた。

『へ』

もし今、霧ではなく人の姿がここにあったとしたら、虎木《とらき》の顔をしたこの男は、どうしてバレたのだろうと動揺し、間抜けな顔をしているのだろう。

未晴《みはる》は霧に抱かれた心地よさに身をゆだねながら、呆《あき》れたように溜《た》め息《いき》を吐《つ》いた。

「『仲間に入れて』と頼むとき『寄して』とは言わないんですよ。関東では」

烏丸《からすま》の追撃も及ばぬ距離まで飛んだ頃、観念したように、虎木由良《とらきゆら》の姿に変身した六科七雲《むじななぐも》は呟《つぶや》いた。

『……マジかぁ。俺、そんなこと言うた？』

「言うた」

虎木《とらき》ではなく、しょぼくれた七雲《なぐも》の声に未晴《みはる》はつい微笑《ほほえ》んでしまう。

「口に馴染《なじ》んだ言葉は気ぃ抜くとぽろっと出てくるもんなんよ。うちも東京で苦労したわ」

『あーいや、そのな、未晴《みはる》ちゃん、これにはちゃんとワケがあってな……』

「分かっとるよ。そないに慌てんでも。これでも全身痛いんやからもっと優しく運んで」

『お、おう！　任せろ！』

「よろしゅうね。あー、虎木様《とらき》に運んでもろてるみたいで心地ええわぁ」

『み、未晴《みはる》ちゃん⁉』

「ふふ、冗談」

未晴《みはる》はひとしきり七雲《なぐも》をからかうと、ぐったりと力を抜いた。

「……虎木様《とらき》……アイリス・イェレイ……後は、頼みますね」

未晴《みはる》の呟《つぶや》きは寒風逆巻く空に消え、二人はヴァプンアーットホテルへと降下していったのだった。

烏丸《からすま》の目の前で、閃熱《せんねつ》を拡散させたアイリスの姿が急激にぼやけ、残ったのは焼け焦げた人型の紙一枚。

「傀儡《くぐつ》の式紙……何故《なぜ》、こんなものをアイリス様が……」

烏丸《からすま》は炎がほとんど消えた屋敷《やしき》を振り返り、焼け跡から歩み寄ってくる二人の人影を忌々《いまいま》しげに睨《にら》んだ。

「妙なことですな。近頃の修道騎士は、僵尸《キョンシー》の道術を使うようになったのですか」

そこにはたった今消失したはずのアイリスが羅戸盤《ルーシーパン》を手に立っており、その隣には、

「使えるもんは何でも使うのが現代文明社会って奴《やつ》だ。人間もファントムもそれは変わらないだろ」

未晴《みはる》を抱えて空に消えたはずの虎木《とらき》が、白い球体を片手に立っていた。

「なるほど、先程の虎木様《とらき》が、七雲《なぐも》坊ちゃんでしたか」

流石《さすが》に事ここに至っては、烏丸《からすま》も事態のからくりを察したようだ。

「そして私が貫いたアイリス様は道術で生み出した分身……それを通して戦いの様子を見守っていたわけですね」

「分かんねぇぜ。どうして俺が七雲《なぐも》じゃないと言える？」

「先ほどまでの虎木《とらき》様は、吸血鬼としては、強力すぎました」

烏丸《からすま》は言い切った。

「未晴《みはる》お嬢様が虎木《とらき》様のために血を用意していたのは存じておりましたのでそのせいかとも思いましたが、私を圧倒するほどの力を発揮するとなると、あちらが七雲《なぐも》坊ちゃまかと」

「……ま、そこ誤魔化しても仕方ねぇか」

ホテルでの襲撃の後、比企《ひき》家の大火事やホテル襲撃者の正体から、比企《ひき》家と烏丸《からすま》の共犯ではなく烏丸《からすま》の単独犯の可能性が急浮上したとき、七雲《なぐも》の提案で『虎木《とらき》とアイリス』のコンビを二組作って未晴《みはる》の救助に向かうことになった。

理由は、もし烏丸《からすま》が本当に下手人《げしゅにん》であった場合、道術しか使えないアイリスと血をほとんど飲まない虎木《とらき》、そしてただののっぺらぼうの七雲《なぐも》では太刀打ちできないからだ。

そこで七雲《なぐも》が虎木《とらき》に変身し、襲撃者達の生き血を飲むことで、ストリゴイの子として最大級の力を発揮する。

その裏で、比企《ひき》家や六科《むじな》の者達が逃げ遅れたり怪我《けが》をしている場合、虎木《とらき》とアイリスが救助して回ることになった。

虎木《とらき》とアイリスは、虎木《とらき》の姿をした七雲《なぐも》が襲撃者の天狗《てんぐ》の血を吸う姿に顔をしかめたが、七雲《なぐも》に一切の躊躇《ちゅうちょ》は無かった。

『相魂石《そうこんせき》が力を吸うのと、何も変わらんよ。今は未晴《みはる》ちゃんの危機を救わんと』

ためらいなく未晴《みはる》が好きだと公言してはばからないその七雲《なぐも》の姿に、アイリスは、自分の気持ちを素直に明かすこともできず、この京都の旅で無意味な奇行を繰り返してきた己を、少しだけ恥じた。

だからだろうか、アイリスがこのとき口を開いたのは。

「ほう？」

「……カラスマさん。あなたの言うこと、私、少しだけ分かるの」

「今の人間の世界で経済活動に従事して生きていけるファントムはほんの一握り。それも正体が暴かれれば、築き上げたものを一夜で失う。ともすれば、命まで。そう言う意味では、ファントムよりも人間の方がずっと残酷よ」

「修道騎士が知ったような口を……」

表面上の同情とでも思ったか、アイリスを嘲笑しようとした烏丸《からすま》を、

「私の『お父さん』は、吸血鬼だったわ」

アイリスが静かに言ったその一言が打った。

「イエレイの騎士の父親が、吸血鬼？」

「ええ。これはアイカ・ムロイも知っていることよ」

「……アイリス」

アイリスの独白に虎木《とらき》も驚いていたが、これまでのことでどこか予想していたことでもあっ

た。

「十歳になるまで、私はあなたと同じ理想を掲げてた。多くの理解者もいたわ。私は……人間とファントムが共存できる世界があると、信じて疑わなかった」

「結論を伺いましょう」

「そんな世界はあり得ないわ。人間とファントムは違う世界の生き物よ。同じ世界に生きようとすれば、双方が不幸になる。だから……」

アイリスは、烏丸《からすま》を真《ま》っ直《す》ぐ見たまま、言った。

「だから私は、ユラに人間に戻ってほしいのよ」

「ここでの相互理解は難しそうです」

烏丸《からすま》は嘆息すると、烏面から嘴《くちばし》が消え、天狗《てんぐ》の瞳も人間のものに変化した。

「おっと、逃げられると思うなよ。理想の世界の話も結構だが、今問題なのは烏丸《からすま》さん、あんたの進退問題だ。これの力は、あんたも知ってるな」

すぐに仕掛けてくる様子は無さそうだが、虎木《とらき》は何が起こっても良いように身構える。

虎木《とらき》自身は未晴《みはる》が用意した血以外は摂取しておらず、いざ戦闘に入ったら七雲《なぐも》のようには戦えない。

だからこそ虎木《とらき》は、伝家の宝刀の如《ごと》く右手に握った石を烏丸《からすま》に突きつけた。

「それは、興春様《きょうしゅん》の石ですね」

虎木《とらき》の手にあるのは、のっぺらぼうの秘法である相魂石《そうこんせき》。

カルラの閃熱《せんねつ》で燃える屋敷《やしき》の炎を消したのはこの六科興春《むじなきようしゆん》の相魂石《そうこんせき》だった。

掌《てのひら》に収まるほどの小さな顔付き宝玉が、ちょっとした城を焼き尽くした炎を一口で吸い込んだときには虎木《とらき》も身震いしたものだ。

「失礼ながら、今の虎木《とらき》様とアイリス様ではたとえその石があったとしても私と事を構えるには至らないかと存じますが」

「あったりまえだろ、ンなこと分かってる。京都の俺達は、未晴《みはる》と七雲《なぐも》の足元にも及ばない雑魚《ざこ》だよ」

情けないことを言いながら、虎木《とらき》は自信なさげに笑った。

「俺は未晴《みはる》のおまけ。アイリスは聖具を持ってない。そんな俺達が戦うわけないだろ。だってこれは」

「比企《ひき》の内輪の話やさかいにな」

「がっ⁉」

烏丸《からすま》が呻《うめ》き、大きく跳躍するが、それは全てが終わった後だった。

京の夜空の三日月が、落ちたかのようだった。

夜空から烏丸《からすま》を急襲した比企天道《ひきてんどう》の手には、振りぬかれた刀が握られていた。

「……当代……うぐ」

烏丸《からすま》は左肩から袈裟懸《けさが》けに切り裂かれ、真っ赤な血を吹き出し膝を突く。

「烏丸《からすま》ぁ……よぉもやってくれたねぇ」

それを見下ろすのは、青白く光る刀の血を振るった、天道《てんどう》の冷たい目だ。

額に乾いた血がこびり付き、顔面は蒼白《そうはく》、着物も全身傷だらけ。

だが、それでも比企《ひき》天道《てんどう》の持つ気配はそこにいるだけで跪《ひざまず》きたくなるほどに凄絶だった。

「少し、悠長に戦いすぎましたか……当代の回復力を、私、侮《あなど》っておりました」

「侮《あなど》られるように普段は年寄りらしく振る舞っとったからねぇ。なんでもやっとくもんやわ。あんたみたいなんにも効くんやから、バカにならんわ」

天道《てんどう》の全身は傷ついていたが、それでも全ての傷は塞がり、足元も刀を持つ手もしっかりしている。

ヤオビクニの生命力が為《な》せる驚異の回復力と体力だった。

「話はアイリスはんの羅尸盤《ルーシーバン》を通じてたんと聞かせてもろたわ。まさか七十年前にあの吸血鬼呼び寄せたんが烏丸《からすま》家とはねぇ」

「あの頃の六科《むじな》の行いは、見るに堪えなかったと父は申しておりました」

「ほんまになぁ。御老《ごろう》はロクでなしやったわ。ただな。あれでも一つだけ良いとこがあるんよ。なんだか知っとる？」

天道《てんどう》は烏丸《からすま》の顎に刀の刃を当てて微笑《ほほえ》む。

「あれでなぁ、仲間には義理固い男なんよ。それで抱えきれん借金こさえたことも一度や二度やないけどな。あれはあれで、少しでも六科《むじな》の枝の貴妖家《きようけ》と良い関係を築こうと努力してたんよ」

「かはっ！」

「お、おいっ！」

天道《てんどう》が、顎に当てた刀の刃を立てて烏丸《からすま》の喉に突き立てたのを見て、虎木《とらき》が叫ぶ。

「こんくらいで死んだりせんわ。なぁ烏丸《からすま》。このご時世、どんな立派なお題目も血ぃで書いたら味方と同じ数の敵が生まれるもんなんやわ。そんなことも分からんと、よぉ革命なんぞほざいたな」

「く……！」

「烏丸《からすま》家は取りつぶし。天狗《てんぐ》一党は郎党もろとも比企《ひき》と六科《むじな》の管理下に置く。拒否はならんで。ちょいと血の気の多い考え無しの鬼や天狗《てんぐ》をいくら丸め込もうと、ほとんどのファントム達は現実をちゃあんと見てて、自分と世の中の折り合いつけながらより良い生活のために努力を重ねとるんや。大勢の命がかかわる物事は一足飛びには成立せんっちゅうことを、そのよろしい頭にもう一遍しっかり叩《たた》きこんだるわ」

「……けるな」

「あ？」

「フザけるな……その間に、どれほどの妖《あやかし》が死ぬ、どれほどの種が死に絶える！」

喉に刃が突き立ったまま、烏天狗《からすてんぐ》の長《おさ》は吠《ほ》えた。

「比企《ひき》と六科《むじな》が、数百年かけて何をした！　人に隷属し、同胞を死に追いやり、己らばかりが『人』のふりをしてこの日本の妖《あやかし》の不遇を見て見ぬふりをしてきたのであろうが！」

「……ここでの相互理解は難しそうやね」

天道《てんどう》は、烏丸《からすま》の叫びを鼻で笑った。

だが虎木《とらき》の目には、天道《てんどう》は笑いこそしたが、その目には、どこか憐憫《れんびん》の色が混じっているように思えてならなかった。

「私……だけではない」

烏丸《からすま》は、喉に食い込む刃を素手で握り、天道《てんどう》の力に抵抗する。

「ファントムは、生きようとしている、生きなければならぬ……人間は……我らを知らねばならぬ……」

烏丸《からすま》は天道《てんどう》ではなく、虎木《とらき》を見た。

天狗《てんぐ》ではなく、いつも銀縁眼鏡の奥にあった人の目で。

「妖《あやかし》と人は、既に交わりつつある……虎木《とらき》様、そして梁《リアン》詩澪《シーリン》はその先駆けなのだ」

「何？」

「とはいえ、今回は、興春《きょうしゅん》様の始末が上手《うま》くいったことに気を良くして、事を急ぎすぎました。室井《むろい》様が次に戻られるのを待てばよかった。今宵《こよい》は、ここで、退《ひ》かせていただきます」

この状況で天道《てんどう》がそれを許すはずがない。

虎木《とらき》も相魂石《そうこんせき》を構え、烏丸《からすま》がどのような動きをしても良いよう警戒する。

だが、烏丸《からすま》はそれ以上体を動かさず、刃を握っているのとは反対側の手の指を、微《かす》かに動かしただけだった。

「っ……！　烏丸《からすま》っ！」

その動きに気付いたのは天道《てんどう》だったが、そのときには既に何もかも遅かった。

カルラの閃熱《せんねつ》のごとき太陽が烏丸《からすま》の左手に出現した。

それだけで天道《てんどう》の刀が弾《はじ》かれ、その体が吹き飛ばされ、虎木《とらき》の手にある相魂石《そうこんせき》が角砂糖のように一瞬で砕け溶解し、虎木《とらき》もアイリスも吹き飛ばされる。

それぞれが受け身を取って身構えたときには、もはや烏丸《からすま》の姿は跡形もなく消えていた。

「烏丸《からすま》あっ‼」

天道《てんどう》が憎々しげに刀を地面に叩《たた》きつける。

「如意宝珠《にょいほうじゅ》まで使《つこ》て……随分とこのおふざけに賭けてたようやないの。本気で比企《ひき》に弓ぃ引く気ぃなんやね……はぁ」

天道《てんどう》は気が抜けたようにどっかりとその場に胡坐《あぐら》をかき、呻《うめ》いた。

「阿呆《あほう》が」

「いなく、なったの？　……った！」

アイリスは周囲を警戒しながら立ち上がろうとして、尖《とが》った石を踏んでバランスを崩してしまった。

「おい、しっかりしろよ。無事か」

虎木《とらき》は慌ててアイリスに駆け寄り助け起こそうとすると、

「だ、大丈夫！　大丈夫だから！」

アイリスはなぜか差し出された手を慌てて避《よ》けて、よろめきながら改めて立ち上がる。

「そ、それより、カラスマは本当に消えたの？」

「消えたわ。間違いない。虎の子の如意宝珠《にょいほうじゅ》でどっか遠くに逃げよりましたんや。場合によっちゃ、地球の裏っかわにおんのやもしれへん」

アイリスの疑問に答えたのは天道《てんどう》だった。

「にょい……なんです？」

「如意宝珠《にょいほうじゅ》。天狗《てんぐ》族の秘法や。伝説じゃなんでも思い通りになる魔法の珠《たま》みたいな言われ方しとるけど、実際は見ての通り、任意の場所に任意の対象を飛ばせる瞬間移動術でっさかい」

天道《てんどう》は物憂《ものう》げに立ち上がると、重い溜《た》め息《いき》とともに空を見上げた。

「この後始末は、高くつくわ……六科《むじな》の衆も、どれほど無事なものやら」

終章　吸血鬼は簡単には人間に戻れない

翌日の新聞やニュース各紙に、比企《ひき》家の大火災のニュースは思いっきり報道されていた。

報道ヘリからの映像が相魂石《そうこんせき》での消火の瞬間をとらえており、明らかに既知の物理化学現象から乖離《かいり》した映像に大勢の専門家が首をひねる結果となった。

いずれにせよ日本のファントムの世界を揺るがす大事件であり、比企《ひき》家の屋台骨は大きく揺らいだはずなのだが。

「ほんに、御足労いただきありがとうございます」

烏丸《からすま》が虎木《とらき》達の前から忽然《こつぜん》と消えてから二十四時間もしないうちに、虎木《とらき》と未晴《みはる》とアイリスは、比企《ひき》家の屋敷《やしき》とほとんど変わらない規模の別邸の座敷《ざしき》で、比企《ひき》天道《てんどう》と相対していた。

比企《ひき》の本邸は『御所の鬼門』だったが、この別邸は名勝嵐山《あらしやま》の裾野にあるまるで寺院であり、未晴曰《みはるいわ》くここもまた、比企《ひき》家、ひいては京都のファントムの要衝であるらしい。

長い間使っておらず誰もいなかったために烏丸《からすま》の狙いからは外れたらしいが、嵐山《あらしやま》に『使っていない』別邸があって、しかもそれが即日使えるように整備されているという比企《ひき》家の資金力に、虎木《とらき》は改めてめまいがした。

そして虎木《とらき》の置かれた状況もまた、前日とは打って変わっていた。

虎木《とらき》は既製品ではあるものの京都の一流ブランドの一張羅。

アイリスはまたも着物を着せられており、しかも前日のレンタル品より虎木《とらき》の素人目《しろうとめ》から見ても明らかに高級な品である。

そして天道《てんどう》が下座、虎木《とらき》とアイリスが上座にあり、天道《てんどう》は未晴《みはる》と七雲《なぐも》と並び、虎木《とらき》とアイリスに三つ指を突いて頭を下げている。

「虎木《とらき》様、アイリス様。この度は私どもの不徳の致すところにより、身内の御迷惑をおかけしたこと、誠に申し訳ございません。比企《ひき》家当代として、心よりお詫《わ》びいたします」

「あ、いや、その」

「また、六科興春《むじなきようしゆん》が見舞われた仕儀を警戒する意味も込めて、過日は孫の我儘《わがまま》で遠方よりお越し下さった虎木《とらき》様に、許されぬ無礼を働きました。平にご容赦下さいませ」

いっそすがすがしいほどの変わり様に、虎木《とらき》は目を白黒させるしかない。

「そ、そんな、我儘《わがまま》だなんて……そもそもは俺が未晴《みはる》さんに世話になっているのは本当で」

「それも未晴《みはる》が比企《ひき》家の使命と虎木《とらき》様の目的が一致しているのを良いことに、ダシに使っているだけでございます」

「比企《ひき》家の使命……それは……」

虎木《とらき》はちらりと横に座るアイリスを見た。

「室井愛花《むろいあいか》とどんな関係があるのですか」

「あの吸血鬼がかつて、日本で暴れていたのは虎木《とらき》様もよくご存知でしょう」

アイリスの分身体を通じて、七十年前に烏丸《からすま》の父親が愛花《あいか》を日本に招き入れたことを知ったとき、虎木《とらき》の身の内に得体の知れない感情が湧いたのは確かだった。

比企《ひき》と六科《むじな》はその頃から日本のファントムの頂点にいたのだから、虎木《とらき》が吸血鬼になってしまったのは、間接的に比企《ひき》家と六科《むじな》家が関係していると言えなくもないからだ。

「もとより古妖《エンシエント・ファントム》ストリゴイは我らの世界では警戒すべき相手でした。当時の世界情勢の激変に乗じ勢力を急伸長させたあの者を、我らは迂闊《うかつ》にも日本に入れてしまったのです。最大限警戒をしておりましたが……」

「うちの祖父《じい》さんがあんま要領よくなかったのを烏丸《からすま》家に付け込まれたっちゅーわけや」

『素顔』の七雲《なぐも》が、何故《なぜ》か素顔でも分かる渋い顔で言う。

「ですが、興春《きようしゆん》と私、そしてある人間の力によって、一時は室井《むろい》愛花《あいか》を消滅寸前まで追いつめたのです。……その者の存在が、現在の西日本のファントムと、それ以外の地域の闇十字《やみじゆうじ》騎士団との現在までの協定に繋《つな》がっていました」

「もしかして、その方はノリコ・チヂワですか」

本来は招かれざる客であるが故に下にも置かぬ扱いに虎木《とらき》以上にそわそわしていたアイリスが、思わず口を開く。

「仰《おつしや》る通りです」

天道《てんどう》が肯定し、知らない名に戸惑う虎木《とらき》に、未晴《みはる》が補足した。

「千々石紀子《ちぢわのりこ》。闇十字《やみじゅうじ》騎士団日本支部の創始者です。シスター中浦《なかうら》は、かつて千々石紀子《ちぢわのりこ》の従騎士であったそうですよ」

「紀子《のりこ》は強く、激しい女性でございました。当時は修道騎士ですらなかったのに、私や興春《きょうしゅん》と肩を並べる強さを持ってはった。それだけに……彼女が生きている間に、室井愛花《むろいあいか》を倒せなかったことは痛恨の極みです。あの女が二度、未晴《みはる》の前に現れたと聞いたときには血の気が引く思いがいたしました」

「横浜と首都高のこと、ご存知なかったのですか？」

「私のせいなのです虎木《とらき》様。私が本家との連絡を烏丸《からすま》に一任していたせいで……」

未晴《みはる》も今日ばかりは殊勝な様子だ。

「室井愛花《むろいあいか》の脅威は、幼いころから聞かされてはいたのです。ですが、興春《きょうしゅん》様やお祖母様をそこまでてこずらせたということは存じませんでした……お祖母様、虎木《とらき》様」

未晴《みはる》は虎木《とらき》と天道《てんどう》を視界に収めながら頭を下げる。

「未晴《みはる》の未熟をお許しください。知らぬこととはいえ、日本ファントムの敵を目の前で二度も取り逃し、興春《きょうしゅん》様殺害の遠因を作った私は、未《いま》だ比企《ひき》家当主の器には遠く及びません。今しばらく、修行をしたく存じます」

「……未晴《みはる》」

天道《てんどう》は、悲痛な面持ちで頭を下げる孫を見て、

「……ごべんねぇ……！」

突然両の目いっぱいに涙をためて、孫を抱きしめたのだ。

「怖い思いさせてごめんねえ！　ほんとならあんたまだ学校に行っとる年やのに、こんなひどいことさせてごめんねぇ!!　うえええええ！」

「い、あ、え？」

突然取り乱した天道《てんどう》に、虎木《とらき》もアイリスも激しく動揺し、

「天道《てんどう》おばちゃん、素はこんなんやで」

七雲《なぐも》がぼそりと呟《つぶや》く。

「うわあああん！　興春《きょうしゅん》が死んでうちも不安やったんよおおお！　そんで気ぃ張ってなあかんようになって、あんたの好《す》いとう人にもいけずなこと言うてしまったんやあああ！　ほんに堪《かん》忍《にん》なあああ！」

「お、お祖母様！　虎木《とらき》様とアイリス・イェレイの前です！　す、少し落ち着いて」

「ふえええええ！」

泣き出すとなかなか止まれないらしく、顔を赤らめる未晴《みはる》に抱き着いたまま、天道《てんどう》はいっかな泣《な》き止《や》まない。

「あぁ～もぅ……」

未晴《みはる》も早々に諦めて、為《な》すがままにされている。

放っておくといつまでも泣いていそうなので、虎木《とらき》はおっかなびっくり先を促した。

「そ、それで、この後はどうするんです？　元々未晴《みはる》の縁談は興春《きょうしゅん》さんの件が原因だったんでしょう？」

「ぐすっ……それは、一旦保留にいたします」

「おばちゃん⁉」

七雲《なぐも》の悲鳴が上がったが、天道《てんどう》は無視した。

「比企《ひき》の本邸があないなことになりましたし、六科《むじな》の御老《ごろう》も大怪我《けが》されてます。それに烏丸《からすま》が扇動した者達の処分や調査もせななりませんし、すぐに、という訳には参りませんのや」

「や、おばちゃん？　俺と未晴《みはる》ちゃんが婚約しとること自体はまんまでえんちゃうん⁉」

「あの、お、お祖母様、そろそろ離れて……」

「七雲《なぐも》、おばちゃんはあんたが内気やけどええ子やってよう知っとるよ。でもあんた、あんま未晴《みはる》に好かれてへんやんか」

「ほがっ⁉」

のっぺらぼうの愕然《がくぜん》とした表情が分かることに、虎木《とらき》は最早《もはや》趣《おもむき》深《ぶか》さすら感じてしまった。

「ナグモって、オオイワマサトシのときより、のっぺらぼうの時の方が表情豊かよね……」

アイリスも同じことを思ったようで、虎木《とらき》とアイリスの目には、のっぺらぼうが今にも泣き崩れんばかりの悲愴《ひそう》な表情が手に取るように読み取れたのだった。

「うちもな、お家大事と同じくらい未晴《みはる》大事なんよ。せやから未晴《みはる》には好いた人と一緒になってもらうんが一番なんよ。ずびっ……せやから未晴《みはる》、ええよ、認めたる！　虎木《とらき》はんなら器量も男気も申し分なしや！」

「あの⁉」

「おばちゃん‼」

これにはアイリスも腰を浮かせ、

「聞きましたかぁ？　アイリス・イエレイぃ？」

そして祖母に抱き着かれたままの未晴《みはる》は虎木《とらき》ではなく、アイリスに向けてとことん邪悪に微笑《ほほえ》んだ。

「なっ何を……私はっ…別にっ……」

それに対し天道《てんどう》と虎木《とらき》の手前、アイリスは顔を赤くさせるが食ってかかることもできない。

ただアイリスは確信した。未晴《みはる》は、自分が京都に来た動機に気付いている！

「み、ミハル！　余計なこと言わないで！　ナグモも何打ちひしがれてるのよ！　テンドウ様が仰《おつしや》るのは、あなたにユラより魅力的になれってことなんじゃないの⁉」

「いやアイリスはん、だって俺、烏丸《からすま》はんと戦ったとき、虎木《とらき》よりよっぽど男前やなかった？　あれやってダメってどないすりゃええの？」

「何を戦う前から負けてるのよ！」

「戦った後で負けてるんや！　どないせぇっちゅーねん！」

「虎木《とらき》はんはどう？　未晴《みはる》と結婚したい言うんなら、祝言《しゅうげん》だけでも上げとく？」

「おばちゃん結婚式を居酒屋の打ち上げみたいな乗りでやったらあかんて！」

好き勝手盛り上がる周囲に、虎木《とらき》はただただ苦笑するしかなかった。

「……天道《てんどう》さん、申し訳ありません。俺は、あなたに嘘《うそ》を吐《つ》いていました」

そして、小さく頭を下げる。

「俺と未晴《みはる》は、恋人ではありません。俺は東京で未晴《みはる》が俺にあれこれ世話を焼いてくれるのを良いことにそれに乗っかっていただけの卑怯者《ひきょうもの》で、今回はその借りを返すために来ただけなんです。俺はあなたに評価していただけるような、立派な男じゃありません」

「虎木《とらき》はん……」

「そして俺は……ファントムではなく、人間として生きていきたいんです。人間に戻るまで、特定の伴侶を持つ気は一切ありません。今回のことも、巻き込まれて仕方なく戦っていた部分が大きい。俺の力も人間的な魅力も、お孫さんのためにずっと命を張り続けていた七雲《なぐも》さんの足元にも及ばない。アイリス」

虎木《とらき》はそう言うとアイリスを促して立たせ、入り口の戸の前に座り直した。

アイリスもワンテンポ遅れて虎木《とらき》の後ろに慣れない正座で座る。

「俺もアイリスも、誠実さに欠けた招かれざる客です。お孫さんへのお詫《わ》びと返済は、いずれ改めて致します。この度は、これで失礼させてください」

「……帰れ帰れー」

遠くで七雲《なぐも》が卑屈に呟《つぶや》いているが、天道《てんどう》と未晴《みはる》は全く表情を変えなかった。

それどころか、

「あかん。あかんよ虎木《とらき》はん。あんた優しいなぁ。未晴《みはる》の我儘《わがまま》をそないに庇《かば》ってくれて」

「え？　いや、俺は本当に……」

「東京のお人は謙虚や言うけどほんまやなぁ未晴《みはる》」

「ええ。私は虎木《とらき》様のこういうところがたまらなく愛おしいのです」

祖母と孫は、虎木《とらき》の予想だにしない角度でまた盛り上がり始めた。

「虎木《とらき》はんもアイリスはんも、そない急いで帰らんでもう少しゆっくりしてって。孫の友達をお家の騒動に巻き込んだ上に手ぶらで返したとあっちゃ比企《ひき》当代の名折れっさかいに」

「お祖母様、アイリス・イエレイは友達ではありませんよ。それに、彼女は修道騎士。協定違反状態を続けさせるのは……」

「何言うとんの未晴《みはる》。どこに修道騎士がおるん」

天道《てんどう》は泣きはらして赤くなった目でにっこりと笑った。

「アイリスはんは僵尸《キョンシー》やろ？　僵尸《キョンシー》なら京都におっても何の問題もないんやないの？」

虎木《とらき》とアイリスは目を丸くし、未晴《みはる》も天道《てんどう》とアイリスを何度も見たが、やがて諦めたように嘆息した。

「お祖母様がそう仰《おつしや》るなら、仕方ありませんね」

そしてアイリスに向き直る。

「アイリス・イェレイ、何のためにあなたがわざわざ僵尸《キョンシー》の道術を会得《えとく》してまで京都に来たのか私にはさっっっぱりまっっったく分かりませんけども、お祖母様があなたを歓迎すると仰《おつしや》っています。今日くらい当家に滞在なさい。お祖母様は、言い出したら聞きませんから」

「……わ、分かったわ。お世話になります」

天道《てんどう》の手前、あまり未晴《みはる》に強いことを言えないアイリスは、未晴《みはる》ではなく天道《てんどう》に向かって頭を下げ、天道《てんどう》も満足げに頷《うなず》く。

虎木《とらき》も天道《てんどう》が詭弁《きべん》でアイリスを庇《かば》ってくれたことを理解し、感謝の意味を込めて頭を下げるが、ふと気づいてアイリスを振り返った。

「……な、何よ、ユラ」

「……いや、何でもない」

結局虎木《とらき》の中で、アイリスが今京都にいる理由に対する色々な疑問が解決していないのだが、折角天道《てんどう》が庇《かば》ってくれたこの流れで聞くことではないので、口をつぐんだのだった。

※

その翌日の夕刻。虎木《とらき》とアイリスは京都駅の新幹線のホームにいた。

虎木《とらき》は両手にたっぷりのお土産を持たされて、アイリスは来た時の私服に戻っている。

「虎木《とらき》様、この旅では本当にお世話になりました。お気を付けてお帰りくださいませ」

「もう二度と京都に来んなよ」

未晴《みはる》と、大岩正敏《おおいわまさとし》の姿になった七雲《なぐも》が、見送り側に立っている。

「本当は私も一緒に帰りたかったのですけど、本家のあの状況を放置もできませんので、お許しくださいね」

「いいって。まぁ確かに散々な目にはあったが、旅の恥はかき捨て、トラブルも過ぎちまえばいい思い出だ」

「私はあの夜に、もっと良い思い出を作りたかったのですけどね」

虎木《とらき》が見せる隙に全力でねじ込もうとする未晴《みはる》の挙動を見て、アイリスと七雲《なぐも》は素早く二人の間に割って入る。

「まぁ、結果的にお世話になったわ。色々あったし大して助けにもなれなかったけど、あなたのおかげで得難《えがた》い経験をしたわ。感謝してる」

「こちらこそや。あんときはアイリスはんしか頼れる人がおらんかったから、こっちとしても気分がいくらか楽になって助かったわ」

「あら、アイリス・イェレイと随分親睦を深めたみたいですね七雲《なぐも》。付き合えばいいのに」

「未晴《みはる》ちゃん！」

「ミハル……」

七雲《なぐも》は哀れな顔で、アイリスは殺意の籠った目で未晴《みはる》を見るが、当然未晴《みはる》は動じない。

「虎木《とらき》様。比企《ひき》家はこれからも、室井愛花《むろいあいか》を追い続けます。その過程で、虎木《とらき》様のことも支援し続けますので、いざ戦いの際には、遠慮なく私や比企《ひき》を頼ってくださいね」

「その度に借金返済旅行が着いてくるんでなければ、よろしく頼む。っと……」

構内アナウンスが入り、虎木《とらき》とアイリスが乗る新幹線のヘッドライトが新大阪側から進入してきた。

「それじゃ、またな」

「ええ、また池袋で」

「ナグモ、元気で」

「そっちもな」

虎木《とらき》はトランクとお土産を苦労して捌《さば》きながらやってきた新幹線に乗り込み、アイリスも軽く手を振ってそれを追うが、その背に未晴《みはる》が声をかけた。

「アイリス・イエレイ」

アイリスが顔だけで振り返ると、未晴《みはる》はアイリスだけに分かる悪意に満ちた美しい笑顔で手を振っていた。

「梁《リアン》 詩澪《シーリン》とシスター・中浦《なかうら》によろしくお伝えくださいね。虎木《とらき》様に、あまりご面倒をかけないように」

「っ！」

アイリスが返事をするより先に新幹線の扉が閉まり、すぐに未晴《みはる》の姿は見えなくなってしまったが、アイリスはしばしその場に立ち尽くしたままだった。

釘《くぎ》を刺された。

未晴《みはる》は、全て分かった上でアイリスに釘《くぎ》を刺したのだ。

即《すなわ》ち、『自分のいないところで虎木《とらき》にこれまでと違うちょっかいを出したらどうなるか、分かっているな』ということだ。

比企《ひき》家はアイリスを僵尸《キョンシー》として扱うことで、協定違反をなかったことにしてくれた。

だが東京と闇十字《やみじゅうじ》側から見れば、アイリスは協定を意図して破り、保護観察中の僵尸《キョンシー》から術を学ぶという背信行為をしたことになる。

そしてアイリスがそこまでする理由はと言えば、未晴《みはる》から見れば一つしかないのだ。

「本当……もう、私……何を」

アイリスはデッキで蹲《うずくま》ってしまう。

やはりこの京都旅行は間違いだったのだろうか。

だが、大して戦闘の役に立たなかったとはいえ、自分がいなければ烏丸《からすま》相手に分身を用いる奇策は使えず、未晴《みはる》も七雲《なぐも》も虎木《とらき》も、もしかしたら殺されていたかもしれない。

だが、アイリスがいなくても興春《きようしゆん》の相魂石《そうこんせき》を、もっと違った使い方をすれば、全てが丸く収まった可能性もある。

そう考えると、興春《きようしゆん》の相魂石《そうこんせき》は結局砕けてしまい、新たな石も手に入れられず、虎木《とらき》を取り巻く状態事態は決して良くなっていないため、ただただアイリスは未晴《みはる》に弱味を握られるためだけに京都に来たことになる。

いや、未晴《みはる》だけではなく、詩澪《シーリン》にも同じ弱味を握られているに等しい。

当然だが、羅尸盤《ルーシーバン》も道術も、虎木《とらき》の京都行き直前に詩澪《シーリン》から調達したものなのだから。

「おい、どうしたんだよ」

いつまで経《た》っても席に来ないアイリスを心配してか、虎木《とらき》がデッキに戻って来た。

「……なんでもない、電車が揺れて、ちょっと肘打っちゃって」

苦しい言い訳をしながらアイリスは虎木《とらき》の横を通って車内に入り自分の席に着く。

「お前、窓側でいいのか」

「いいわ。ちょっとしばらく通路側は座りたくない」

アイリスは低い声で答えると、虎木《とらき》を見ないように窓を凝視しようとし、夜間なので窓に思いきり通路側の虎木《とらき》の顔が反射して、額に手を当て頭を抱える。

一体自分はどうしてしまったのだ。

つい三日前まで、虎木《とらき》の顔などどれだけ間近に見ても気にならなかったではないか。

それが……。

「それで、そろそろいいか」

「へっ⁉　な、何⁉」

「いい加減聞かせてくれ。何で京都に来たんだよ。結果オーライとはいえ、色々危険なこともあったし、羅戸盤《ルーシーパン》と道術も、梁《リアン》さん由来のもんだよな。騎士長にバレたらやばい橋渡ってんだろ。そこまでして何しにきたんだ」

「……」

何故《なぜ》か、少しだけ腹が立ってきた。

七雲《なぐも》は出会ってすぐにアイリスの本心を見抜いた。

未晴《みはる》は、アイリスが何も言わないのに全ての状況から答えを導き出して、弱味を握るようにしてアイリスに釘《くぎ》を刺して来た。

それなのに、どうして、ユラだけは。

「……ムジナファミリーとのっぺらぼうのことを、調べたのよ。それで、日本の妖怪の妖力を吸い取って殺してしまうっていう、ソウコンセキのことにたどり着いたの」

やり場のない、ほろ苦い怒りがアイリスの気持ちを冷静にさせた。

「でもそのときは、ソウコンセキがのっぺらぼうが死んだ後に出現するものだって分からなくて、もしかしたらムジナファミリーに敵視されたあなたが、殺されるんじゃないかと思ったのよ。当然でしょ。ムジナにしてみれば、あなたは縁談を壊しに来た人なんだから」

「ああ、まぁ確かに」

「でも協定があるから修道騎士としては京都には入れない。でも、パートナーファントムに何かトラブルがあったら私の責任だもの。どうにかして追う手段が無いかって考えて、非常用くらいに思って、詩澪《シーリン》から術と道具を徴発したのよ」

「徴発ってお前」

硬く難しい言葉も、すらすらと出てくる。

「修道騎士はファントムを追跡するとき、武器を現地で調達することもあるわ。キョートは大都市だから、やろうと思えば銀製品はいくらでも手に入る。こう見えて、銀食器とかでも戦うことはできるのよ。だからあなた達の行きの新幹線からずっと追跡してたわ。カラスマに邪魔されなければ、もっと話は簡単に済んだんだけどね」

「なるほどな。そういうことか」

虎木《とらき》は頷《うなず》いて納得したようだ。

それがまた、アイリスの心を乱した。

何故《なぜ》気付かないのだろう。

今のアイリスの説明はあまりにも矛盾と手落ちだらけだ。

相魂石《そうこんせき》のことについてはヴァプンアーットホテルで虎木《とらき》が人間に戻る手段だと説明しかけているし、今言ったことが理由なら、そもそも七雲《なぐも》と行動する必要も、レンタル着物を着る理由もない。

こっちは絶対にないということが分かっていても、それでも未晴《みはる》に対するヤキモチが抑えられなかったのに、虎木《とらき》はホテルで七雲《なぐも》と一緒にいる自分を見ても、不意の遭遇をしたことにしか驚かなかった。

「随分心配かけたみたいだな」

「そう思うなら、少しはしっかりしてほしいわ」

「でもな、こっちもお前が京都に来てるって聞いて、随分心配したんだぞ。ホテルでお前が大《おお》岩正敏《いわまさとし》と一緒にいるの見たとき、心臓止まるかと思った」

「ああ。ナグモの顔の」

「お前が平気でいるからファントムだってことはすぐに察しがついたんだけどな。何せ顔があの昭和の大スター、大岩正敏《おおいわまさとし》だろ。流石《さすが》に一瞬焦《あせ》ったわ」

「どれだけオオイワマサトシ好きなのよ」

「今度レンタルして見せてやるよ。『網走《あばしり》の咆哮《ほうこう》　吹雪に散る緋色《ひいろ》の刃完結編』は絶対に見ておくべきだ」

珍しくテンションの高い虎木《とらき》に、アイリスは急に毒気を抜かれてしまって、吐いた息で自分の体が一回り萎《しぼ》んでしまったような感覚に陥った。

もう、何の話をしているのかも分からない。

だが次の一言で、

「とにかくホテルで見たときは、色々あって結構イラっとしたんだぞ、お前人に心配かけといて、何をよその男と呑気《のんき》に観光してるんだって」

アイリスははっと顔を上げ、ぐっと虎木《とらき》に顔を寄せる。

「そ、それってどういう意味？」

「い、いや、どういう意味も何も、そのまんまだよ。人に心配かけといて、よその男と……」

「それってヤキモチってこと⁉」

「は、はあ⁉　ヤキモチ？」

アイリスの問いの意図を測りかねた虎木《とらき》は狼狽《うろた》えて目を白黒させるが、

「まぁ、そういうことになんのか？　大岩正敏《おおいわまさとし》だったしなぁ……あ、で、でも変な誤解すんなよ！　俺はパートナー・ファントムなんて制度に迎合したいわけじゃなくて、単にお前がお気楽そうに見えたってだけで……」

見当違いの言い訳を重ねる虎木《とらき》だったが、アイリスは満更でもないような顔で虎木《とらき》から離れると、顎を前に出して肩を竦《すく》めた。

「ま、いいわ、もうそれで」

「お、おい、だから変な誤解すんなって……」

「してないわよ。ユラは私が知らない男の人と楽しそうに遊んでたのが気にくわなかった。それでいいんでしょ？」

「お、おう！　それでいい……それでいい、のか？　ん？」

闇十字騎士団《やみじゅうじ》をよく思っているわけではない虎木《とらき》は、そう答えるしかないのだ。

浅はかで実も無いが、それを虎木《とらき》の口から言わせただけで、アイリスは、今は満足だった。

「山が産気づいたのに、生まれたのはつまらない鼠《ねずみ》一匹ね」

「ん？　大山《たいざん》鳴動して鼠《ねずみ》一匹ってことか？」

「日本にも同じことわざがあるの？　これ、ラテン語のことわざよ。はあーあ」

アイリスはわざとらしく溜《た》め息《いき》を吐《つ》くと、後ろの席に誰もいないことを確認してから少しだけリクライニングシートを倒し、椅子に深く腰掛け直した。

「ちょっと眠るわ。アラシヤマのお屋敷《やしき》の枕、柔らかすぎてあんまり眠れなかったのよね」

「あ、ああ」

言うが早いがアイリスは目を瞑《つぶ》り、車内の電光掲示板が岐阜羽島《ぎふはしま》通過を知らせる頃には、穏やかな寝息を立てていた。

虎木《とらき》は釈然としない顔でしばらくアイリスの様子を見ていたが、自分もリクライニングを倒すと大きく息を吐いて目を閉じる。

この京都行きだけ見たときの成果、という意味では、確かに大山《たいざん》鳴動して鼠《ねずみ》一匹かもしれない。

だが、これまで知らなかった愛花《あいか》の過去を知り、比企《ひき》本家と未晴《みはる》の協力を改めてとりつけることができたことは大きな成果だろう。

それに。

『私の『お父さん』は、吸血鬼だったわ』

烏丸《からすま》に相対したアイリスが放った一言が、思いがけず虎木《とらき》の心に深く残った。

「俺がお前のこと、マジで全然知らないってことにも気づいた」

小声の虎木《とらき》に、眠っているアイリスは答えない。

「……少しは信用しろよ。今回のことも含めて。パートナー・ファントムなんだろ」

自分を心配するだけでなく、心配して自分のために行動してくれる人間が存在することほど、嬉《うれ》しいことは無い。

吸血鬼になって、和楽《わらく》の一家以外とそのような関係を結びたくても結べなくなっていた虎木《とらき》にとって、アイリスの行動は突拍子もなかったが、嬉《うれ》しかったこともまた確かなのだ。

調子に乗ることは目に見えているから、面と向かっては言えないが。

「ありがとな」

そう言うと、虎木《とらき》もまた目を閉じた。

夜に眠る。

吸血鬼にとっては、極めて贅沢《ぜいたく》な時間の使い方だ。


虎木《とらき》が寝息を立て始めたのは、それからすぐのことだった。

アイリスは、虎木《とらき》が目覚めないように、電車の振動に合わせて虎木《とらき》の肩に頭を乗せた。

これくらいは、しても許されるだろう、ここには未晴《みはる》の目も無い。

じきに名古屋に到着する。

直前に放送が流れ、車内がざわめき、電車が減速し、うたた寝はすぐに醒《さ》めるだろう。

そのとき虎木《とらき》は、どんな反応をするだろうか。

東京に帰れば、以前よりも厳しい環境がアイリスを待っているだろう。

それならばせめて、これくらいのことは、してもバチは当たらないだろう。

「……ママ……」

アイリスは吸血鬼の虎木《とらき》の体温で頬が温まるのを感じながら、かつて母、ユーニス・イェレ

イもこのような想《おも》いを心の中に抱いたのだろうかと、ふと考えたのだった。

―了―

作者はいつもあとがきの話題を探している　― AND YOU ―

和ヶ原《わがはら》の前作『はたらく魔王さま！』第一巻が世に出てから一か月後に、東日本大震災が発生しました。その後、物語の舞台が『現代日本』に設定されていた魔王さまの世界では東日本大震災は発生しない、と宣言した上で話が進んでいったのですが、本書執筆タイミングで、世界は新型コロナウィルスによってそれまでと大きく様相が変わりました。

そして、本書『ドラキュラやきん！』の主人公が勤めるコンビニエンスストアも、それまでと大きく様相が変わりました。

まず、入店時に手指の消毒は基本。レジには飛沫《ひまつ》拡散防止のためのビニールシートが貼られているのが現代の常識になりました。お客は入店時にマスクの着用が必須ですし、そもそも外出に際しマスクの着用は最早《もはや》、服を着るレベルで常識となりつつあります。

個人的な意見なのですが、今後新型コロナウィルスへの効果的な治療法が確立されて一般化したとしても、日本国内に限ってはマスク以外の新しい習慣が廃れることは無いのではないかと思っています。

何せ清潔と健康に関わる話ですし、新型コロナウィルスを警戒して誰もが手指の消毒と清潔にこれまで以上に気を遣うようになった結果、インフルエンザの罹患率《りかんりつ》が劇的に下降したというデータもあるくらいです。

少なくとも今後数年、下手をすれば十数年、外出にはマスクをし、お店の入店には手指を消毒し、レジには飛沫《ひまつ》拡散防止のシートがあることが常識となるでしょう。

ですが、『ドラキュラやきん！』の世界においては、新型コロナウィルスは存在せず、虎木《とらき》の勤める池袋東五丁目店のレジには飛沫《ひまつ》拡散防止シートも設置されることはありません。

本書は魔王さまと同じくリアルな日本の日常をベースにした物語ですが、エンターテインメント作品ですので、今現在多くの方が戦っている新型コロナウィルスを徒《いたずら》に取り上げるべきではないと判断しました。

いずれまた誰もがマスク無しで外に出歩き、健康と清潔を保ちつつもかつてのように大勢で顔を突き合わせて大声で笑っても大丈夫な世界が戻ることを和ヶ原《わがはら》は信じております。

また夜型人間の一員として、今よりもう少しだけ外で食事できる時間が遅い時間でも大丈夫なようになってもらえればなと願っております。

本書の物語は、そんなある意味で現実の『旧世界』の現代の環境を踏襲しながら、その世界にファントムという生命体が確かに存在し、必死に生きようとする物語です。

誰もが会いたい人に会いたいタイミングで、素顔のまま会える世界が一日でも早く戻ってくることを願って、また次の物語でお会いできれば幸いです。

それではっ!!

◉和ケ原聡司著作リスト

「はたらく魔王さま！1〜21」（電撃文庫）
「はたらく魔王さま！0、0-Ⅱ」（同）
「はたらく魔王さま！SP、SP2」（同）
「はたらく魔王さまのメシ！」（同）
「はたらく魔王さま！ ハイスクールN！」（同）
「ディエゴの巨神」（同）
「勇者のセガレ1〜4」（同）
「スターオーシャン：アナムネシス -The Beacon of Hope-」（同）
「ドラキュラやきん！1〜3」（同）

本書に対するご意見、ご感想をお寄せください。

ファンレターあて先
〒102-8177　東京都千代田区富士見2-13-3
電撃文庫編集部
「和ヶ原聡司先生」係
「有坂あこ先生」係

本書は書き下ろしです。

電撃文庫

ドラキュラやきん!3

和《わ》ヶ《が》原《はら》聡《さと》司《し》

2021年7月10日　初版発行

発行者　青柳昌行
発行　株式会社KADOKAWA
〒102-8177　東京都千代田区富士見2-13-3
0570-002-301（ナビダイヤル）
装丁者　荻窪裕司（META＋MANIERA）
印刷　株式会社暁印刷
製本　株式会社暁印刷

ISBN978-4-04-913872-6　C0193　Printed in Japan

電撃文庫　https://dengekibunko.jp/

電撃文庫創刊に際して

文庫は、我が国にとどまらず、世界の書籍の流れのなかで〝小さな巨人〟としての地位を築いてきた。古今東西の名著を、廉価で手に入りやすい形で提供してきたからこそ、人は文庫を自分の師として、また青春の想い出として、語りついできたのである。

その源を、文化的にはドイツのレクラム文庫に求めるにせよ、規模の上でイギリスのペンギンブックスに求めるにせよ、いま文庫は知識人の層の多様化に従って、ますますその意義を大きくしていると言ってよい。

文庫出版の意味するものは、激動の現代のみならず将来にわたって、大きくなることはあっても、小さくなることはないだろう。

「電撃文庫」は、そのように多様化した対象に応え、歴史に耐えうる作品を収録するのはもちろん、新しい世紀を迎えるにあたって、既成の枠をこえる新鮮で強烈なアイ・オープナーたりたい。

その特異さ故に、この存在は、かつて文庫がはじめて出版世界に登場したときと、同じ戸惑いを読書人に与えるかもしれない。

しかし、〈Changing Times,Changing Publishing〉時代は変わって、出版も変わる。時を重ねるなかで、精神の糧として、心の一隅を占めるものとして、次なる文化の担い手の若者たちに確かな評価を得られると信じて、ここに「電撃文庫」を出版する。

1993年6月10日
角川歴彦

電撃文庫DIGEST　7月の新刊

発売日2021年7月9日

新・魔法科高校の劣等生
キグナスの乙女たち②
【著】佐島 勤　【イラスト】石田可奈

高校生活を楽しむアリサと茉莉花。アリサと同じクラスになりたい茉莉花は、クラス振り分けテストに向け、魔法の特訓を始める。アリサもクラウド・ボール部の活動に熱中するが、三高と対抗戦が行われることになり!?

俺を好きなのはお前だけかよ⑯
【著】駱駝　【イラスト】ブリキ

姿を消したパンジーを探すという、難問に立ち向かうことになったジョーロ。パンジーを探す中、絆を断ち切った少女たちとの様々な想いがジョーロを巡り、葛藤させる。ジョーロに待ち受ける真実と想いとは——。

声優ラジオのウラオモテ
#05 夕陽とやすみは大人になれない？
【著】二月 公　【イラスト】さばみぞれ

2人が闘志に燃えて臨んだ収録現場は、カツカツ予定に土壇場の台本変更——この現場、ヤバすぎ？　お仕事だからって割り切れない2人の、青春声優ストーリー第5弾！

ドラキュラやきん!3
【著】和ヶ原聡司　【イラスト】有坂あこ

コンビニ夜勤に勤しむ吸血鬼・虎木に舞い込んだ未晴からの依頼。それは縁談破棄のため京都の比企本家で未晴の恋人のフリをすることで!?　流され気味の虎木に悶々とするアイリスは決意する——そうだ、京都行こう。

日和ちゃんのお願いは絶対3
【著】岬 鷺宮　【イラスト】堀泉インコ

どんな「お願い」でも叶えられる葉群日和。そんな彼女の力でも、守り切れないものはある——こわれていく世界で、彼は見なくてすんでいたものをついに目の当たりにする。そして彼女が彼に告げる、最後の告白は——。

オーバーライト3
ロンドン・インベイジョン
【著】池田明季哉　【イラスト】みれあ

ロンドンからやってきたグラフィティライター・シュガー。ブリストルのグラフィティ文化を「停滞」と評し上書きを宣言！しかも、ブーディシアと過去何かあった模様で……街とヨシとの関係に変化の嵐が吹きおこる。

ギルドの受付嬢ですが、残業は嫌なのでボスをソロ討伐しようと思います2
【著】香坂マト　【イラスト】がおう

憧れの“百年祭”を満喫するため、祭り当日の残業回避を誓う受付嬢アリナ。しかし何者かが流した「神域スキルを得られる」というデマのせいで冒険者が受付に殺到し——!?　発売即重版の大人気異世界ファンタジー！

ウザ絡みギャルの居候が俺の部屋から出ていかない。②
【著】真代屋秀晃　【イラスト】咲良ゆき

夏休みがやってきた！　……だが俺に安寧はない。怠惰に過ごすはずが、バイトやデートと怒涛の日々。初恋の人“まゆ姉”も現れ決断の時が訪れる——。ギャル系従妹のウザ絡みが止まらない系ラブコメ第2弾。

新作
使える魔法は一つしかないけれど、これでクール可愛いダークエルフとイチャイチャできるならどう考えても勝ち組だと思う
【著】鎌池和馬　【イラスト】真早

「ダークエルフと結婚？　無理でしょ」僕の夢はいつも馬鹿にされる。でも樹海にいるじゃん水浴びダークエルフ！　輝く銀髪小麦色ボディ弓に長い耳ぴこぴこ、もう言うぞ好きだ君と結婚したい！　……だったのだが。

新作
嘘と詐欺《ペテン》と異能学園
【著】野宮 有　【イラスト】kakao

エリート超能力者が集う養成学校。そこでは全てが勝負の結果で判断される。ある目的から無能力ながらも入学した少年ジンは、実は最強の詐欺師で——。詐欺と策略で成り上がる究極の騙し合いエンターテイメント。

勇者のセガレ
和ケ原聡司
イラスト 029
YU-SHA NO SEGARE
家族団らん>>>>>>>世界平和!?
『はたらく魔王さま!』コンビが贈る、
新たなる庶民派ファンタジー開幕!
異世界からやってきた
謎の金髪美少女ディアナが告げたのは、
親父を勇者として召喚したいというムチャな内容だった!
異世界の平和を取り戻す前に、
家族の平和が大ピンチ! 俺の平穏な日常は、一体どうなる!?
電撃文庫

はたらく魔王さま!
Satoshi Wagahara
Illustration ■ Oniku
和ケ原聡司
イラスト■029
魔王城は六畳一間!?
フリーター魔王さまの庶民派ファンタジー!
世界征服間近だった魔王が、勇者に敗れて辿り着いた先は、異世界“東京”だった!?
六畳一間のアパートを仮の魔王城に、フリーターとして働く魔王の明日はどっちだ!!
電撃文庫